笑いと忘却の書

ミラン・クンデラ
西永良成 訳

集英社文庫

目次

笑いと忘却の書

第一部

失われた手紙

1

一九四八年二月、共産党指導者クレメント・ゴットワルト〔一九四八年二月チェコ共産党政権を掌握（一八九六―一九五三年）〕は、プラハのバロック様式の宮殿のバルコニーに立ち、旧市街の広場に集まった数十万の市民に向かって演説した。それはボヘミア〔クンデラの作品では常にチェコを意味する〕の歴史の一大転回点、千年に一、二度あるかないかの運命的な瞬間だった。

ゴットワルトは同志たちに付き添われていたが、彼の脇の、ほんの近くにウラジミール・クレメンティス〔外務大臣（一九〇二―五二年）〕がいた。雪が降って寒かったのに、ゴットワルトは無帽だった。細やかな心遣いの持ち主だったクレメンティスは、自分が被っていた毛皮のトック帽を取って、ゴットワルトの頭のうえに載せてやった。

党の情宣部は、毛皮のトック帽を被り同志たちに取り巻かれて民衆に語りかける、バルコニーのゴットワルトの写真を何千万枚も焼き増しした。共産主義ボヘミアの歴史は、このバルコニーのうえで始まったのだ。どの子供もポスターや教科書、あるいは美術館などで見て、その写真を知っていた。

その四年後、クレメンティスは反逆罪で告発され、絞首刑に処された。情宣部はただちに彼を〈歴史〉から、そして当然、あらゆる写真から抹殺してしまった。それ以来、ゴットワルトはひとりでバルコニーにいる。クレメンティスがいたところには、宮殿の空虚な壁しかない。クレメンティスのものとして残っているのはただ、ゴットワルトの頭のうえに載っかった、毛皮のトック帽だけになってしまった。

2

物語は一九七一年［この年にチェコ共産党大会でフサーク体制が確立した］。ミレックは言う、権力にたいする人間の闘いとは忘却にたいする記憶の闘いにほかならない、と。

彼はそんなふうに、友人たちから軽率だと言われていることを正当化したがっていた。つまり、入念に日記をつけ、手紙類を保管し、状況を議論し、闘いをどのように継続すべきかを考え合う集会のすべてを分刻みに記録することを、である。彼は友人たちにこう説明していた、ぼくらは憲法に違反することはなにもしていない。逃げ隠れしたり、みずからなにか悪いことをしているように感じたりするなら、それこそ敗北の始まりになってしまうだろう、と。

一週間前、彼は工事中の建物のうえで建築作業員として働いていたところ、うっかり下のほうを見て目眩《めまい》を起こした。バランスを失って梁《はり》のひとつにつかまったが、その梁はあいにく補強が悪くて折れてしまったので、仲間に助けてもらわねばならなかった。見たところ傷は重そうだったが、しばらくすると前腕のたんなる骨折にすぎないことがわかった。彼は、これから数週間休暇がもらえるから、時間がなくてこれまで取りかかれなかった用事をやっと片付けられそうだ、と思って内心ほくそえんだ。

それでも彼は、慎重な仲間たちの意見にくみするようになった。憲法はたしかに言論の自由を保障してはいるが、法律は国家の安全を侵害するとみなされる一切の事柄を罰する。しかし、国家がいつ、しかじかの言論が国家の安全を揺るがすと叫び出すか、それはだれにもけっしてわかりはしないのだ。そこで彼は、人に読まれて困るような書類は、確実な場所に移しておこうと決意した。

だが彼は、なによりもまず、ズデナとの一件を片付けておきたいと思った。彼女が住んでいる町に電話してみたが、連絡がとれなかった。そんなふうに四日間も無駄にしたあと、昨日やっと彼女と話すことができた。彼女は、今日の午後に彼を待っていると約束してくれた。

十七歳になるミレックの息子は、ギプスをはめた腕で運転なんかできっこないじゃないか、と言って反対した。そしてたしかに、彼は運転に四苦八苦した。負傷して吊り包帯をした腕は、役立たずのまま胸の前でぶらぶらしていた。ミレックは、ギアチェンジするのにハンドルを放さなければならなかった。

3

彼は二十五年前にズデナと関係があった。その時期については、いくつかの思い出しか残っていない。

ふたりが会う約束をしていたある日のこと、彼女はハンカチで眼を拭き、鼻をすすっていた。どうしたんだと尋《たず》ねると、前日ロシアのある政府高官が死んだのだと彼女は説明した。ジュダーノフだか、アルブゾフだか、マスツルボフだかという人物である。溢《あふ》れてとまらない彼女の涙の量から考えて、そのマスツルボフとかの死は彼女自身の父親の死よりずっとつよく、彼女の心を動揺させたものらしかった。

そんなことが本当にあったのだろうか？　マスツルボフの死に際しての、その涙をでっちあげたのは、ただ現在の彼の憎しみにすぎないのではないか？　いや、そんなことはない。たしかにそうだったのだ。だが、当然のことながら、その涙がまさしく現実であり、疑う余地のないものであった当時の状況が、現在の彼には思い出せなくなったため、その記憶もまるで戯画のように、およそありそうもないものになっていたのは事実だが。

彼が彼女についてもっていた記憶はすべて、そんな程度のものだった。たとえば、初めて愛し合ったアパートから、ふたりは一緒に市電で帰った（ミレックは、ふたりの性交のことをすっかり忘れてしまい、いくら思い出そうとしてもただの一秒も思い出せないことを確認して、とりわけ満足感を覚えた）。彼女は座席の隅に腰掛け、市電がガタガタ揺れても不機嫌でとりつくしまもなく、驚くほど老けた顔をしていた。どうしてそんなに無口なのかと尋ねて、彼は、ふたりが愛し合ったその愛し合い方に彼女が不満足だったことを知った。あなたってインテリみたいにセックスするのね、と彼女は言ったのだった。

当時の政治的な隠語でインテリというのは、侮蔑《ぶべつ》の言葉だった。それは生活というものがなんであるかを理解せず、人民から孤立している人間という意味だった。その頃、他の共産主義者によって絞首刑にされたすべての共産主義者たちには、そんな侮蔑の言葉が投げつけられたのだ。大地にしっかり足をつけている者たちとは違い、奴らは空中のどこかで漂っているような者たちだから、そんな奴らの足が刑罰によって大地に最終的に受け入れられず、地上のいささか上方に宙吊りにされても、ある意味で当然だというわけである。

しかしズデナが、あなたってインテリみたいにセックスするのね、と言って彼を非難したとき、いったいなにを言いたかったのだろうか？

彼女はなんらかの理由で彼に不満だった。ところが彼女は、もっとも非現実的な関係（自分が知らないマスツルボフとの関係）に、このうえなく具体的な感情（涙によって物質化される感情）を染み込ませることができるような女だった。だから同じように、行為のなかでもっとも明白な行為に、抽象的な意味をあたえることもできたのである。

4

彼はバックミラーを見て、いつもと同じ一台の乗用車が自分のうしろを走っているのに気づいた。彼は尾行されていることを一度も疑わなかったが、これまでのところ、尾行者たちは模範的なくらい控え目に行動していた。しかし今日は、何から何まですっかり様子がちがっていた。彼らは自分たちの存在に気づいてくれるよう望んでいるのだ。

プラハから二十キロばかり離れた田舎のどまんなかに巨大な防御柵があり、その背後に修理工場のついているガソリン・スタンドがあった。気の合う友人がそこで働いているので、調子の悪いスターターを交換してもらおうと彼は思った。入口の前で車を止めたが、入口は赤と白のペンキで縞模様に塗った柵に塞がれていた。その脇に、太った女がひとり立っている。ミレックは、女が柵を取り除いてくれるのを待っていたが、女は身動きひとつせず、しげしげと彼を眺めただけだった。クラクションを鳴らしてみても無駄だった。そこで彼が車の窓から顔を出すと、女はこう尋ねた。「あんた、まだ逮捕されていなかったんですか？

——いや、まだ逮捕されていませんよ、とミレックは答えた。その柵を持ち上げてくださいますか?」

女は、さらに長いあいだ、うつけた様子でじろじろと彼を打ち眺めていたが、やがて、あくびをして詰所に戻ってしまった。そして詰所のテーブルのうしろに腰を落ち着け、もう二度と彼を見なくなった。

彼はしかたなく車を降りて柵を迂回《うかい》し、顔見知りの修理工を工場まで捜しに行った。修理工は一緒に戻り、ミレックが車に乗ったまま中庭に入れるよう柵を持ち上げてくれた(太った女のほうはあいかわらず、うつけた眼差しのまま詰所に座っていたが)。

「ほらみろ、あんまりテレビに出すぎたからだよ、と修理工が言った。あのての女たちはみんな、きみの顔を知っているんだよ。

——何者だい、ありゃ?」とミレックが尋ねた。

彼は、この国を占領し、いたるところに影響力を行使しているロシア軍のボヘミア侵攻が、その女にはこの世のものとも思われぬ人生の合図になったことを知った。女は自分より高い地位にいた人々(もっとも、大部分の者たちはその女より高い地位にいた)が、どんな根拠もない申し立てによっても、それぞれの権力、地位、職場、日々の糧などを奪われるのを見て興奮し、みずから進んで他人を密告するようになっていたのだった。

「それにしちゃ、あいかわらず守衛をやっているのは、どうしてなんだい? 昇進はまだなのかい?」

修理工は、にやりとして言った。「だって数を十まで数えることもできない女だぜ。だから連中だって、別の仕事をみつけようにもみつけられないわけ。できることといや、改めて密告の権利を認めてやることだろうな。あの女にはそれが昇進てわけさ！」

修理工は、ボンネットを持ち上げてモーターを覗き込んだ。

突然ミレックは、自分の隣にひとりの男がいるのに気づいた。振り返って見ると、その男はグレーの上着に白のワイシャツ、ネクタイを締めて栗色のズボンをはいている。太い首とむくんだ顔のうえに、鉄ごてでカールされたグレーの髪が波うっている。男は両脚でしっかりと立ち、持ち上げたボンネットの下にかがみこんでいる修理工を見守っていた。

しばらくして、今度は修理工が男のいることに気がつき、体を起こして言った。「どなたかお捜しなんですか？」

太い首とむくんだ顔の男が答えた。「いや、だれも捜してなどいやしない」

修理工は、ふたたびモーターのうえにかがみこんで言った。「ある男がプラハのヴァーツラフ広場で吐いていた。前を通りかかった別の男がその男を悲しそうに見て、首を振りながらこう言ったそうですよ、あんたの気持ちがどれくらい私にわかっているか理解してもらえたらなあ……とね」

5

サルバドール・アジェンデ［チリの政治家（一九〇一―七三年）。ピノチェトが指導した軍事クーデターで死亡］の暗殺はロシア軍のボヘミア侵入［一九六八年八月二十日、「人間の顔をした社会主義」をめざすチェコスロヴァキアの共産主義圏からの離脱を恐れたソヴィエト・ロシアの軍事介入］をたちまち覆い隠してしまったし、バングラデシュの血なまぐさい大量虐殺［バングラデシュは一九七一年三月に西パキスタンからの独立宣言をおこなったが、その後西パキスタンの弾圧によって多数の死者を出し、ようやくインド軍の介入により完全独立を果たす］はアジェンデのことを忘れさせた。シナイ砂漠での戦争［一九六七年の第三次中東戦争のこと、「六日間戦争」とも言われる］はその喧騒《けんそう》でバングラデシュの呻《うめ》き声を覆い隠したし、カンボジアの大量虐殺［一九七五年に成立したクメール・ルージュのポル・ポト独裁政権は百万人単位の死者を出した］はシナイ砂漠でのことを人々に忘れさせてしまった。といったふうに続いてゆき、しまいには、みんながすべてをすっかり忘却してしまうことになる。

〈歴史〉がまだゆっくりと歩んでいた頃は、数少ない歴史の出来事はたやすく記憶に刻みこまれ、みんなが知っている背景を織りなしていた。その背景の前で、私生活のさまざまな冒険の、感動的な光景が繰り広げられていたものだった。ところが今日では、時間は大股にすすむ。歴史的な出来事は一夜のうちに忘れ去られ、翌日からはもう、新しい出来事の露となってきらめく。だからそれはもはや、話者の物語のなかでは背景とはならず、あまりにも見慣れた私生活を遠景として演じられる、驚くべき「冒険」になってしまうのである。

みんなが知っていると仮定できる歴史的な出来事はひとつとして存在しない。そこで私も、数年前に起こった出来事を、まるで千年も昔のことのように語らねばならないのである。一九三九年、ドイツ軍がボヘミアに侵攻した結果、チェコ国家は存在しなくなった。一九四五年、ロシア軍がボヘミアに侵攻し、この国はふたたび独立共和国と呼ばれるようになった。人々はドイツ人を追い払ったロシアに熱狂して、チェコ共産党こそロシアの忠実な片腕だと見なしたために、ロシアにたいするみずからの好意をチェコ共産党に移し変えた。

そのため、一九四八年二月、共産主義者が権力を奪取したとき、それは流血のなかでも暴力によってでもなく、国民の約半数の歓呼の声に迎えられたのだった。ここで注意していただきたいのは、歓喜の叫び声をあげたその半数の者たちが他の者たちよりずっと活力も知性もあって、善良な者たちだったということである。

そう、人はなんだって好きなことを言ってかまわない。共産主義者たちは他の者たちよりも知性があり、壮大な計画をもっていた。みんながそれぞれ自分の場所をみつけられるような、全面的に新しい世界というプランである。彼らに反対する者たちは偉大な夢をもたずに、ただ使い古された退屈な原則をいくつかもっているにすぎない。そしてそんな原則をもちいて、既成秩序という穴のあいたパンツをなんとか繕いたがっているだけなのだ。だから、それらの熱狂者たち、勇敢な者たちが微温的で慎重な者たちに易々と打ち勝ち、たちまち自分たちの夢、みんなのための正義という、あの牧歌を実現しようと企てたとしても不思議ではなかった。

私は「牧歌」と「みんなのため」という言葉を強調する。というのも、どんな人間存在もずっと牧歌を、ナイチンゲールの歌うあの庭を、あの調和の王国を熱望しているものだからである。そこでは、世界が異物として人間に立ち向かうことも、人間が他の人間に立ち向かうこともない。それどころか、世界とすべての人間が同じひとつの材質で造られている。そこではめいめいが、バッハの崇高なフーガの楽音の一つひとつになるのだ。そうなりたくない者がいるなら、そんな者などは無益で無意味な黒点としてとどまり、蚤《のみ》みたいに爪先で捕らえて圧《お》しつぶしてやれば充分ということになる。

自分には牧歌に必要な気質の持ち合わせなどないとただちに理解した者たちもいて、彼らは外国に行きたがった。だが、牧歌というものは本質的にみんなのための世界である以上、移住を希望する者は牧歌を否定する者に違いないとされ、彼らは外国ではなく監獄に行くことになった。間もなく他の者たちも何千、何万と同じ道を辿《たど》ることになったのだが、そのなかには外務大臣クレメンティスのような、数多くの共産主義者もいた。毛皮のトック帽をゴットワルトに貸してやった、あのクレメンティスである。映画館のスクリーンのうえでは、内気な恋人たちがおずおずと手を握り合い、姦通はたんなる一般市民から構成される名誉法廷によって厳しく叱責《しっせき》された。ナイチンゲールは歌い、クレメンティスの死体は人類の新しい朝を告げる鐘のように揺れていた。

　そこで、知性がありラディカルな若者たちは突然、まるで広大な世界に自分たちの行動を追いやってしまったとでもいうような、奇妙な感情を抱くようになった。彼らの行動は固有の生を生き始め、彼らがもっていた観念とはおよそ似ても似つかないものとなって、その行動を誕生させた者たちのことなどまるで気にかけなくなってしまったのだ。そこで、それらの若く知性ある者たちはみずからの行動を糾弾し出した。彼らはみずからの行動に呼びかけ、みずからの行動を非難し、追及し、追跡し始めた。もしそれらの才能豊かでラディカルな者たちの世代について小説を書くとすれば、私はきっと「失われた行動を追いかけて」と題することだろう。

6

　修理工がボンネットを閉じると、ミレックはいくら支払えばよいのかと尋ねた。

「タダでいいさ」と、修理工が言った。

　ミレックはハンドルを握ったまま感激していた。旅を続ける気などさらさらなくなり、このまま修理工と一緒に残って、面白い話でもきいていたかった。修理工は車のなかに体をかがめ、彼の背中をどんと叩いてから、詰所のほうに行って柵を持ち上げた。

ミレックが修理工の前を通りかかると、修理工は顔で合図してガソリン・スタンドの入口の前にとまっている車を示した。

太い首とカールした髪の男が、開いたドアの脇に立ってミレックを見ていた。運転席の男もじっと彼を観察していた。ふたりの男に無遠慮で不遜《ふそん》な様子で見据えられていたので、ミレックも彼らのそばを通るとき、それと同じ表情で見返してやるよう努めた。

ミレックがふたりの前を通り過ぎると、彼らが車に乗り込み、尾行が続けられるようにUターンするのが眼に入った。

それにしても、もっと早いうちに厄介な書類を始末しておくべきだったな、と彼は思った。ズデナと連絡がとれるのを待たずに、事故の最初の日にでもやっておけば、たぶんまだなんの危険もなしに運べたかもしれない。ただ彼にはたったひとつのこと、つまりズデナに会いに行くこの旅のことしか考えられなかったのである。彼がそれを数年前から考えていたのは事実だ。しかしこの数週間来の彼は、もうこれ以上は待てない、おれの運命は大股に終わりに近づいているんだ、だから運命の完璧さと美しさのためには、どんなことだってやらねばならないんだ、と感じていたのだった。

7

ズデナと別れた、はるか昔の日々（ふたりの関係は三年ちかく続いた）、彼は無限の自由を得たとでもいうような陶然とした気持ちになり、以後すべてが突然うまくゆくようになった。ほどなく彼はひとりの女性と結婚し、その女性の美しさによってやっと自信があたえられた。やがてその美女が死に、彼は息子とともにしゃれた独身生活に戻ったのだが、そのためにかえって他の多くの女たちの憧れ、関心、気配などの恩恵に浴したのだった。

それと同時に彼は、科学研究の分野でも重きを成すようになり、その成功によって保護されることになった。国家は彼を必要としていた。そのおかげで彼は、ほとんどだれもそんな勇気のない時期に、国家にたいして辛辣《しんらつ》になれた。かつての自分たちの行動を追いかける者たちの影響力が少しずつ増すにつれ、彼はだんだん頻繁にテレビ画面に登場するようになり、ひとかどの名士になった。ロシア軍の到来のあと、自分の信念を否認することを拒否したとき、彼は職場を解雇され、平服の警官たちに包囲されることになった。だが、それで彼が打ちのめされたわけではない。彼は自分の運命に惚《ほ》れ込んでいたので、破滅への行進でさえ気高く美しいものに思えたのである。

誤解しないでいただきたいのだが、私は、彼が自分自身に惚れ込んでいたと言ったのではなく、自分の運命に惚れ込んでいたと言ったのである。これはまったく違ったふたつの事柄なのだ。ミレックの人生は解放され、突然、彼自身の利害とは一致しない固有の利害を持つようになった感があった。私に言わせれば、人生が運命に変わるというのはそんなことなのである。運命はミレックのために(彼の幸福、安全、機嫌、健康などのために)小指一本も動かしてくれはしない。だが、ミレックのほうは自分の運命のために(運命の偉大さ、明快さ、美しさ、独自の様式、それに明瞭な意味などのために)なんでもしてやろうという覚悟をしていた。彼は自分の運命に責任があると感じていたが、彼の運命のほうは彼に責任があるなどとは感じていないのであった。

彼と彼の人生の関係は、彫刻家とその彫刻、小説家とその小説の関係と同じだった。小説家の不可侵の権利、それは自分の小説を改作できるということである。もし冒頭が気に入らなければ、書き直すか削除できる。だが、ズデナの存在がそんな作者の権利をミレックにたいして拒んでいた。ズデナは小説の冒頭の数ページに居座ったまま、いっこうに消え去ってくれないのだ。

8

だがそれにしても、彼はいったいなぜ、そんなにもひどく彼女のことを恥じているのか？　もっとも簡単な説明はこうだろう。ミレックが自分たちだけの行動をいち早く追いかけた者のひとりだったのに、ズデナのほうは常にナイチンゲールの歌う庭に忠実だったからだ。最近も、彼女はロシア軍戦車の到来を歓呼して迎えた、わずか二パーセントの国民のひとりだった。

それはたしかにそうなのだが、私にはその説明が説得力のあるものとは思えない。もしただそれだけの理由、つまり彼女がロシア軍戦車の到来を嬉しがったというだけなら、なにも彼が公然と、声高に彼女を罵倒《ばとう》し、彼女を知っていることを否定しなくてもよかっただろう。彼女が咎《とが》むべき存在になったのは、彼にとって別の意味で重大な、あることのためである。それは彼女が醜いということだ。

しかし、二十年も前から彼女とは寝ていないのだから、彼女が醜かろうがなかろうが、そんなことが重要なのだろうか？

それが重要なのであり、たとえ遠く離れたところからでも、ズデナの長い鼻が彼の人生に影を投げかけてくるのである。

数年前、彼にはきれいな恋人がいた。ある日のこと、恋人はズデナの住んでいる町にでかけたが、気分を害して戻ってきて、「ねえ、あなたって、よくもあんなブスと寝られたものねえ？」

彼は、彼女を間接的に知っているだけだと言い、関係があったことを激しく否定した。というのも、彼は人生のこの大秘密を知らないわけではなかったからだ。つまり、女たちは美しい男を追い求めるのではなく、美しい女を所有している男を追いかけるということである。だから、醜い恋人を持つのは致命的な過ちになるのだ。ミレックはズデナの足跡を一掃しようと努めてきた。そして、ナイチンゲールを愛する者たちが日に日に彼を憎むようになってきたので、党の熱心な専従のキャリアを積んでいるズデナもじきに、すすんで自分を忘れてくれるだろうと期待していた。

だが彼は間違っていた。彼女はどこでも機会さえあればいつも彼のことを話題にしたのである。一度ふたりはある不幸な偶然によって出会い、一緒にひと時を過ごした。すると彼女は、ふたりがきわめて親密だったことをはっきり示すような思い出を熱心に口にした。

彼はすっかり逆上してしまった。

別のあるとき、彼女を知っているひとりの友人がこう尋ねた。「そんなにあの女を嫌っているんなら、どうして昔ふたりはいい仲だったんだい?」

ミレックは友人に説明し始め、当時のおれは馬鹿なガキで、あの女は七歳も年上だったんだと言った。あの女は尊敬され、もてはやされ、全能だったんだ！　党の中央委員を全員知っていて、おれを援助し、後押しして、有力者たちに紹介してくれたんだよ！

「おれは馬鹿だった。成り上がり者だったんだ！」と彼は叫び出した。「だからあの女の首に抱きついたんだ。女がブスだってなんだって、別に構いやしなかったのさ！」

9

ミレックは真実を語っていない。マスツルボフの死を悼んで泣いたといっても、二十五年前のズデナには特に有力な手蔓《てづる》があったわけではなく、みずから出世するとか、他人の出世を助けるといった手立てなどなにもなかったのだ。

ではなぜ、彼がそんなことをでっち上げたのか？　なぜ嘘をつくのか？

彼はハンドルを握っている。バックミラーには秘密警察の車が見える。突然彼は顔を赤らめた。まったく思いがけないひとつの思い出が、そのとき記憶から飛び出してきたのだ。

初めて一緒に寝て、あまりにもインテリ的な振る舞い方を咎められたとき、その翌日から彼は、本能むきだしの猛《たけ》り狂った情念を示して、そんな印象を修正したいと願った。いや彼が彼女との性交をすべて忘れてしまったというのは事実ではない。彼はその性交のことを実に正確に眼に浮かべられるのである。彼はわざとらしい激しさで彼女のうえで体を動かし、まるで主人のスリッパと闘う犬みたいに、無理やりながながとした唸《うな》り声を発した。が、それと同時に、（やや驚きながら）自分の体の下の女がなんとも穏やかに沈黙し、ほとんどなにも感じていないのに気づいた。

車中に、その二十五年前の唸り声が鳴り響いた。それは、彼の服従と卑屈な献身との耐えがたい物音、彼の熱意と追従、滑稽《こっけい》と悲惨の物音だった。

そう、実はそういうことだったのだ。ミレックは真実を認めなくてもすむように、自分が成り上がり者だとさえ公言している。その真実というのは、いい女に言い寄る勇気がないためにブスと寝たことだ。彼の眼には、自分はズデナのような女ほどの値打ちもないと映っていた。そんな弱み、貧しさ、それこそ彼が隠している秘密なのである。

車中には、情念の狂おしい唸り声が鳴り響いた。その物音は彼に示していた、ズデナとは、彼がなんとか捉え、そこで自分自身の忌まわしい青春を粉々にしてやりたいと願っている、魔法のイメージ以外のなにものでもないのだ、と。

彼は彼女の家の前で止まった。尾行してきた車もそのうしろで止まった。

10

歴史的出来事というものは、だいたい芸もなく、どれもこれも互いの真似《まね》をし合う。しかし私には、〈歴史〉はかつて実験されたことのない状況を、ボヘミアに登場させたように思える。あそこでは、昔ながらの古いやり方で、人間たちのあるグループ（一階級、一国民）が他のグループに反抗して立ち上がったのではない。人間たち（一世代の男女）がみずからの青春にたいして反乱を起こしたのである。

彼らは自分たち自身の行動をふたたび捉え、手なずけようと努め、すんでのところで成功しそうになった。彼らは六〇年代になって、だんだん影響力を獲得してゆき、六八年初めになると、その影響力はほとんど全面的なものになった。一般に〈プラハの春〉と呼ばれているのは、この最後の時期のことである。牧歌の番人たちは個人のアパートの盗聴器を取り外さざるをえなくなり、国境が開かれた。バッハの偉大なフーガの楽譜からいろんな音が逃げ出し、めいめい勝手に歌い出した。それは信じられないような陽気さで、まるでカーニヴァルのようだった！

全地球のために偉大なフーガを書いていたロシアは、音が四散するのを容認できなかった。一九六八年八月二十一日、ロシアはボヘミアに五十万の軍隊を派遣した。ほどなく、約十二万のチェコ人が国を去り、残った者のうちのほぼ五十万人が職場を捨て、人里離れた片田舎の工房、遠方の工場、トラックの運転席など、要するに彼らの声がだれの耳にも入らなくなってしまうような場所に行かざるをえなくなった。

そして忌まわしい思い出の影が、復古された牧歌から国民の気をそらすことがないように、〈プラハの春〉とロシア軍タンクの到来という美しい〈歴史〉についたあの汚れは、なかったことにされる必要があった。だからこそ今日のボヘミアでは、八月二十一日の記念日のことは触れずに置かれ、みずからの青春にたいして反乱した者たちの名前は、さながら学童の宿題の間違いのように、国の記憶から入念に消し去られてしまったのである。

ミレックの名前もやはり、彼らは消してしまった。だから今、ズデナの家の戸口に通じる階段を昇っているといっても、彼は事実上ただの白い汚れ、そして螺旋《らせん》階段を昇っている、封じ込まれた空虚な断片でしかないのである。

11

彼は、吊り包帯をした腕をぶらぶらさせながら、ズデナの前に座っている。ズデナは脇を見ながら、彼の眼を避けて滔々《とうとう》と話す。

「どうして、あなたがいらっしゃったのかわかりません。でも、ここにいてくださるのが、わたしには嬉しいわ。同志たちには話しておきました。いくらなんでも、建築現場の作業員で一生終えるなんて、どうかしているわ。わたしにはわかっているんだけど、党があなたにたいして扉を閉ざしていないのは確かなんです。まだ遅くはないのよ」

彼は、なにをしたらよいのかと尋ねた。

「会ってもらえるように、あなたのほうから頼むべきだわ、あなた自身で。あなたのほうから、歩み寄らなければならないのよ」

彼には、どういう事態になっているのかがわかった。連中は五分間、おれがこれまで言い行ってきたことのすべてを否認すると声高に言うための最後の五分間が、おれに残されていると知らせているのだ。そんな取引は知っている。連中は、過去と引き換えに未来を売りつける気でいるんだ。ロシアとナイチンゲールに反対だと言ったのが間違いだったと、喉の詰まったような声でテレビで話すようおれに強いるだろう。おれの人生を遠くに投げ捨て、影に、過去のない人間に、配役のない役者になり、投げ捨てられたおれの人生さえも、役者に捨てられたその配役さえも、影に変えてしまうよう強いるだろう。連中はそんなふうに、影と化したおれだけを生かしておくにちがいない。

彼はズデナを見た。この女はなぜ、なんとも自信のない声で、こんなに早口に話すんだろうか？　なぜ脇ばかり見て、おれの眼を避けるのか？

あまりにも明白ではないか。この女はおれに罠《わな》をかけている。党か警察の差し金で動いているに決まっている。この女の任務は、屈伏するようおれを説得することなのだ。

12

しかし、ミレックは間違っている！　彼と交渉するようズデナに依頼した者など、ひとりもいないのである。とんでもない話だ！　たとえ彼が哀願しても、今ではもう有力者のだれひとりミレックに会ってくれはしないだろう。もう遅すぎるのだ。

ズデナが彼に、危難を逃れるよう唆《そそのか》し、上層部の同志たちのメッセージを伝えているのだと言い張るのはただ、できるかぎり彼を助けてやりたいという、空しく混乱した願望を感じていたからにほかならない。また、あれほど早口に話して彼の眼を避けるのも、罠をかけるどころか、まったくなにも手の内になかったからにすぎない。

ミレックはこれまで、彼女を一度でも理解したことがあっただろうか？

彼はずっと、ズデナは狂信によってあれほど激しく党に忠実なのだと思ってきた。

だが、それは真実でない。彼女が党に忠実だったのは、ミレックを愛していたからだ。

彼が彼女のもとを去ってからというもの、彼女はただひとつのことしか望んでいなかった。それは、忠実さは他のどんな価値にも優るのだと証明することである。彼女は、彼が「すべて」に不実なのに反して、彼女自身は「すべて」に忠実だと示したかった。政治的狂信と見えたものはただ、ひとつの口実、比喩《ひゆ》にすぎず、忠誠の表明、裏切られた愛への非難の暗号というべきものにすぎなかったのだ。

私は想像する、八月のある朝、飛行機の恐ろしい轟音に驚いて目覚めた彼女の姿を。彼女が街路に駆け出すと、取り乱した人々が、ボヘミアはロシア軍に占領されたのだと言った。彼女はヒステリックにアハハアハハハッと笑いながら思った！　ロシアの戦車は不実な者たち全員を罰するためにやって来たんだ！　これでわたしも、やっとミレックの破滅を眼にできる！　やっと跪《ひざまず》くミレックを眼にできる！　忠実さとはどういうものかを知っている女として、やっと彼のうえに体をかがめ、助けてやれるんだわ！

ミレックは、悪い方向に進み出した会話を、いきなり打ち切ろうと決心した。

「昔のぼくが、きみにたくさん手紙を書いたのを覚えているね。あれを返してもらいたいんだが」

ズデナはびっくりしたように顔を上げ、「手紙？」

――そう、ぼくの手紙だよ。当時、百通は書いたはずなんだ。

――ああ、あの手紙ね」そう言った彼女は、いきなり視線をそらすのをやめ、彼の眼を真っ直ぐに見据えた。ミレックは心の奥底を見透かされ、自分がなにを望み、なぜそれを望んでいるのかを実に正確に知られているような気がして不愉快になった。

「手紙、そう、あなたの手紙ね」と彼女は繰り返した。「わたし、すこし前に読み返してみました。そして、あなたがどうして、あんなにも感情を爆発させることができたのかしら、と思ったわ」

それから彼女は何度も「感情の爆発」という言葉を使ったのだが、それを慌てた口調で言うのではなく、まるで外したくない的でも狙っているように、思慮深い声でゆっくり発音するのだった。しかも彼女は、的を射たのを確信できるように、その的から眼を放すことはなかった。

13

ギプスをはめた腕が胸の前で揺れて、彼の顔が赤らむ。まるで彼が、平手打ちを受けたばかりだといったように。

そうなのだ！　たしかに彼の手紙はおそろしく感傷的なものだったのである。彼としては、自分をその女に執着させているのは、弱さや惨めさではなくて愛なのだということを、ぜひともみずからに示さねばならなかった！　ただ、真に無限の情熱だけが、これほどまでに醜い女との関係を正当化できるのだ、と。

「あなたは、わたしがあなたの闘争の同志だったと書いていたのね。覚えている？」

彼は、さらに顔を赤らめた。まさか、どうしてまた、そんなことがありえたのか？　あの

「闘争」という言葉は、なんと途方もなく滑稽な言葉だったんだろう！　彼らの闘争とは、いったいなんだったというのか？　彼らは、果てしない集会に出席して、尻にまめができるほどだった。彼らが（階級の敵をもっと厳しく懲らしめるとか、ある思想をもっと断固とした言葉で表現しなければならないといったように）、過激な意見を言うために立ち上がるとき、自分たちが英雄画の人物に似ているような気がしたものだった。つまり、彼が手にピストルを握りしめて肩の傷から血を流しながら倒れると、彼女がそのピストルを取り、彼がもう行けなくなった前方にすすむ、といったような絵である。

当時の彼は、まだニキビ面をしていたが、反抗という仮面を顔につけていた。彼は、富農の父親とは永遠に訣別《けつべつ》したのだとみんなに言っていた。彼の言葉に従えば、土地と財産にしがみついている古臭い農民的伝統に唾《つば》を吐きかけてやったのだという。それから彼は父親との口論と、親元からの劇的な出奔とを描写してみせたりもしたものだった。しかしそこには、ひとカケラの真実もなかった。こんにち過去を振り返ってみると、そこにはただ、さまざまな伝説と嘘しか彼には見えないのである。

「あの頃のあなたって、現在とはまるで別人のようだったわ」とズデナが言った。

やがて彼は、手紙の束をもって立ち去る自分の姿を想像した。最初のごみ箱の前で立ち止まり、まるで糞《ふん》に汚れた紙みたいに、指で手紙をつかんで汚物のなかに投げ捨ててやろう。

14

「あの手紙がいったい、なんの役に立つというのですか?」と、彼女は尋ねる。「どうしてまた、あれが欲しいんですか?」

彼もまさか、ごみ箱に捨ててやりたいなどとは言えなかった。そこで悲しげな声になって、もう過去を振り返る年齢になったんだと語り出した。

(彼はそう言いながらばつが悪かった。そんなおとぎ話など、およそ説得的ではないという気がして恥ずかしかったのだ。)

そうだ、ぼくが過去を振り返るというのも、若かった頃の自分がどんな人間だったのか、もう忘れてしまっているからなんだ。だからこそ、自分がどこから出発したのかを知り、どこで間違いを犯したのかを理解したい。そのために、あなたとの文通に立ち返り、そこに自分の青春、自分の出発点と根元の秘密を見つけたいんだよ。

彼女は首を振って言った。「あなたには、けっして渡しませんわ」

彼は嘘をついて、「ただ借りるだけでいいんだが」

彼女はふたたび首を振った。

このアパートのどこかにおれの手紙があり、この女はいつ、だれにだって読ませることができるんだ、と彼は考えた。自分の人生の一部がズデナの手中に残されているのは耐えがたいことだと思い、ふたりのあいだの低いテーブルに置いてある、大きな硝子《ガラス》の灰皿で彼女の頭を殴りつけ、手紙を持って帰りたくなった。しかし、彼はそうはせずにふたたび、過去を振り返り、自分がどこから出発したのか知りたいんだと語り出した。

彼女は眼をあげ、視線で彼を黙らせた。

「あなたには、けっして渡しませんわ。けっして」

15

ふたりがズデナの住んでいる建物から一緒に外に出ると、門の前に二台の車が連なって駐車していた。そのとき、警察官たちは向かいの歩道を往き来していたが、立ち止まってふたりを見た。

彼は警察官を指差して彼女に言った。「あのふたりの紳士は、道中ずっとぼくを尾行してきたんだよ。

——本当に？　と彼女は信じられないとでもいうように、わざと皮肉な調子で言った。世の中の人がみんな、あなたを迫害しているってわけね」

彼女はいったいなぜ、これほど皮肉になり、傲然《ごうぜん》とこれみよがしにおれたちを観察しているふたりの男たちがただの通行人だなどと、面と向かって言えるのか？説明はただひとつしかない。彼女が、連中の思うつぼにはまっているということだ。連中の思うつぼとは、まるで秘密警察など存在せず、だれひとり迫害されていないように振る舞うことなんだ。

警察官たちは、そのあいだに車道を横切り、ミレックとズデナの見ている前で、自分たちの車に乗り込んだ。

「じゃあ、元気で」と言ったものの、彼はもう彼女を見てもいなかった。彼は運転席に乗り込んだ。警察の車がエンジンをかけるのがバックミラーに見えた。彼にはズデナが見えなかった。彼は彼女を見たくなかった。もう二度と見たくなかった。

だから彼は、彼女がずっと歩道に立ちつくしたまま、長いあいだ彼を眼で追っていたのを知らなかった。彼女は、脅《おび》えきった様子をしていた。

いや、ズデナが向かいの歩道を往き来していたふたりの男を警察だと認めるのを拒んだのは、皮肉からではなかった。彼女は、自分をはるかに越える事態を前にパニックに捉えられたのだ。彼女は、彼にも自分にもそんな真実を隠したかったのである。

16

突然、手のつけられない乱暴者の運転する赤いスポーツカーが現れ、ミレックと警察官のあいだに割り込んだ。彼はアクセルを踏んだ。警察官のほうは市街地に入り込んでいた。道は曲がっている。そのときミレックは、尾行者たちには自分が見えないだろうと判断し、小道に方向を転じた。ブレーキが軋《きし》み、ちょうど道を横切ろうとしていた子供がうしろに飛び退《の》くのがやっとだった。ミレックのバックミラーには、赤いスポーツカーが幹線道路を走り抜けるのが見えた。しかし尾行者たちの車は、まだ通過していなかった。やがて彼は、また別の道のほうに曲がって、まんまと連中の視野から消えおおせることができた。

彼は、まったく別方向に通じる道路から町のそとに出た。バックミラーを見ると、だれもあとを追ってくる者がなく、道は無人だった。

彼は、上司に叱責されるのを恐れながら自分を捜している不幸な警察官たちのことを想像してワッハハッと大笑いし、速度をゆるめて風景を眺め出した。実を言えば、彼はこれまで風景など一度も眺めたことがなかった。なにかを片づけたり、別のことを議論したりするために、いつも目標に向かって突進してきた彼にとって、この世の空間はなにかしら消極的なもの、時間の無駄、いわば活動を妨げる障害といったものになっていたのだ。

かなり離れた前方で、赤と白の縞模様の柵がゆっくりと下りた。彼は止まった。

突然彼は、自分がとてつもなく疲れているのを感じた。なぜ、あの女なんかに会いに行ったんだろう？　なぜ、あの手紙を取り戻したいなどと思ったのか？

彼は自分がこの旅行の愚劣さ、滑稽さ、青くささに責め立てられるのを感じた。彼を彼女のほうに導いたのは、推論でも計算でもなく、ひとつの抑えがたい願望だった。自分の腕を遠く過去にまで延ばし、その過去をげんこつで殴りつけてやりたいという願望。自分の青春時代という絵をナイフで引き裂いてやりたいという願望。これまで抑制できず、これからも満たされないままに残る激しい願望。

彼は自分がとほうもなく疲れているのを感じる。今となってはもう、アパートから厄介な書類を持ち出すのは不可能にちがいない。警察は彼に付きまとい、もう放っておいてはくれないだろう。遅すぎる。そう、もうすべてが遅すぎるのだ。

遠くのほうに、機関車のせわしない音がきこえた。大きな柵がある家の前には、頭に赤いネッカチーフをした女がいた。汽車が着いた。ゆっくりとした各駅停車の列車で、パイプをくわえた善良そうな農夫が、窓のそとに身を乗り出して唾を吐いた。やがて、ベルの音がきこえ、赤いネッカチーフの女が踏切のほうに数歩歩いて行って、クランクを回した。柵が上昇し始め、ミレックはエンジンを始動させた。彼はある村に入ったのだが、村といってもただ、長く果てしない街路にすぎない。村の端に駅があった。その駅も木の垣がある、低く白い小屋にすぎなかったけれども、垣越しにプラットホームとレールが見えた。

17

駅の窓は、ベゴニアの植木鉢で飾られていた。ミレックは車を止めた。ハンドルを握って座ったまま、その家と窓と花々とを眺めた。とっくの昔に忘れていたある時期から、白く塗られ、窓の縁にベゴニアの赤みを帯びた花びらのある、別の家のイメージが立ち返ってくる。それは、ある山村の小さなホテルで過ごした夏の休暇のあいだのことだった。窓の花々のあいだに、とても大きな鼻がひとつ現れた。ミレックは二十歳だった。彼はその鼻のほうに眼を上げて、限りない愛情を覚えた。

彼は、その思い出から逃れるために、急いでアクセルを踏みたがった。だが私は、今度という今度こそ、騙《だま》されるがままにはならない。私は、しばし彼を引き止めるために、その思い出を呼びもどそう。だから繰り返しこう言う、窓のベゴニアのあいだに、巨大な鼻をしたズデナの顔があり、ミレックは限りない愛情を覚えた、と。

そんなことがありうるのか？

そう、ありうる。どうして、ありえないものか。弱い青年が醜い娘に、真の愛情を覚えることがありえないとでもいうのか？

彼は彼女に、自分は反動家の父親に反抗したのだと語り、彼女はインテリを罵倒していた。ふたりは尻にまめをつくり、手に手を取り合って集会に参加して、同国人を密告し嘘をつき、そして愛し合った。彼女はマスツルボフの死に際して涙を流し、彼は犬みたいに彼女の体のうえで吠え立てた。ふたりは、お互いに相手なしでは生きられなかったのである。

彼が自分の人生の写真から彼女を消したのは、彼女を愛していなかったからではない。かつて彼女を愛していたからなのだ。彼が、彼女と彼女にたいする愛とをなかったものとして、彼女のイメージを引っ掻《か》いて消し去ってしまったのは、ちょうど党の情宣部がゴットワルトが歴史的な演説をしたバルコニーからクレメンティスを抹殺したのと同じだった。ミレックはまるで共産党のように、すべての政党、国民、人間のように、〈歴史〉を書き直すのだ。よく人は、よりよき未来をつくるなどと叫ぶが、それは違う。未来とはただ、だれの関心もひかないような、つまらぬ空虚にすぎない。しかし過去は生命に溢れ、その顔は、私たちが過去を破壊するか書き直したいと思うほどにも、私たちを苛立《いらだ》たせ、反抗させ、傷つける。私たちはただ、過去を変えることができるようになるためにのみ、未来の主人になりたがるのだ。私たちが闘うのは、暗室にはいり込んで、伝記や〈歴史〉を書き直すためなのである。

どれだけのあいだ、彼はその駅の前にいたのだろうか？

またその停止は、なにを意味していたのだろうか？

なにも意味してなどいなかった。

彼はたちまち、自分の考えからそんな停止のことなど抹殺してしまった。そのために彼はもう、ベゴニアのある白い家のことなどなにも意識しなくなってしまった。彼はふたたび風景を眺めず、車を全速力で飛ばしていた。この世の空間はふたたび、彼の行動にブレーキをかける障害でしかなくなっていた。

18

まんまとまくことに成功したあの車が、彼の家の前に駐車していた。ふたりの男はやや離れたところにいた。

彼は彼らの車の後方に駐車して降りた。彼らはまるで、彼の逃亡がたんなるいたずらにすぎず、おかげでずいぶん楽しませてもらったとでもいうように、ほとんど陽気に微笑していた。前を通ると、太い首と鉄ごてでカールした髪の男が笑い出し、彼に向かって頭《かぶり》を振ってみせた。ミレックはそんな馴れ馴れしい態度を見て不安に駆られた。その態度は、今や彼らがさらに緊密に結ばれようとしていることを意味しているように思えたからだ。

ミレックは眉ひとつ動かさずに家に入った。まず息子、抑えた動揺をいっぱいに表している息子の眼差しが見えた。眼鏡をかけた見知らぬ男がミレックに近づき、身分を告げた。

「検事の家宅捜索令状をごらんになりたいですか？

——ええ」とミレックは言った。

アパートのなかにもうふたり見知らぬ男がいた。ひとりは、書類の束、手帳、本などが積み重なった仕事机の前に立っていた。その男の口述することを、もうひとりの男が仕事机の前に座って書き取っている。

眼鏡の男は、折り畳んだ一枚の紙片を胸ポケットから取り出してミレックに差し出した。

「さあ、これが家宅捜索令状です。それから、むこうで——と言って、ふたりの男を指差し——押収品リストの作成準備をさせています」

床いちめんに書類や本が散乱し、戸棚の戸が開けられ、家具が壁から離されていた。

息子がミレックのほうに体を寄せ、「彼らは、父さんの出発の五分後に、やってきたんだ」と言った。

仕事机の前のふたりの男は、ミレックの友人たちの手紙、ロシア軍占領初期の頃の史料、政治情勢の分析、集会記録、本などの押収品リストを作成していた。

「あなたはお友だちのことを、あまり配慮されていないようですな」と、眼鏡の男が言って押収品を顔で示してみせた。

「そこには憲法に違反しているものなど、なにもないですよ」と息子が言ったが、それが自分の、つまりミレック自身の言葉だということが、ミレックにはわかっていた。
眼鏡の男は、なにが憲法に違反しているかいないかは、裁判所が決めることでしょうと答えた。

19

亡命した者（十二万人）、職場を追われ沈黙を強いられた者（五十万人）は、さながら霧のなかを遠ざかってゆく行列のように、人知れず消えて忘れられてしまう。

しかし監獄は、四方八方壁に取り囲まれているとはいえ、みごとなほど〈歴史〉の照明を浴びている舞台だ。

ミレックはずっと以前から、そのことを知っていた。この一年のあいだ中、監獄という考えが彼の心を抗《あらが》いがたく惹《ひ》きつけていた。フローベールはたぶんこんなふうに、ボヴァリー夫人の自殺に心を惹かれていたのだろうか。いや、ミレックは、自分の人生という小説の終わりに、これ以上の結末を想像することができなかったのである。

連中は、人々の記憶から何十万もの人生を消し去って、あとにはただ無垢《むく》な牧歌の無垢な時間しか残らないように望んでいる。だがその牧歌のうえに、おれはまるでひとつのシミのように、全身で立ちはだかってやろう。ゴットワルトの頭のうえに残されたクレメンティスのトック帽みたいに、ずっとそこにとどまってやろう。

彼らはミレックに、押収品リストに署名させてから、息子にも一緒についてくるようにと言った。一年の未決勾留期間のあと、裁判が開かれた。ミレックは六年、息子は二年、そして彼らの友人が十人ばかり、一年から六年の懲役に処された。

第二部

お母さん

1

　マルケータは一時期、義母が好きでなかった。それは（義父の生前）カレルと一緒に義母と同居していた頃で、彼女は毎日、義母の八つ当たりや癇癪《かんしゃく》の的にされたものだった。彼らはそれ以上長くは義母に我慢できずに、引っ越してしまった。当時の彼らのモットーは「お母さんからできるだけ遠く離れよう」というものだった。彼らは国の反対側の端にある別の町に移り住み、その結果やっと、一年にせいぜい一回程度カレルの両親に会うだけですむようになった。

　やがてある日、カレルの父親が死んで、お母さんがひとり取り残された。葬式のときに久しぶりに会ったお母さんは、みすぼらしく惨めな様子で、前よりもずっと小さくなったようにみえた。ふたりとも頭のなかで「お母さん、ひとりじゃ無理です。私たちの家に来て一緒に住みなさいよ」という文句を考えた。

　その文句が頭のなかで鳴り響いていたが、彼らは口にしなかった。葬儀の翌日の寂しい散歩のあいだ、お母さんはすっかり痩せこけ、哀れな様子をしていたけれども、彼らがこれまでさんざん罰当たりなことを積み重ねてきたと言って、無礼なくらい激しく非難したものだから、なおさらだった。「もうなにがあっても、お母さんは変わらないだろう」と、やがて汽車に乗り込んでからカレルはマルケータに言った。「悲しいけど、ぼくにはやっぱり、お母さんから遠く離れよう、ということになるな」

それ以来、年月がたって、お母さんはあい変わらずだったけれども、たぶんマルケータのほうが変わってしまったのだ。というのも、彼女は突然、義母が自分たち相手にしてきたことといっても結局、みな実につまらないことばかりで、義母の小言をあまりにも重大に考えすぎた自分のほうこそ本当は間違っていた、そんな気がしてきたのである。そこで彼女は、まるで大人が子供を見るようにお母さんを見るようになった。今や、マルケータのほうが大人で、そんなふうに大きな距離を置いてみると、義母が子供のように小さく無防備に見えてくる。つまり、役割がすっかり逆転してしまったのだ。マルケータは我慢して義母に寛大になってあげようという気になり、定期的に手紙を書くようにさえなった。年とったお母さんはたちまちそれに慣れ、念入りな返事を書いてよこすようになったばかりか、もっと頻繁に手紙を書いてくるようマルケータに要求してきた。その理由は、わたしはあんたの手紙だけでなんとか寂しい独り暮らしに耐えているのだから、というものだった。

しばらく前から、カレルの父親の葬式のあいだに浮かんだ文句が、再び彼らの頭のなかを歩き回るようになっていた。しかし今度もまた、息子のほうが嫁のせっかくの好意を押しとどめた。そこで彼らは、「お母さん、私たちの家に来て一緒に住みなさいよ」とは言わないで、一週間だけ家に招待することにしたのである。

それは復活祭のときで、彼らの十歳の息子は休暇《ヴァカンス》に出かけていた。週末にはエヴァがくる予定になっていた。彼らはお母さんとはまる一週間過ごしたいと思っていたが、日曜日だけは別だった。そこで、「私たちのところに一週間いらっしゃい。次の土曜からその次の土曜まで。一週間後の日曜日は予定があって出かけるから」と言った。彼らはそれ以上はっきりしたことは言わなかった。あまりエヴァの話をしたくなかったからだ。カレルは電話でもう二度、「次の土曜からその次の土曜まで。一週間後の日曜日は予定があって出かけるんだよ」と、お母さんに念を押した。するとお母さんは、「そうかい、あんたたち、ずいぶんやさしいことを言ってくれるね。もちろん、あんたたちが好きなときに、わたしは帰りますよ。ちょっとだけ独り暮らしの寂しさからのがれられりゃ、わたしには充分なんですから」

ところが土曜の晩、マルケータが翌朝は何時に駅に送ってもらいたいのかと尋ねると、お母さんはためらわず、月曜日に発つときっぱり言った。マルケータはびっくりして顔を見たが、お母さんは続けて言った。「カレルはわたしには、あんたたちが月曜になにか予定があって出かけるから、月曜の朝に帰ってくれと言ったんだけどねえ」

もちろんマルケータは、「お母さん、それは間違い、私たち明日出かけるんです」と答えることもできたのだが、そんな勇気はなかった。彼女はとっさに、出かける場所をでっち上げられなかったのである。いいかげんな嘘しか用意しておかなかったと悟った彼女は、なにも言わず、義母が日曜日に彼らの家にいることになるという考えをしぶしぶ受けいれた。彼女は、義母が泊まっている子供部屋はアパートの反対側の端にあるので、まさか邪魔はされないだろうと思って安心した。そして咎めるような口調でカレルに言った。

「どうか、お母さんにつらく当たらないで。見てよ、かわいそうに。お母さんを見るだけで、わたし胸が張り裂けそうになるわ」

2

カレルは諦めて肩をすくめた。マルケータの言うことももっともだった。お母さんは本当に変わってしまい、なんにでも満足し、なんにでも感謝した。ささいなことで言い合いになる瞬間が今か今かとカレルはうかがっていたが、そんな心配は無用だった。

ある日散歩していると、お母さんは遠くのほうを見て言った。「むこうの、あの小さくてきれいな白い村、あれはなんだろうねえ？」それは村ではなく、いくつかの標石だった。カレルは視力の衰えた母親をかわいそうに思った。

しかし、その視覚の難点はもっと本質的ななにかを表しているようだった。つまり、彼らには大きく見えるものを母親は小さいと思い、彼らが標石だと思うものが母親には家に見えるということである。

実を言うと、それは必ずしもお母さんの新しい特徴ではなかった。違いはと言えば、以前の彼らはそれに腹を立てたことだけだった。たとえばある夜、隣の巨大な国の戦車が彼らの国に侵攻してきたことがあった。大変な衝撃、恐怖であり、長いあいだ、だれひとりそれ以外のことが考えられなかった。それは八月、庭には梨が実っていた。その一週間前に、お母さんは薬剤師に梨をもぎにくるように招待していた。けれども、薬剤師はやって来ないばかりか、その言い訳さえもしなかった。お母さんはそのことで薬剤師を許さなかったのだが、カレルとマルケータはすっかり逆上してしまった。彼らは、みんながタンクのことを考えているというのに、お母さんは梨のことばかり考えているんですか、と言って非難したものだった。やがて彼らは、なんともケチくさい母親だった、と思いながら引っ越して行った。

ただ、戦車は本当に梨よりも重要なのだろうか？　時が経つにつれ、その質問にたいする答えは、それまでの自分が考えていたほど明快なものではないとわかって、カレルはお母さんの見方に密かに共感を覚えるようになっていた。その見方では、前面に大きな梨があって、はるか後方のどこかに、人目を憚《はばか》って今にも飛んでいきそうな、てんとう虫よりも巨《おお》きくはない戦車がいる。そう、実はお母さんのほうが正しいので、タンクは束の間のものだけれども、梨は永遠なのだ！

昔のお母さんは息子についてなんでも知りたがり、彼が自分の生活のことでなにか隠すと怒り出したものだった。だから今度も、お母さんを喜ばせようと、彼らは今なにをし、なにが起こっていて、どういう計画があるかといったことを話した。しかし間もなく、お母さんがどこかお義理で耳を傾けているといったふうで、話をすぐ、留守のあいだ隣の奥さんに預けてきたプードル犬のことにもってゆくのにふたりは気づいた。

以前のカレルだったら、それを自分勝手か、さもしい態度だと見なしただろう。だが今では、全然そうではないことがわかっていた。彼らが想像していた以上の時間が経っていたのだ。お母さんは母親という最高の称号を諦めて、別世界に行ってしまっていたのである。別の散歩の折り、彼らは嵐におそわれた。彼らはお母さんの腕を片方ずつつかんで、文字どおり運んでやらねばならなかった。そうでもしないと、風に吹き払われてしまったことだろう。吹けば飛ぶようなお母さんの体重を手に感じながら、カレルは心を動かされ、自分の母親が人間よりも小さく軽く、楽々と風に吹き飛ばされてしまうような、そんな別の生き物たちの国にいるのだと理解した。

3

昼食後にエヴァが着いた。駅まで迎えに行ったのは、エヴァを自分の友だちだと思っているマルケータだった。彼女はだいたいカレルの女友だちを好まなかったが、エヴァだけは別だった。実際、彼女はカレルより前にエヴァと知り合いになったのだ。

それは六年ばかり前のことで、マルケータはカレルと一緒に温泉町で保養していた。二日に一度、彼女はサウナに行っていた。更衣室の木の腰掛けに、汗びっしょりになって他の女たちと座っていると、大柄の裸の娘が入ってくるのが見えた。ふたりは知り合いでもないのに微笑《ほほえ》み合った。しばらくすると、その若い女がマルケータに話しかけてきた。若い女は大変ストレートなものの言い方をし、マルケータもそんなふうに好意を示されるのが大変ありがたかったので、ふたりはたちまち友情で結ばれることになった。

マルケータがエヴァに惹《ひ》かれたのは、その言動の奇抜なところが魅力だったからだ。あんなふうに、いきなり声をかけてくる、あの話しかけ方だけだって！　まるでわたしたちが会う約束をしていたみたいだった！　そして彼女って、礼儀正しく型通りにサウナは健康によくて食欲を増進させるといった話題で会話を始めて時間を無駄にはせず、すぐ自分のことを話し出した。広告で知り合いになり、最初の手紙でいきなり、自分がどんな人間で、なにをしているか、未来のパートナーに簡潔にきちんと説明しようとする人たちに、ちょっと似ていたわ。

それではエヴァ自身の言葉では、彼女はどんな人間なのだろうか？　わたしは陽気なラブハンターなの、とエヴァは言う。でも、結婚のために男をあさるんじゃないの。男が女をあさるように、わたしは男をあさるのよ。わたしにとって、愛なんて存在しない。あるのはただ友情と快感だけ。だから、ボーイフレンドはたくさんいるわ。男たちは、わたしが結婚したがるんじゃないかって、びくびくしなくてもいいし、その奥さんたちも、わたしに夫を奪われるんじゃないかって、心配しなくてもいいわけ。それから、かりにわたしがいつか結婚するとしても、その夫は、わたしがなんでも許してあげて、なんにも要求しない、そんなボーイフレンドみたいな夫でしょうね。

しゃあしゃあそう説明してから、エヴァは、マルケータが立派な「骨格」をしているが、それはたいへん珍しいことなのだと言った。エヴァによれば、本当に美しい体をしている女はめったにいないものだからだという。そんな賛辞がエヴァの口からごく自然にもれたので、マルケータは、男からそんなお世辞を言われるよりずっと嬉しくなって、その娘にすっかりまいってしまった。彼女は誠実さの国に入ったような気がして、翌々日またサウナで会う約束をした。彼女はのちに、エヴァをカレルに紹介したが、この交友関係では、彼はいつも第三者のようにみられていた。

「うちに義母が来ているの」と、マルケータが駅の外に出ると間の悪そうな口調で言った。「わたし、あなたを従姉妹《いとこ》だと言って紹介するわ。迷惑じゃないかしら？」

――ぜんぜん」とエヴァは言い、マルケータの家族について、大まかな情報をいくつか求めた。

4

お母さんはこれまで、嫁の家族に大した関心を抱いたことがなかった。けれども、従姉妹、姪《めい》、叔母、孫娘といった言葉はお母さんの心を熱くした。それは慣れ親しんだ知識だけでよい世界だった。

ところで、お母さんは今し方、以前からわかっていたことの新たな確証を得たところだった。それは、息子がどうしようもない変わり者だということだ。あれじゃあ、まるで親戚の女と一緒にいるのをわたしが邪魔すると言っているようなものじゃないか。連中だけで好きなようにおしゃべりしたいというのなら、話はわかる。だからといって、このわたしを一日早く放り出していいってものじゃないだろうに。幸いわたしは、連中にたいしてどう振る舞うべきかわかっていたから、ただ日を間違えただけだということにしておいた。だから、お人好しのマルケータが日曜日の朝に出かけると言い出せないのを見て、わたしはすんでのところで笑い出しそうになった。

ふたりは前よりも親切になった、これは認めてやらねばならない。なん年か前のカレルなら、出てゆけと情け容赦なく言ったかもしれない。実際昨日は、あのちょっとした悪知恵で、ふたりのために大いに役立ってやったではないか。少なくとも一度だけは、一日早く母親を寂しい独り暮らしに追いやったことで、ふたりも悪い思いをせずにすんだというものだ。

　それにお母さんは、その新しい親戚と知り合いになれたことがとても嬉しかった。あれは大変やさしい娘だった（だけど驚いた。あの娘はだれかを思い出させる。でもいったいだれを？）。お母さんはたっぷり二時間、その娘の質問に答えてきた。娘時代のお母さんてどんな髪型をしていたんですか、と尋ねられた。お母さんはお下げにしていた。もちろん、それは旧オーストリア＝ハンガリー帝国の時代で、ウィーンが首都だった。お母さんの中高等学校はチェコ人学校で、彼女は愛国者だった。突然お母さんは、当時歌われていた愛国歌のいくつかを彼らに歌ってやりたくなった。歌でなくても、なんなら詩の朗読だっていいではないか！　たしかにお母さんは、いまでもまだ詩のいくつかを空で覚えていた。戦争の直後（そう、もちろん一九一八年、第一次世界大戦のあとのことで、チェコスロヴァキア共和国が創設されたときだ。あれあれ、あの従姉妹というのは、共和国がいつ宣せられたかも知らないの！）、お母さんは、中高等学校のある厳粛な行事のさいに詩を一つ朗読した。みんなオーストリア帝国の終焉《しゅうえん》を祝福していた。みんな独立を祝福していた！　だというのに何としたことか、最後の詩節に達したところで突然、彼女は詰まってしまい、あとを思い出せなくなってしまったのだ。彼女は黙り込み、額に汗を流しながら、恥ずかしさのあまり死んでしまいそうになった。するとまったく意外なことに、大きな拍手がわきおこったのだ！

みんなはそれで詩が終わっていると思い、最後の詩節が欠けているのに気づかなかったのである！　しかしお母さんはそれでも絶望していて、恥ずかしさのあまり、トイレに駆け込んだまま出てこなくなった。そこで校長みずから捜しに駆けつけ、長々と戸を叩《たた》きながら、大成功だったんだから、泣いてなんかいないで外に出てくるようにと懇願したものだった。

従姉妹が笑うと、お母さんはしげしげと彼女を見て、「あなた、だれかを思い出させるんだけど、ああ、いったいだれなんでしょう……

――だけど、母さん、戦後はもう中高等学校には行っていなかったよ、とカレルが指摘した。

――自分がいつ中高等学校に行っていたかぐらい、わたしは知っていますよ！

――だって母さん、戦争の最後の年に大学を受験したんだろう。それはまだ、オーストリア＝ハンガリー帝国時代だよ。

――自分がいつ大学を受験したかぐらい、わたしは知っているつもりだけどね」お母さんはいらいらしながらそう答えた。しかし、そのときにはもう、カレルが間違っていないことがお母さんにはわかっていた。言われてみればまったくそうで、彼女は戦争中に大学を受験したのだった。では、いったいどこから、戦後の中高等学校での、あの厳粛な行事の思い出がやってきたのだろうか？　突然お母さんはためらい、黙り込んでしまった。

その短い沈黙のあいだに、マルケータの声がきこえた。彼女はエヴァに語りかけたのだが、話しているのは、お母さんの朗読にも一九一八年にも関係のないことだった。

お母さんは思い出のなかにひとり取り残され、その突然の無関心と自分の記憶の衰えとに裏切られたように感じた。

「あんたたちだけでお楽しみ。あんたたち若いんだし、お互いたくさん話もあるんでしょうから」突如不満に苛《さいな》まれたお母さんは、そう言い捨てて孫の部屋に引き上げていった。

5

エヴァがお母さんを質問責めにしているあいだ、カレルはエヴァを感慨深く、好もしく眺めていた。カレルは十年前からエヴァを知っているが、いつもこんなふうだった。ストレートで、大胆不敵なのだ。彼が彼女を知ったのも（彼がまだマルケータとともに両親と同居していた頃だ）、彼の妻がその数年後に知り合いになったのと、ほぼ同じくらい迅速だった。ある日、彼は会社で未知の女性から一通の手紙を受け取った。彼女は、彼を見たことがあり、ひとりの男性が気にいったときには、自分にとってしきたりなどなんの意味もないので、こんなふうに手紙を書くことにしたのだと述べていた。あなたを好きなこのわたしはラブハンターで、忘れられない経験をいろいろとハントしている。わたしは愛など認めず、友情と快感しかないと思っている云々《うんぬん》。その手紙にはヌードの娘が挑発的な姿勢をしている写真が添えられていた。

カレルは最初、返事をするのをためらった。冗談だと思ったからだ。しかし結局はがまんできなくなって、指示された住所にその若い女性宛《あて》の手紙を書き、友人のワンルーム・アパートに彼女を誘った。すらりとして痩せたエヴァが、趣味の悪い服装をしてやってきた。思春期の大きすぎる娘が祖母の服を着てきたといった様子。彼女は彼の前に座り、ひとりの男性が気にいったときには、しきたりなんてなんの意味もないんだし、自分は友情と快感しかないと思っているなどと説明した。彼女が気まずそうに努力しているのが顔にあらわれ、カレルはそんな彼女にたいして、欲望を覚えるというよりはむしろ、どこか妹をあわれむような気持ちになった。だがじきに、どんな機会だっていただかなくちゃと思い直し、「それはすばらしい」と、彼女を励ますように言った。「ふたりのラブハンターの出会いなんだ、これは」

この最初の言葉によって、彼はおしゃべりなその若い女性の告白を止めさせたのだが、エヴァのほうは、ほぼ十五分前から健気《けなげ》にもたったひとりで耐えていた重苦しい状況からたちまち解放されて、元気を取り戻した。

送ってもらった写真のあなたは美しかったと彼は言い、裸の姿をひとにみせると興奮してくるのかな、と（プレイボーイ特有の挑発的な声で）彼女に尋ねた。

「わたしって露出マニアなの」と、まるでわたしは再洗礼派だとでもいうように、彼女はいとも無邪気に言った。

彼は、あなたの裸の姿を見たいと言った。

気が楽になった彼女は、このアパートにはレコードプレーヤーはないの、と尋ねた。

そう、たしかにレコードプレーヤーはあるにはあった。しかし、カレルの友人は、バッハ、ヴィヴァルディ、ワーグナーのオペラといったクラシック音楽しか好まなかった。この若い女がイゾルデの歌に合わせながら服を脱いでゆくのは、さぞ奇妙なものだろうな、とカレルは思った。エヴァのほうもレコードには不満で、「ポップスはないの、ここには？」いやポップスはなかった。他に手立てもないので、彼はとうとうプレーヤーにバッハのピアノ組曲を掛けることにして、部屋の全景を見渡せるような位置に陣取った。

エヴァは調子を合わせて体を動かそうとしたが、やがて、こんな音楽じゃとてもダメと言った。

彼は厳しく声を荒らげ、「黙って脱ぐんだ！」と言い放った。

バッハの妙《たえ》なる音楽が部屋を充たすなかで、エヴァは身をくねらせ続けた。他のなんであってもダンス用のものではないその音楽では、彼女のパフォーマンスもことのほか痛ましく、カレルはぼんやりと、これじゃ、セーターを脱ぐ瞬間からパンティーをとる瞬間までに辿らねばならない道は、彼女には果てしないものに感じられるだろうな、と思った。ピアノの音がきこえ、エヴァは強いリズムのダンスの動き方で身を捩《よじ》り、着ているものをひとつひとつ投げ捨てていった。彼女は全身全霊を自分自身と自分の動作に集中し、まるで難曲を暗譜で弾き、聴衆のほうに目を向けようものなら気が散ってしまう、と恐れているヴァイオリン奏者みたいだった。すっかり裸になった彼女は、壁のほうに顔を向け、自分の股を片手でつかんだ。しかしカレルのほうもすでに裸になっていて、マスターベーションをしているその若い女の背中をうっとりと眺めていた。それはなんとも素晴らしい光景で、以来彼がエヴァの味方になったのも無理はない。

そのうえ彼女は、カレルのマルケータにたいする愛情に苛立たないただひとりの女性だった。「あなたは奥さんを愛している。だけど、あなたはハンターなんだし、そのハントといっても、別に彼女を脅かすものなんかじゃない。奥さんはそう理解すべきじゃないかしら。だけど、どっちみち、どんな女にもそれがわからないのよね。いや、ほんとうの話、男たちを理解できる女なんて、ひとりもいやしないんだから」あとで悲しそうにそう言った彼女はまるで、理解されないその男こそ彼女自身だと言わんばかりだった。

それから彼女は、カレルを助けるためなら、なんだってやってあげると申し出た。

6

お母さんが引き籠もった子供部屋は、わずか六メートルほどしか離れておらず、しかも二枚の薄い仕切りによって隔てられているだけだった。お母さんの影がつねに彼らにつきまとっているようで、マルケータは息苦しくなった。

幸いなことに、エヴァはおしゃべりだった。もうずいぶん長いあいだ彼らは会っていなかったし、そのあいだに多くのことが起こっていた。彼女は別の町に移住していて、そしてなにより、彼女をかけがえのない女友だちだとみなしている年上の男と結婚していた。というのも、私たちも知っているように、エヴァはとりわけ友だち付き合いの才能に恵まれ、持ち前のエゴイズムとヒステリーによって愛を拒否していたからだ。

彼女はまた新しい職場をえて、それなりに生活費も稼げるようになっているけれども、ほっとする暇が少しもなく、明日の朝には職場に戻らなくてはならないのだと言う。

マルケータはぎょっとして、「なに！　じゃあ、あなた、何時に発ちたいと言うの？

——朝の五時に直通列車があるの。

——それじゃ、エヴァ、あなた四時に起きなくちゃならないじゃないの！　ひどいわ！」

そしてその瞬間、カレルの母親が居残っていることに考えが及び、彼女は怒りではないにしても、どこか苦々しい気持ちを覚えた。というのも、エヴァは遠くに住み、あまり時間の余裕がないにもかかわらず、この日曜日をマルケータのために取っておいてくれたというのに、マルケータのほうはといえば、その亡霊がつねに彼らから離れない義母のせいで、思うようにエヴァに尽くしてあげることもできなかったからだ。

マルケータの上機嫌は台なしになった。そのうえ悪いことは重なるもので、電話が鳴り出した。受話器を取り上げたカレルの声はためらいがちで、その素っ気なく曖昧《あいまい》な答え方のなかにどこか怪しげなところがあった。マルケータは、カレルが自分の文句の意味を隠すために、慎重に言葉を選んでいるような印象を受けた。彼女には確信があった。彼はある女と会う約束をしている最中なのだ。

「だれだったの？」と彼女が尋ねると、カレルは、隣町に住む女の同僚が来週やってくる予定があるので、ついでにおれと話がしたいと言うんだな、と答えた。その瞬間からマルケータはもう一言も口をきかなくなってしまった。

彼女はそんなに嫉妬していたのだろうか？

何年も前の、ふたりの愛の初期の頃だったら、疑いもなくそうだっただろう。ただ、それ以来年月がたち、今日彼女が嫉妬として経験していることは、たぶんもうただの習慣にすぎないのだ。

この事情を別の言い方で説明してみよう。どんな恋愛関係もはっきりとそうとは定められていない、いくつかの取り決めのうえに成り立っている。この取り決めは、愛し合っている者たちが、その愛の最初の数週間にうっかり結んでしまうものなのだ。彼らはまだどこか夢心地でいるのと同じ時期に、情け容赦のない法律家のように、ふたりの契約の細かな条項を起草してしまうのである。ああ！　愛する者たちよ、この最初の危険な日々にこそ用心深くなければならないのですよ！　もし相手の朝食をベッドまで運んでやるなら、あなたは永遠にそうしなければならなくなるだろう。もっともあなたが、愛していないだの、裏切りだのと非難されたいというなら、話はまた別だが。

　ふたりの愛の最初の数週間から、カレルとマルケータとのあいだに、カレルが不実な夫となり、マルケータはそれを受けいれる、しかしマルケータのほうが上品な人間となる権利を持つのに反して、カレルは彼女に対し罪の意識を覚える、ということが決められた。上品な女性であることがいかに悲しいものであるか、マルケータほどよく知っている者はだれもいない。彼女は上品な女性だったが、それはただ、そうする以外に仕方がなかったからだった。

　もちろんマルケータも心の底では、あの電話での話それ自体は大した意味もないのはよくわかっていた。しかし大事なのは、その話がなんであったかということではなく、なにを表していたかということだった。その話は素っ気なかっただけに、よけい雄弁に彼女の生活の全状況を表現していた。つまり、彼女がすることのすべては、カレルのため、そしてカレルのせいでしているということだ。彼女は彼の母親の面倒をみていた。いちばん仲のよい女友だちを紹介し、彼にプレゼントしてあげた、ひたすら彼と彼だけの楽しみのために。では、なぜ彼女がそんなことをするのか？　なぜ自分に苦しみを与えるのか？　なぜシジフォスのように岩を押し上げるのか？　彼女がなにをしようと、カレルはうわのそらで、別の女と会う約束をし、いつも彼女から逃れ去ってしまう。

高校に通っていた頃の彼女は、鼻っ柱が強く反抗的で、生命力《ヴァイタリティー》がありすぎるくらいだった。数学の老教師はそんな彼女をからかうのが大好きで、マルケータ、きみに手綱をかけるのはさぞかし大変だろうな！　きみの旦那さんになる人には、今から同情したいね、などと言っていた。そんな言葉がなにか縁起のいい兆しのように思われ、彼女は誇らしく笑っていたものだった。ところが、彼女は一挙に、なぜだかわからないままに、自分の意思にも趣味にも反して、意外にもまったく別の役割に回されてしまった。それというのも、すべては例の契約を起草した一週間のあいだに注意を怠ったためなのだ。

いつも上品な女性であり続けるということなど、彼女にはもう嬉しくもなんともなくなっていた。突然、結婚生活のすべての年月が、重すぎる袋のように彼女のうえに落ちてきた。

7

マルケータがだんだん不機嫌になってゆく一方で、カレルの顔も怒りを表していた。エヴァはパニックに襲われた。彼女はふたりの夫婦生活の幸福に責任があるように感じ、部屋に立ちこめてきた暗雲を吹き払うようにと、ますますおしゃべりになった。

しかしそれは、彼女の力の限界を越える仕事だった。今度という今度こそ、明らかにあまりにも不当な仕打ちに憤激したカレルは、頑固に黙りこくってしまった。マルケータのほうも、苦々しい気持ちを抑えきれなかったし、夫の怒りにも我慢がならなかったので、立ち上がって台所に行ってしまった。

みんなが前々から実に楽しみにしていたこの一夕を、なんとか台なしにしないようにと、エヴァはカレルを説得しようとした。しかしカレルはてこでも動かなかった。「もうこれ以上やってゆけないと思う時があるんだよ。ぼくはもう疲れてきた！　いつもあれこれといって非難ばかりされる。いつも罪の意識を感じていなければならないなんて、くそ面白くもない。しかもこんな愚にもつかないことのためだぜ！　こんな馬鹿な話があるか！　ぼくはもうあんな女の顔など二度と見たくない。絶対見たくない！」彼は同じことを繰り返しながらグルグルと歩き回り、哀願するようなエヴァの取りなしに耳を貸そうともしなかった。

そこで彼女は彼をひとりにしてやることにして、その場を立ち去り、マルケータのいるところに行った。台所にうずくまったマルケータには、起きてはならないことが今起きてしまったのだとわかっていた。エヴァは、あんな電話一本でそんなに疑うなんてどうかしていると言って、なんとかマルケータに示そうと努めた。心の底では、今度ばかりは自分のほうが間違っているのを知りながら、マルケータはこう答えた。「だけど、わたしもうこれ以上やってゆけない。いつもいつも同じことばかり。年がら年中、くる日もくる日も、女のことと嘘ばかり。わたし、もう疲れてきた。疲れたわ。もうたくさんなの」

エヴァには、この夫婦が同じように依怙地《いこじ》になっているのがわかった。そこで彼女は、ここにくる途中で浮かんだのだが、最初はすこし慎みに欠けると見えた、あの漠然とした考えこそいい考えだと思うことにした。もしあのふたりを助けたいのなら、自分の決断で行動することを恐れてはならない。ふたりは愛し合っているけれども、だれかに彼らの重荷を軽くしてもらわなくてはならないんだ。だれかが彼らの気を楽にしてやらなくてはならない。だから、わたしがここにもってきた計画は、自身の利益になるだけではなく（そう、疑いもなくそれは、まず彼女の利益になるのであって、だからこそ、自分の友だちにたいして決してエゴイストとして振る舞いたくなかった彼女にとって、いささか気の咎める考えだったけれども）、それはまた、マルケータとカレルの利益にもなるんだ。

「わたし、どうすればいいの？　とマルケータが尋ねた。

――彼のところに行って、ふてくされるのはよして、と言うのよ。

――だけど、あの人の顔はもう二度と見たくないの。絶対見たくないのよ！

――じゃ、眼を伏せればいいわ。そのほうがずっと感動的だもの」

8

その夕べは救われた。マルケータは勿体《もったい》ぶって酒瓶をとり、カレルがオリンピックの最終レースの開始を告げるスターターよろしく、壮大な身振りでその栓を抜くように差し出した。ワインが三つのグラスに注がれると、エヴァは肩を揺するような歩き方でレコードプレーヤーのほうに行き、レコードを一枚選んでから、音楽（今度はバッハのものではなく、デューク・エリントンの曲）に合わせて部屋を動き回り始めた。

「お母さん、お休みになっていると思う？　とマルケータが尋ねた。

——お休みと言いにいったほうが、たぶんもっといいんじゃないかな、とカレルが忠告した。

——もしあなたがお休みを言いにいったら、お母さん、またあんなふうにおしゃべりを始めるわよ。そうすると、また一時間、無駄になるわ。エヴァは早起きしなくちゃならないのよ」

マルケータは、もうすでに時間を無駄にしすぎてしまったと思っていた。それで彼女はエヴァの手をとり、お母さんにはお休みを言いにいかないで、エヴァと一緒に浴室に入っていった。

カレルはひとり部屋に残って、エリントンの音楽を聴いていた。喧嘩になりそうな雲行きが一掃されたのは幸いだったが、この晩にはもうなにも期待していなかった。あのちょっとした電話の一件が突然、彼が認めるのを拒んでいることを明らかにした。彼はうんざりして、もはやなにもしたくなくなっていた。

あれ以来数年になるが、マルケータは彼女と彼女が嫉妬している彼の愛人と三人でセックスしようと彼を唆したことがあった。即座に彼は目眩を覚えた。それほどその提案に興奮したのだ！　しかし、その晩の彼はちっとも喜びを与えられなかった。それはかえって、なんともひどい努力になったのだ！　眼の前でふたりの女がキスし合い、抱き合っていても、ただの一瞬もライヴァルであることを止めず、どちらのほうに彼が身を入れ、どちらのほうに優しくするか見ようと、お互いに油断なく観察し合っていた。彼は言葉の一つひとつを慎重に選び、愛撫ひとつするのにも釣り合いを考え、愛人というよりはむしろ綿密細心に気を配る、親切で公平な外交官のように振る舞った。だが結局、すべてが失敗に終わった。まず彼の愛人がセックスの真っ最中に泣き崩れ、やがてマルケータが深い沈黙のなかに閉じこもってしまったのだ。

もしマルケータが純粋に肉欲から——つまり彼女のほうが下品な女になって——そのちょっとした乱痴気騒ぎを求めたと信じられたのだったら、たぶんふたりの女は彼に快楽を与えたかもしれない。しかし、最初から彼のほうが下品な男になるという取り決めになっていたために、その放蕩《ほうとう》も彼にとってはただ辛い自己犠牲、みずからの一夫多妻的《ポリガム》性向に身を任せ、それを幸福な結婚の歯車にするための寛大な努力にすぎなかった。彼はマルケータの嫉妬の光景、ふたりの愛の初期に自分が開けてしまったあの傷に、決定的な影響を受けていた。妻が別の女の腕に抱かれているのが見えたとき、彼はすんでのところで跪き、妻に許しを乞いそうになった。

だが、遊蕩とはそもそも、悔悛《かいしゅん》のための勤行なのか？

そこで、もし三人でのセックスになにかしら愉快なことがあるとすれば、マルケータにも、ライヴァルと出会っているなどといった気持ちを抱いてもらっては困る。彼はそんなふうに考えるようになった。彼女は、カレルを知らず、彼には関心もないような、自分自身の女友だちを連れてくるべきではないのか。だからこそ彼は、サウナでのエヴァとマルケータとの出会いという計略を思いついたのだった。その計画は成功し、ふたりの女は彼を強姦して弄《もてあそ》び、彼を犠牲にして楽しみ、一緒に彼に欲望を覚えるようになった。カレルは、エヴァがマルケータの心から愛の不安を追い払ってくれ、自分もやっと自由になり、そう悪い男ではないと認めてもらえるだろうと期待していた。

しかし彼は今や、数年前に決められたことを変える手立てなどないと確認した。マルケータはいつまでも同じ女であり続け、彼はいつまでも被告の身であり続ける。

とすればなぜ、彼はマルケータとエヴァとの出会いを唆したのか？　なぜふたりの女性とセックスしてきたのか？　だれのために、そんなことをやってきたのか？　ずっと前からマルケータを快活で肉感的で幸福な女にすることぐらい、だれにだってできただろう、カレル以外のだれにだって。彼は自分のことをシジフォスみたいだと思った。

彼はほんとうに、シジフォスみたいだろうか？　マルケータもさきほど、自分をシジフォスにたとえたばかりではなかったろうか？

そう、年月とともに、この夫婦は双生児のようになり、同じ語彙《ごい》、同じ考え、同じ運命を共有するようになっていた。ふたりとも相手を幸福にするために、互いにエヴァをプレゼントし合った。ふたりとも自分が岩を押し上げているような印象をもち、お互いにうんざりしていたのだ。

カレルは浴室で水の流れる音とふたりの女の笑い声を聞きながら、これまで一度も自分の好きなように生きることも、好きな女を所有することも、自分が所有したいように女を所有することもできなかったと、ぼんやり思っていた。彼はひとり好き勝手に、そして、情深い眼などが届かないどこかに逃げていって、自分の歴史を織りあげてみたいという気持ちになった。

さらに本音をいえば、自分の歴史を織りあげることだってどうでもよく、ひたすらひとりになりたかった。

9

気が急《せ》くあまり洞察力をすこし欠いていたマルケータとしては、お母さんにお休みを言いにいかず、お母さんがすっかり眠り込んでいると思い込んでいたのが間違いだった。息子の家への訪問のあいだ、お母さんの頭の回転が急にはやくなりだし、しかもその晩は、さまざまな考えがことのほか激しく駆けめぐっていた。いけないのはあの感じのいい親戚の娘で、彼女がたえず、若い頃のだれかを思い出させるのだ。しかし、彼女はいったいだれをお母さんに思い出させるのだろうか？

それでもお母さんはやっと、だれかに思いあたった。そうだ、ノラだ！　まったく同じスタイル、すらりとした美しい脚で世の中をのし歩くような、同じ身のこなし。

ノラには善意と謙虚さが欠けていて、お母さんは何度も彼女の振る舞いに心を傷つけられたものだった。しかし、今のお母さんはもう、そんなことを考えていない。彼女にとってそれよりずっと大事なのは、ここで突然、自分の青春の断片、半世紀もの距離をこえてやってきたひとつの符号をみつけたということだった。昔の経験のすべてがずっと自分についていてくれ、孤独な自分を取り巻き、話をしてくれるのだと考えると、お母さんはうれしくなった。ノラのことなど一度も好きになれなかったけれども、ここで彼女に出会えたのが幸せだった。しかもあのノラが、すっかり人懐っこくなり、自分にたいして敬意にみちた態度を示す人物になりきっているではないか。

そんな考えが浮かんできたとき、お母さんは急いで彼らのところに駆けつけたくなったが、こらえた。今日ここにいるのも悪知恵を使ってだし、あのふたりの変人たちも従姉妹とだけになりたがっているのがよくわかっていたからだ。それなら、連中はお互いにそれぞれの秘密を打ち明け合っていればいいさ！　彼女は孫の部屋で全然退屈していなかった。編み物もあれば、読み物だってある。それから何より、あるひとつのことがずっと心に引っ掛かっていた。カレルのせいで頭が混乱させられたけれども、やっぱり彼のほうが正しかった。そう、たしかに、わたしは戦争中に大学受験をしたんだ。わたしのほうが間違っていた。朗読をして最後の詩節を忘れてしまった逸話だって、少なくともその五年前のことだった。わたしが泣きながら閉じ籠もったトイレの戸を、校長がトントン叩きにきたのは本当だけれども、あの年には十三歳になったかどうかといったところだった。それにあれは、クリスマス休暇前の、中高等学校の学園祭のあいだだった。舞台のうえには飾られた樅《もみ》の木があって、子供たちがクリスマスの輪舞曲を歌ったあと、わたしが短い詩を朗読したんだ。そして、最後の詩節のところで詰まってしまい、どうしてもあとが続けられなかった。

お母さんは自分の記憶力を恥じた。カレルにはなんと言ってやればいいものか？　自分のほうから間違っていたと認めなければならないのだろうか？　どのみち彼らは彼女を老人だと見なしていた。なるほど、優しいことは優しかったが、まるで彼女を子供扱いし、どこか大目にみてくれているのがわかって不愉快だった。もし彼女が今、クリスマスの午後の子供たちの集いと政治集会を混同していたと認め、カレルの言ったことがまったく正しかったと言ってやれば、彼らはさらに何センチか背が高くなり、彼女のほうは自分がもっと小さくなったように感じるだろう。いや、いや、そんなふうに彼らを喜ばせてやっていいものか。

彼女は、そう、わたしは戦後のあの行事のあいだに詩を朗読したんだよ、と彼らに言いにいこうとしていた。大学受験を終えていたのは間違いないが、わたしが朗読で一番だったからこそ、校長が思い出し、昔の教え子に詩を朗読しにくるよう依頼したのだ。あれは大変な名誉だった！　しかしわたしは当然、その名誉に値したのだ！　なんたって愛国者だったんだから！　戦後が、オーストリア＝ハンガリー帝国の崩壊がどんなものだったか、連中はなにも知っちゃいないのだ！　あの喜び！　あの歌の数々、数々の旗！　そこで再び、お母さんは息子と嫁のところに駆けつけて、自分の青春時代の世界の話をしてやりたくてたまらなくなった。

それどころか、お母さんは今や、どうしても彼らに会いに行かねばならない、といった気分になりかけていた。というのも、お母さんが彼らの邪魔をしないと約束したのはたしかだけれども、それは真実の半分でしかなかったからだ。もう半分というのは、彼女が戦後、中高等学校の厳粛な行事に参加できたのをカレルが理解しなかったということだ。お母さんは老人になり、記憶も時々あやふやになって、息子にすぐ事情を説明してやれなかったとはいえ、現実の事態がどうだったのかをやっと思い出した今となっては、いくらなんでも彼の質問を忘れたふりはできなかった。そうはゆかない。彼らに会いに行ってやろう（連中が語り合うといっても、どのみち大した話はなにもないんだし）。そしてこう弁解してやろう、わたしはあんたたちの邪魔はしたくないんだけれども、もしカレルにお母さんは大学受験を済ましていたのに、どうして中高等学校の厳粛な集いで朗読なんかできたのかと尋ねられなかったら、きっと戻って来はしなかったでしょうよ、と。

やがてお母さんの耳に、戸が開き、そして閉まる音がきこえた。ふたりの女の声がきこえ、それから再び、戸が開く音がした。続いて、笑い声と水の流れる音。お母さんは、若い女どもがふたり、夜の身づくろいでもしているのだろうと考えた。それでは、もしわたしがあの三人ともうちょっと話をしたいのなら、今こそいよいよ行ってやるべき時ではないか。

10

お母さんが戻ってきたのは、いたずらな神が微笑しながらカレルに差し出した手のようなものだった。なんとも具合の悪い時だっただけに、よけいお母さんはいい時にやってきたのだ。お母さんには弁解をしようなどとする必要もなく、彼女の顔を見るやいなや、カレルが激しく質問を浴びせかけた。午後はずっとなにをやっていたの？　ちょっと寂しくなかった？　どうしてぼくらに会いにこなかったの？

若い者たちはいつだって互いに沢山話し合うことがあるんだから、年寄りというものはそれを知っていて、若い者たちの邪魔をしないようにしているんだよ、とお母さんは説明した。すでにふたりの女たちが大声で笑いながら、戸に突進してくる物音がきこえていた。最初にエヴァが、ちょうど黒いヘアが隠れるかどうかぎりぎりの、紺のTシャツ姿で入ってきた。お母さんを見た彼女は恐怖に捉えられ、あとに退くこともできず、ただお母さんに向かってにっこり微笑んでから、部屋の肘掛《ひじか》け椅子《いす》のほうに進んで行って、むきだしの肌をすばやく隠した。

カレルには、マルケータがすぐあとについてくるのがわかっていたが、ひょっとするとイブニングドレスで現れるのではないかと思っていた。ふたりだけに共通の言葉では、それはマルケータが首のまわりに真珠のネックレスしかつけず、ウエストのまわりにはスカーレットのビロードのショールを巻きつけているだけ、ということだった。なんとかあいだに割り込んで、彼女が入ってくるのを防ぎ、お母さんがギクリとしないようにしてやらねばならないのはわかっていた。だが、いったい、なにをすべきなのか？「入ってくるな！」と叫ばねばならないのか？　それとも、「はやく服を着るんだ、ここに母さんがいるんだよ！」と言うべきなのか？　たぶんマルケータを引き止めるもっと巧妙な方法があったかもしれない。だがカレルには考える時間が一、二秒しかなく、そのあいだにはなんの考えも浮かばなかった。それどころか彼はなんとなく、ほんわりとした気だるさに襲われ、気もそぞろになった。そこで彼がなにもしなかったので、部屋の入口に進んできたマルケータは全裸のまま、ただネックレスとショールだけを身にまとっていたのだった。

ちょうどその時、お母さんはエヴァのほうに振り向いて、愛想のいい微笑を浮かべながら言った。「きっとお休みにいらっしゃりたいんでしょう。わたしはお引きとめしたくはないんですがね」エヴァにはマルケータの姿が横目に見えて、いいえと答えたが、その言い方がほとんど叫ぶようで、まるで自分の声で友だちの体を覆ってやりたいとでもいうような調子。やっと事態を察したマルケータは廊下に退いた。

しばらくして、マルケータが長いバスローブに身を包んで戻ってくると、お母さんはエヴァに言ったばかりのことを繰り返し、「マルケータ、わたしは別にあんたたちを引き止めたくはないんだけどね。きっと休みにいきたかったんだろうから」

マルケータは、はい、そうなんですと答えそうになったが、カレルのほうは機嫌よさそうに首を振って、「いや、母さん、一緒にいてくれたほうが、ぼくらにとっても嬉しいんだよ」それでお母さんはやっと彼らに、第一次大戦のあと、オーストリア＝ハンガリー帝国崩壊の際に、校長が昔の教え子に愛国詩を朗読しにきてくれるよう依頼したとき、中高等学校の厳粛な行事で行った朗読の話をしてやれたのだった。

若いふたりの女たちはお母さんの語ることには耳を傾けていなかったが、カレルのほうは面白そうに聴いていた。このことをより正確に言っておけば、彼は詩節を忘れた話などにさして関心があったわけではない。なんども聴かされ、なんども忘れた話だ。彼に興味があったのは、お母さんが語る話ではなく、話を語るお母さんだった。お母さんと、まるでロシアの戦車がてんとう虫のようにとまっている梨に似た、お母さんの世界。校長の拳《こぶし》がトントンと叩くトイレの戸が前面にあって、その戸のうしろにいるふたりの若い女たちの貪欲な苛立《いらだ》ちがほとんど見えないくらいだった。

それこそ、たいそうカレルの気にいることだった。彼はうっとりして、エヴァとマルケータを見た。ふたつの裸体がTシャツとバスローブの下でじれったそうに、うずうずしていた。そこで彼はますます熱心に、校長、中高等学校、第一次大戦などについて新たな質問をした挙げ句、最後の詩節を忘れた例の愛国詩をみなに朗読してくれるようお母さんに頼みこむ始末だった。

お母さんはじっと考えてから、十三歳の時に最後の詩節を忘れてしまった詩を、ひどく精神を集中させながら口にしだした。だからそれは愛国詩ではなくて、クリスマスの樅の木とベツレヘムの星についての詩句だったのだが、そんな細部に気づく者などだれもいなかった。

お母さんだってそうだった。彼女はただひとつのこと、つまり最後の詩節を覚えているかどうか、ただそれしか考えていなかった。そして彼女は思い出したのだ。ベツレヘムの星がキラキラ輝き、三人の博士たちが馬小屋にやってくる。お母さんはその成功にすっかり感動し、笑って首を振った。

エヴァは拍手した。そのエヴァを見たお母さんは、彼らに言いにきた最も大事なことを思い出した。「カレル、あんたの従姉妹がわたしにだれを思い出させるか知っている？　ノラだよ！」

11

カレルはエヴァを見たが、よく聞こえたかどうか自信がなく、「ノラ？　ノラ夫人？」

彼は幼年時代の思い出として、お母さんのその友だちをよく覚えていた。それは大柄のまぶしいほど美しい女性で、女王のように尊大な顔をしていた。誇り高く人を寄せつけないような女性だったので、カレルは好きではなかったが、彼女から眼を離すことはできなかった。でもいったい、彼女と心優しいエヴァのどこが似ているのか？

「そうだよ、とお母さんは答えた。ノラだよ！　このひとを見るだけでいい。この高くすらりとした背。そしてこの歩き方。そしてこの顔！

――エヴァ、立ってみて！」とカレルが言った。

短いTシャツで恥丘がじゅうぶん隠せるかどうか確信がなかったエヴァは、立つのが怖かった。しかしカレルがあんまりしつこいので、とうとう従わねばならなかった。彼女は立ち上がり、体に腕をぴたりとつけて、こっそりTシャツを下のほうに引いた。じっと彼女を観察していたカレルは、やがて突然、エヴァが本当にノラに似ているような気がしてきた。似ているといっても、どこかと訊かれると困るほどかすかな似方だから、それが現れるのも閃《せん》光《こう》のように短い瞬間にすぎず、たちまち消え去ってしまう程度のものだった。しかしカレルは、エヴァを通して美しいノラ夫人を時間をかけてゆっくり見ていたかったので、その瞬間を引き延ばそうとした。

「後ろ向きになって！」と彼が命じた。

エヴァはただの一秒もTシャツの下は裸だと考えずにはいられなかったので、体を半回転させるのをためらった。お母さんも「なにもお嬢さんに教練の真似なんかさせなくても！」と抗議しだしたけれども、カレルはこだわった。

彼は頑固になって、「ダメ、ダメ、ぼくは彼女に後ろ向きになってもらいたいんだ」それでエヴァもとうとう彼に従うことになった。

お母さんがひどく眼が悪かったことを忘れてはならない。なにしろ、標石を村と取り違え、エヴァとノラ夫人の区別もつかなかったのだ。だが、薄目にするだけで充分なのだから、カレルだって、標石と家を取り違えるぐらいのことはできるだろう。カレルはこの一週間ずっと、お母さんの物の見方を羨《うらや》んできたのではなかったか？　まぶたを半ば閉じると、彼の眼の前に旧時代の美女が見えてきた。

彼には旧時代の、忘れがたく密かな思い出がひとつあった。たぶん四歳ぐらいの頃、お母さんとノラ夫人と一緒に温泉町に行ったことがある（あれはどこだったかな？　おれには見当もつかない）。そしてだれもいない更衣室で、ふたりを待っていなければならなかった。そこでひとり、脱ぎ捨てられた女性服のなかでじっと待っていた。やがて、大柄のまぶしいほど美しい全裸の女性が入ってきて、子供の彼にたいして背を向けるようにさっと体をひるがえした。その女性はバスローブが吊るされている、壁に固定された洋服掛けのほうに身を伸ばした。それがノラだった。

背後から見た、そのぴんと立った裸の肉体のイメージが、彼の記憶から消え去ることはなかった。彼はごく小さく、まるで蟻が見るように下からその肉体を見上げていた、今ならば顔を上げて、高さ五メートルの彫像でも見上げるように。ほんのそばにいるのに、それは限りなく遠いところにあった。空間と時間という両方の点で遠いところにあった。彼の上方のその肉体はとても高くそびえ立っているうえに、数えきれない年月によっても隔てられていた。そんな二重の距離が四歳の男の子の目を眩《くら》ませたのだったが、今この時、彼は新たになんとも強烈な目眩を覚えた。

エヴァ（ずっと後ろ向きだった）を見ていた彼に、ノラ夫人が見えてきた。彼女との隔りは二メートルと一、二分でしかなくなっている。

「母さん」と彼は言った。「ぼくらとおしゃべりしにきてくれて、本当にありがとう。でもそろそろ、ご婦人がたは眠りにいきたがっておられるので」

お母さんは謙虚におとなしく出ていった。すると間もなく、彼はふたりの女性たちにノラ夫人の思い出を語ってきかせた。彼はエヴァの前にしゃがんで、彼女をくるりと回転させ、その後ろ姿を見て、かつての子供の眼差しの跡を眼で辿ろうとした。

疲れは一挙に吹っ飛んでしまった。彼は彼女を床に突き倒し、腹這いにさせ、その足元にしゃがみこんだ。そして脚にそって尻まで視線を滑らせてから、うえに飛びかかって犯した。

こんなふうにこの肉体に飛びかかるのは、無限の時間を通過する飛躍であり、幼年時代から大人の年齢へと突進する少年の跳躍のようだ、という気がした。それから、彼女のうえで体を前後に動かしながら、幼年期から成年へ、成年から幼年期へ、さらにもう一度、女の巨大な肉体を惨めに見ている少年からその肉体を抱きしめ征服する男へといった、同じ運動の軌跡を描いているように思えた。ふつうは十五センチ前後させるかどうかのその運動が、まるで三十年もの距離を往き来するように感じられた。

ふたりの女たちも彼の熱狂に応じ、彼はノラ夫人からマルケータへと移り、それからまたノラ夫人に戻るといったことを繰り返していた。それが大変長く続いたので、やがて彼には休息が必要になった。彼はすばらしくよい気分になり、かつてなかったくらい自分を力強く感じた。彼は肘掛け椅子にひっくり返り、広い長椅子に横たわっているふたりの女を眺めた。その短い休息のあいだ、彼が眼にしていたのはノラ夫人ではなくて、マルケータとエヴァというふたりの旧友、彼の人生の証人たちだった。そのことが二台のチェス盤で敵を打ち負かしたチェスの名人のような印象をあたえた。その比較が大層彼の気にいって、どうしても大声で叫ばずにいられなくなった。彼は「おれはボビー・フィッシャー〔アメリカのチェスプレーヤー。一九四三―二〇〇八年〕だ、ボビー・フィッシャーなんだ」と言いざま、ワッハッハとけたたましく笑った。

12

カレルがボビー・フィッシャー（彼はちょうどその頃、アイスランドでチェスの世界チャンピオンになったところだった）を自称してわめいているあいだ、エヴァとマルケータは長椅子のうえで体を寄せ合って横たわっていたが、エヴァは相手の耳元に、「いいのね？」と囁《ささや》いた。

マルケータは、いいわと返事して、くちびるをエヴァのくちびるに押しつけた。

一時間前、ふたりが浴室で一緒だったとき、お返しに今度自分の家にきてくれないかとエヴァがマルケータに頼んでいたのだ（それこそ、彼女がここにきたときに抱いていたのだが、すこし気が咎めもしていた考えだった）。もしカレルと一緒だったら、きっとエヴァも喜んで招待していただろう。しかし、カレルもエヴァの夫も嫉妬深く、別の男の存在に我慢できない性質だった。

マルケータはとっさに、とても応じられないと思い、笑って済ませた。しかしその数分後、耳をかすめるかどうかといった程度にカレルの母親のおしゃべりを聞き流していた部屋で、エヴァの提案がしつこく心につきまとってきた。だからよけい承諾できないんだわ、と彼女は思った。エヴァの夫の亡霊がふたりから離れてくれないのだ。

それからカレルが自分は四歳だなどとわめきだし、立ったままのエヴァを下から眺めようとしゃがみこんだとき、彼女は、このひとは本当に四歳で、わたしの前から自分の幼年時代に逃げ返っていくようだと心に思った。わたしはエヴァとふたりきり、ただ人並み外れた効率のよさに、まったく器械のような逞しさをしているだけで、なんの個性もなく、空虚で、どんな魂だって想像してやれるこの男の肉体の相手をしているだけなんだ。なんなら、顔もかたちも知らないエヴァの夫の魂だって、この男の肉体にはくっつけてやれるかもね。

マルケータはその器械みたいな男の肉体に愛されるがままになり、そしてその肉体がエヴァの脚のあいだに飛び込むのを眺めていたが、それが見知らぬ男の肉体なのだと思えるように、顔を見ないように努めた。それは仮面舞踏会だった。カレルはエヴァにノラ夫人の仮面をつけ、自分には子供の仮面をつけたが、マルケータはその彼の肉体から頭を取り除いてやった。彼は頭のない男の肉体になった。カレルが消えてしまい、奇跡が起こった。マルケータが自由で陽気になったのだ！

これは、彼らのちょっとした家庭内乱痴気騒ぎが、マルケータのためにする犠牲と苦痛にすぎないのではないかと、それまで思い込んでいたカレルの疑惑を確認するものなのだろうか？

いや、そう言ってしまっては事を単純にしすぎるだろう。マルケータは本当に自分の肉体と感覚から、カレルの愛人とみられる女たちに欲望を覚えていた。ただ彼女はまた、自分の頭でも欲望を覚えていたのだ。昔の数学の教師の予言を実現して、彼女は——すくなくともあの不幸な契約の範囲内で——向こう見ずでおきゃんなところを見せ、カレルを驚かせてやろうとしたのだった。

ただ、裸のまま広い長椅子のうえで彼の愛人たちと一緒になるとすぐに、彼女の頭からたちまち官能の気まぐれが消え失せ、夫を見ているだけで自分の役割、つまり自分は上品な女なのに、辛い目にばかりあうという役割に戻されてしまうのだった。彼女が好きで嫉妬などしたこともないエヴァといても、愛されすぎているこの男の存在が重くのしかかり、官能の快楽を押し殺してしまうのだった。

彼の肉体から頭を取り去った瞬間、彼女は陶然とするような、今まで経験したこともない自由に触れたように感じた。だれのものでもない肉体と肉体、それは突然発見された楽園だった。ふしぎな悦びを覚えながら、警戒のあまり傷ついていた魂を外に追放した彼女は、記憶も過去もなく、だからこそよけい感じやすく貪婪《どんらん》な、ただの肉体に変貌した。彼女が優しくエヴァの顔を愛撫しているあいだ、頭のない肉体のほうは彼女のうえで激しく運動していた。

なのにいきなり、頭のない肉体が運動をやめ、不愉快にもカレルの声を思い出させる声で、信じられないほど愚かな文句を発した。「おれはボビー・フィッシャーだ！　おれはボビー・フィッシャーだ！」

それは、まるで夢から引き離されたようなものだった。そのとき、彼女は（眠りから覚め、ぼんやりとした昼の光から顔を隠すために、枕に身を寄せるように）ぴったりとエヴァに体をくっつけていたので、「いいのね？」とエヴァに尋ねられたのだった。そして彼女は、いいわという身振りで同意し、くちびるをエヴァのくちびるに押しつけた。エヴァのことはいつも好きだったが、今日初めて、彼女は自分のすべての感覚で、自分のため、自分の肉体と肌のためにエヴァを愛し、突然の啓示のようにその性愛に酔い痴れた。

そのあと、彼女たちが並んで横たわり、腹這いになって軽く尻をもちあげていると、やがてマルケータは、あの際限もなく効率のよい肉体が新たにふたりを見据え、今にも性交を再開しようとしているのを肌で感じた。彼女は、美しいノラ夫人が眼の前にいるなどと言い張る声を聞くまいと努め、ただただ、なにも聞こえない肉体、とても触り心地のよい友だちと頭のないどこかの男に身を寄せる肉体でしかなくなろうとした。

すべてが終わると、友だちはたちまち眠り込んでしまった。マルケータはそんな動物のような眠りを羨ましく思い、その眠りをくちびるで吸い込んで、その寝息に合わせてまどろみたかった。彼女はエヴァにぴったり体を寄せ、カレルを騙すために眼を閉じた。カレルはふたりの女が眠ってしまったと思って、隣の部屋に寝に行った。

朝の五時半、彼女が彼の寝室の戸を開けると、彼はいかにも眠そうに彼女を見た。「寝てて、エヴァのことはわたしに任せて」と彼女は言って、やさしく彼にキスをした。すると彼は向こうに寝返りを打って、たちまち眠り込んでしまった。

車のなかでエヴァはもう一度、「いいのね?」と尋ねた。

マルケータは昨日ほど、はっきり決断がついていなかった。彼女はたしかに、例の書かれざる旧い契約を乗り越えたいには乗り越えたかった。しかし、どうすれば愛をなかったことにしてそうできるのか? とてもカレルを愛しているのに、どうすればそんなことができるのだろうか?

「怖がらなくったっていいわよ」とエヴァは言った。「彼にはなんにもわかりっこないんだから。あなたたちのあいだでは、疑うのはあなたのほうで、彼じゃないってことになっているんでしょ。あなたは本当に、彼にあれこれ疑われるんじゃないかって、心配しなくていいのよ」

13

エヴァはガタゴトする車室のなかでうとうとしている。駅から戻ったマルケータはたちまち、再び寝入ってしまっていた（彼女は一時間後に支度して仕事に出かけなければならないのだ）。そして今度は、カレルがお母さんを駅に連れてゆく番だ。今日は汽車の日といってもいい日で、もう数時間すると（もっともその頃には夫婦は職場だが）、彼らの息子がプラットホームに降り立ち、この物語に終止符を打つことになる。

カレルはまだ、昨夜のすばらしい余韻に浸りきっていた。千回、いや三千回セックスしても（おれはいったい、これまでの人生でなん回セックスしたんだろう？）、これぞセックスと言いたくなるような、本当に忘れがたいセックスなど二、三度しかなく、あとはただ反復、模倣、繰り返し、あるいは喚起にすぎないことを彼はよく知っていた。そして、昨夜のセックスこそ、そんな一生に二度か三度あるかないかの偉大な性交のひとつだったことも。彼はなにか限りない感謝のような気持ちを覚えた。

彼は車でお母さんを駅まで送っていったのだが、お母さんはたえず話し続けていた。

彼女はどう言ったのか？

まず、息子と嫁の家で大変いい思いをさせてもらったと、彼に感謝した。

それから彼を非難して、今までずいぶん辛い目にあわせてもらったね、と言った。マルケータと一緒にうちに住んでいた頃のあんたは、わたしにはすぐいらいらし、しょっちゅうわたしを粗末に扱って、すこしもかまってくれなかった。それでわたしがどんなに苦しんだことか。もちろん今度ばかりは、昔と違ってずいぶん優しくしてもらいましたよ。そう、あんたたちも変わったんだね。だけど、どうしてまた、こんなに長いあいだ、わたしを待たせたんだい？

カレルはそんな長たらしく、くどくどとした文句を聞いていた（それは空で覚えていた）が、ちっとも苛立たなかった。彼は横目でお母さんを見て、お母さんがずいぶん小さくなっていることに改めて驚いた。まるでお母さんの人生全体が進行性の収縮のプロセスみたいだった。

だが、その収縮とはいったい、どんなことなのか？

それは、人間が現実に収縮し、大人の寸法をなくしてゆき、老化と死を経て遥《はる》か遠くの、寸法もなにもない虚無の世界への長い旅を開始するということだろうか？

それともこの収縮は、お母さんが遠去かってゆき、遥かかなたにいってしまい、大変遠くからでないと見えないという事実による、眼の錯覚なのだろうか？　それでお母さんは子羊のように、四十雀《しじゅうから》のように、蝶々のように見えるのか？

お母さんがしばらく、長たらしい文句を言うのをやめたとき、カレルは尋ねた。「あのひと、ノラ夫人はどうしているの？

——今じゃ、いいお婆さんだよ。眼だってほとんど見えやしないし。

——ときどき会ったりなんかするの？

——じゃあ、あんた知らないの？」と、お母さんはむっとして言った。ふたりはずっと前から会うのをやめていた。互いに苦々しい思いで喧嘩別れをして、以後、二度と仲直りしなかったのだから、カレルはそのことを思い出すべきだったのだ。

「ところで、ぼくが子供だったとき、あのノラさんと一緒にどこに行ったのか覚えている？

——もちろん、覚えているとも！」とお母さんは言い、ボヘミアのある温泉町の名を告げた。カレルはその町をよく知っていたが、まさにあそこに、全裸のノラ夫人を見た更衣室があったとはまったく意外だった。

今や彼の眼前に、ゆるやかな起伏に富んだその温泉町の風景、彫刻が施された円柱の柱廊、そしてその周りをずっと取り巻いている、草原に覆われた丘が浮かんできた。草原では羊が草を食《は》み、鈴がチリンチリン鳴るのがきこえてくる。彼は頭のなかで（ちょうどコラージュ作家が、版画のうえに切り抜いた別の版画を張ってみるように）その風景のなかにノラ夫人の裸体を立ててみた。美とは、ふたつの異なった年齢が突然、長い年月を越え出会ったときに飛び散る火花のことなのだという考えが閃《ひらめ》いた。そしてまた、美とは年代の廃絶であり、時間にたいする反抗なのだという考えも。

そこで彼は、そんな美とそんな美への感謝の念に浸りきっていたのだが、やがて、だしぬけにこう言い出した。「母さん、マルケータとぼくが考えたんだけど、やっぱりぼくらと同居してくれないかな。アパートを別のもうちょっと広いのに取り替えるんだって、そうむずかしいことじゃないし」

お母さんは彼の手を撫で、「ありがとうよ、カレル。本当にありがとう。そう言ってもらって、わたしは嬉しいよ。でもね、わたしのプードル犬、あれがもうすっかり向こうになついてしまっているんだよ。それからわたしにも、近所の奥さんたちのなかに、いろいろ友だちだっているんでね」

それから、ふたりは汽車に乗り込み、カレルはお母さんのために車室をさがした。どれもこれも満員で、あまり乗り心地がよくなさそうだった。結局、彼はお母さんを一等車に乗せてやることにして、車掌をさがして割増料金を払った。そしてちょうど手に財布をもっていたので、百コルナ札を取り出し、お母さんの手に握らせてやった、まるでお母さんが、とても遠くの広大な世界に送り出してやる小娘だとでもいうように。するとお母さんは別に驚きもせず、時々大人たちからそっと小遣いを渡されるのに慣れている小学生のように、ごく自然に紙幣を受け取った。

そのあと、汽車が動き出し、お母さんは車窓に、カレルはプラットホームに立った。彼はお母さんに長々と、汽車が見えなくなるまで手を振っていた。

第三部　天使たち

1

『犀《さい》』はウージェヌ・イヨネスコ［ルーマニア生まれのフランスの劇作家（一九一二―九四年）］の戯曲だが、その登場人物たちは互いに似た者同士になりたいという欲望に取りつかれ、次々と犀に変身する。ふたりのアメリカ娘、ガブリエルとミシェルは、地中海沿岸の小都市で開かれているサマー・スクールでその戯曲を勉強していた。ふたりは先生のラファエル夫人のお気に入りの生徒だった。それというのも、ふたりは注意深く先生を見つめ、先生の忠告を一つひとつ丹念に書き取っていたからだ。今日、先生は次の授業でその戯曲について発表する準備をするようふたりに指示した。

「みんな犀に変身するって、これ、いったい、どういうことなの？　あたし、ぜんぜんわかんない、とガブリエルが言った。

――それはひとつの象徴だと解釈しなくちゃ、とミシェルは説明した。

――そうね、とガブリエルが言った。文学は記号で出来ているんだもの。

――犀というのはまず、ひとつの記号なの、とミシェルが言う。

――そうね、でもこの人たち、本物の犀に変身するんじゃなくて、ただの記号に変身するんでもよ、じゃあ、どうしてこの記号で、別の記号じゃないわけ？

——そうね、はっきり言って、そこんところが問題ね」と悲しそうにミシェルが言い、女子学生寮に戻る途中だったふたりの娘は、長いあいだ黙りこくってしまった。

その沈黙を破ったのはガブリエルだった。「ねえ、あなた、あれはペニスの象徴だと思わない？

——なにが？　とミシェルが尋ねた。

——あの角よ、とガブリエル。

——ほんと！」とミシェルが叫んだが、やがてためらい、「だけど、みんながみんな、ペニスの象徴になってしまうのはどうしてかしら？　男も女もみんなが」

寮に向かってせかせか歩いていたふたりの娘は再び無口になった。

「いいこと思いついた、と突然ミシェルが言った。

——どんなこと？　と興味深そうにガブリエルが尋ねる。

——もっとも、これ、ラファエル夫人がそれとなくおっしゃったことだけど、とガブリエルの好奇心を刺激しながらミシェルが言う。

——で、それ、いったいどういうことなの？　言ってよ、とガブリエルがじりじりしながら問い詰める。

——作者はコミカルな効果を出したかったの！」

友だちが言い出したその考えにすっかり心を奪われてしまったガブリエルは、頭のなかを駆けめぐっていることがらに気を取られるあまり、脚には注意が向かなくなって歩みがゆるやかになった。ふたりの娘は立ち止まった。

「あなた、扉という象徴はコミカルな効果を出すためにある、そう考えるわけ？　と彼女が尋ねた。

――そういうわけ、と言ったミシェルは、真実を発見した人間特有の誇らしげな微笑を浮かべてにっこりした。

――そういや、そうね」とガブリエル。

ふたりの娘は自分たちの大胆さに嬉しくなって顔を見合わせたが、その口の端が得意さで震えていた。それから突如、ふたりは言葉で描写するのが大変困難な、鋭く短い、途切れ途切れの物音をたてた。

2

「笑う？　ひとはこれまで、笑いに関心を向けたことがあるだろうか？　私のいう笑いとは、冗談、愚弄《ぐろう》、滑稽《こっけい》を越えた、真の笑いのことだ。無限の、えもいわれぬ快感、快感そのものであるような笑い……

昔、私は妹に言った、そして妹が私に言ったものだった、いらっしゃい、お笑いごっこする？　私たちは並んでベッドにひっくりかえり、そして始めた。もちろん、それは笑うふりをするためだ。作り笑い。滑稽な笑い。あんまり滑稽で、私たちが笑ってしまうしかない笑い。すると、やって来る、真の笑い、全的な笑いが。それは私たちを巨大な渦のなかに運んでくれた。爆発し、巻き返し、転倒し、激昂《げっこう》する笑い、豪勢、豪華な馬鹿笑い……そして私たちは、私たちの笑いを笑って、際限もなく笑っていた……ああ、笑い！　快感としての笑い、笑いとしての快感。笑うこと、それはまことに心底から生きることなのだ」

いま引用した文章は『女の発言』と題された本から取られたものだ。この本は、私たちの時代の雰囲気をいっきにはっきり特徴づけた、情熱的なフェミニストたちのひとりによって一九七四年に書かれた。これは歓喜の神秘的なマニフェストともいうべき本だ。著者は、はかない勃起の瞬間だけと定められ、したがって宿命的に暴力、憔悴《しょうすい》、消失に結びつけられている男性の性欲にたいして、持続的で遍在的な、心地よく女らしい「快感」を、その対極にあるものとして持ち出し、賛美する。女性がみずからの本質を失っていないかぎり、その女性にとって、「食べること、飲むこと、小便すること、大便すること、触ること、聞くこと、それからたんにここに存在することでも」、ともかくすべてが快感なのだという。こうした快楽の列挙が、この本を通してさながら、ありがたいお経のように連ねられている。

「生きる、それこそが幸福なのだ。見る、聞く、触る、飲む、食べる、小便する、大便する、水に潜り空を眺める、笑う、そして泣く」と。また、性交がすばらしいのは、それが「触ること、見ること、聞くこと、話すこと、感じること、さらに飲むこと、食べること、大便すること、知ること、踊ること、という生命に可能な快感」の全体だからだという。授乳もひとつの歓喜であり、出産でさえ快感になる。月経、あの「生温かい唾液、あの生温かく甘ったるい血液の排出、幸福でひりひりするような味わいの、あの苦痛」も、こたえられないらしい。

こんな歓喜のマニフェストを嘲笑《あざわら》えるのは、ただ馬鹿な人間だけだろう。だいたい、どんな神秘主義も過激なものなので、神秘家は謙譲もしくは快感の果てまでとことん突きつめていきたいなら、どんな滑稽なことだって恐れてはならないのだ。聖テレーズが断末魔の苦しみのなかで微笑んでいたのと同じように、聖アニー・ルクレール（これが引用文の著者の名前）は、死は歓喜の断片であり、男性だけが死を恐れるというのも、あさましく「ちっぽけな自我とちっぽけな権力」にしがみついているからだと言って憚らない。

上方では、あの悦楽の殿堂の穹窿《きゅうりゅう》のように、笑いが、「幸福のえもいわれぬ恍惚《こうこつ》、快感の極致、笑いとしての快感、快感としての笑い」が炸裂《さくれつ》する。疑いもなく、その笑いは「冗談、愚弄、滑稽を越えている」にちがいない。ベッドに寝そべったふたりの姉妹は、特定のなにかを笑っているわけではない。ふたりの笑いには対象がなく、それはただ、存在することに快感を覚える存在の表現にすぎないのだ。痛がっている人間がうめき声をあげて、苦しむおのれの体の、いまこのときの瞬間に服従する（そして、その人間がすっかり過去と未来のそとに出てしまう）ように、大声で笑って恍惚としている人間には、記憶も欲望もない。なぜなら、その人間は世界のいまこのときの瞬間に向かって叫び声をあげ、いまこのときの瞬間のほかは、なにも知りたがらないのだから。

たくさんのヘボ映画で見て、きっとこんなシーンを思い出すひとがいるかもしれない。若い男女が手に手を取り合い、春の（あるいは夏の）美しい風景のなかを走っている。ふたりは走り、走りに走って、そして笑う。笑っているふたりのその笑いは、全世界とすべての映画館の観客に、こう告げているはずだ。私たちは幸福だ、私たちはこの世界に存在していることが嬉しい、私たちはあるがままの存在とぴったり一致しているのだ！　これは馬鹿げたシーン、紋切り型だが、人間のひとつの根本的な態度、つまり真面目な笑い、「冗談を越えた」笑いを表しているといえる。

あらゆる〈教会〉、あらゆるリネン製造業者、あらゆる将軍、あらゆる政党がその笑いについては意見が一致し、そのように笑いながら走るふたりのイメージを、みな急いで宣伝ポスターに載せる。ふたりは、彼らの宗教、製品、イデオロギー、民衆、性、それに洗剤の宣伝をするのだ。

ミシェルとガブリエルが笑う、その笑いもそうした笑いである。文房具店を出たふたりは手をつなぎ、つながないほうの手にはそれぞれ、色がみ、糊《のり》、輪ゴムのはいった、ちいさな包みをもって前後に動かしている。
「見ててごらん、ラファエル夫人、きっと感激するわよ」と、ガブリエルが言い、鋭く引きつったような音を発した。ガブリエルに賛成のミシェルも、ほぼ同じ物音を出した。

3

一九六八年、ロシア人が私の国を占領してからしばらくして、私は（何千何万の他のチェコ人たちと同じように）職場を追われたのだが、別の仕事を私に与える権利をもつ者などだれもいなかった。そんなとき、若い友人たちが私に会いにきてくれた。彼らはロシア軍のブラックリストに載るには若すぎたので、編集室、学校、映画スタジオなどに残ることができた。私がこれらの善意ある若い友人たちを裏切ることはけっしてあるまいが、ともかくその彼らが、ラジオやテレビのドラマ、戯曲、記事、映画シナリオを彼らの名前で書けば、私の生活費が稼げるだろうと言ってくれた。私はそんな好意のいくつかに甘えさせてもらったが、だいたいは断った。というのも、彼らの申し出のすべてに応えられなかったし、また、それは危険なことだったからだ。危険というのは私にとってではなく、彼らにとって。秘密警察は私たちを飢えさせ、貧乏によって追い込み、降伏せざるをえないようにして、前言を公に撤回させたがっていた。だからこそ秘密警察は、私たちがあわれな出口から包囲網を逃れようと試みるのを警戒怠りなく見張っていて、そんなふうに名前を貸した者を厳罰に処していたのである。

その寛大な贈与者たちのなかに、Rという名の若い女性がいた（この件については私はなにも隠す必要はない、すべてが発覚してしまったのだから）。この洗練され、利発で内気な娘は、途方もない発行部数を誇る若者向けの雑誌の編集者だった。当時この雑誌は、兄弟的なロシア人民への賛辞を唱いあげる粗雑な政治記事を信じられないほど数多く載せざるをえなかったので、編集部はなんとか大衆の注意を惹きつける方法がないものかと捜していた。そこで彼女は、純粋なマルクス主義イデオロギーから例外的に遠ざかり、星占いの欄を設けることにした。

除《の》け者として生活していたその数年のあいだ、私は数多くの占いをしたものだった。偉大なヤロスラフ・ハシェク〔チェコのユーモア作家（一八八三―一九二三年）〕が犬売りだったのなら（そして、盗んだ犬を沢山売り払い、多くの野犬を純血種の典型だとして押し通したのなら）、どうして私が占星術師をやってはいけないのか？　その昔、私はパリの友人たちから、アンドレ・バルボーの占星術論をすべて送ってもらっていた。アンドレ・バルボーの名前のあとには、誇らしげに「国際占星術センター会長」という肩書が添えられていた。そこで私は自分の書体を偽って、最初のページに「感嘆の念とともに、ミラン・クンデラに。アンドレ・バルボー」とペンで書きつけ、それらの献辞つきの本をさりげなくテーブルのうえに置き、あ然としているプラハの客たちに、あの有名なバルボーの助手として数カ月パリにいたのだと説明していたものだった。

週刊誌の星占いの欄をもぐりで担当してくれないか、とRに依頼されたとき、私は大喜びで対応し、編集部には、その欄の著者は優秀な原子物理学者なのだが、同僚たちの笑いものになるのを恐れて、名前を明かしたがらないのだと言っておくようにと彼女にすすめた。私たちの計画は存在しない学者と偽名とによって、二重に保護されているように私には思われた。

そこで私は、架空の名前で長く堂々とした占星術論を書き、続いて毎月さまざまな星座について短く、相当でたらめな文章を書いた。しかも、牡牛座、牡羊座、乙女座、魚座などのカットをみずから描きさえした。儲けはわずかなもので、その事柄自体も全然面白くも、輝かしくもないものだった。そこになにか愉快なことがあったとすれば、私の存在に、すなわち歴史、文学の教科書、そして電話帳から抹殺された人間、一度死んだのに、驚くべき再生を遂げて今や生に立ち返り、社会主義国の何十万の青少年たちに占星術の真理を説く人間としての、私の存在にかかわることだけだった。

ある日Rは、編集長が件《くだん》の占星術師のとりこになり、自分の星占いをしてもらいたがっていると告げた。私は有頂天になった。その編集長はロシアによって雑誌のトップの座につけられたのだが、この男はなんと、人生の半分をプラハとモスクワでマルクス＝レーニン主義を学んで過ごしたのだ！

「彼ったら、そう言いながら、ちょっと恥ずかしがっていたわ、とにんまりしてRが私に説明した。彼はそれを、つまり自分がそんな中世じみた迷信を信じているのを世間に知られたくないの。でも、ひどくやってもらいたがっているのよね。

——結構だ」と言った私は、内心ほくそえんでいた。私はその編集長を知っていた。彼はRの上司であるばかりでなく、党の高級幹部担当委員会の委員でもあり、相当数の私の友人たちの生活を破滅に追いやってくれていたのだ。

「彼は名前をいっさい出したくないの。あなたに彼の誕生日を言わなくてはならないんだけれども、あなたには、それが彼のことだとわかってはならないってわけ」

それでだんだん面白くなった私は、「ますます結構！

——自分の星占いをやってもらえるなら、百コルナ払うそうよ。

——百コルナだって？　なに考えているんだ、あのドケチめが！」

彼は私に千コルナ送らねばならなかった。私は十ページほどの文章を書きなぐり、そこで彼の性格を描き、彼の過去（私は充分に知っていた）と未来とを記述してやった。その仕事にまる一週間費やして、なんどもRとくわしい相談を重ねた。実際、星占いを使えば、ひとは小気味いいほど人間たちの行動に影響をあたえ、さらに彼らを導くことさえできる。人間たちにある種の行為をすすめ、別の行動をしないように予防し、未来の破局を知らせながら、彼らを謙虚にさせることができるのである。

それからしばらくして再びRに会ったとき、私たちは大いに笑った。編集長は自分の星占いを読んでからというもの、すっかりお人好しになった、と彼女は言った。彼は以前のようにわめき散らすこともなくなり、星占いによって警告されていた自分の厳格さに不信を抱き出したという。さらにもともと具《そな》わっていたいくばくかの善良さを尊重し出し、よく虚空を見つめるその眼差しには、運勢によってただ苦悩しか約束されていない男特有の、悲しみが見られるようになっていた。

4 （ふたつの笑いについて）

悪魔を〈悪〉の遊撃兵だと思い、天使を〈善〉の闘士だと考えるのは、天使たちのデマゴギーを受けいれることだ。事は当然もっと複雑なのである。

天使たちは〈善〉ではなくて神の創造の遊撃兵なのであり、逆に悪魔は神の世界に合理的な意味を認めない者なのである。

だれでも知っているように、天使たちと悪霊たちとがこの世の支配を分かちあっている。しかし、この世に善があるからといって、(子供のころの私が信じていたように)天使たちが悪魔たちにたいして優位に立っていることにはならない。そうではなく、両者の力が拮抗《きっこう》しているのである。もしこの世に文句のつけようのない意味(天使たちの権力)がありあまっているのなら、人間はその重みで圧《お》しつぶされる。もしこの世がいっさいの意味を失うなら(悪霊たちの天下)、ひとはやはり生きられない。

物事は、(モスクワで教育されたマルクス主義者が、占星術を信じるといったように)仮想されていた意味、いわゆる物事の秩序のなかで与えられていた場所を突然奪われると、私たちの心のなかに笑いを引き起こす。だから、笑いはもともと悪魔の領分なのだ。笑いにはどこか邪悪なところがある(物事が突然、これまでそうと思われていたのとは違っていたことが判明する)が、しかしそこには恵みのように、ひとをほっとさせる部分もある(物事はそう見えていたよりずっと軽く、私たちを自由に生きさせ、厳《いか》めしい真面目さで私たちを息苦しくさせるのをやめる)。

天使が初めて〈悪魔〉の笑いを聞いたとき、驚愕《きようがく》のあまり茫然《ぼうぜん》自失した。それはある饗宴のあいだに起こり、会場には大勢ひとがいた。人々は次々と、おそるべき感染力をもった悪魔の笑いにとらえられていった。その笑いが神と神の業《わざ》の威厳に向けられたものだということは、天使にははっきり理解でき、すぐに何かしなければならないこともわかっていた。

しかし天使は自分を弱々しく無防備に感じ、自分ではなにも考え出せなかったので、敵の猿真似をした。天使は口を開き、声域のうえのあたりで、途切れ途切れの、ひきつった音を発した(それはほぼ、地中海沿岸の町の街路でミシェルとガブリエルが出した音と同じだった)。しかし、その音に別の意味をこめた。つまり、悪魔の笑いは物事の不条理を意味するのにたいし、天使は逆に、この世は万事がきちんと整序され、賢明に構想され、善良で意味に満ちていることを喜びたかったというわけだった。

その結果、天使と悪魔は互いに顔を向け合い、開いた口を見せ合いながら、ほぼ同じ音を発していたのだが、それぞれ自分の叫喚で正反対のことを表現していた。そして悪魔は笑う天使を見て、笑っている天使というものが限りなく喜劇的だったので、よけい大声で、気持ちよく、心から笑った。

滑稽な笑い、それは壊滅にひとしい。しかし天使たちはそれでも、ひとつの結果を得ていた。彼らは意味論的な欺瞞《ぎまん》によって私たちを騙《だま》したのだ。笑いの模倣と本来の笑い(悪魔の笑い)を指すのに、たったひとつの言葉しかないのである。今日では、同じひとつの外面の表現が、まったく正反対のふたつの内面の態度を覆い隠している。ふたつの笑いがあるのに、それを区別する言葉がないのである。

5

ある雑誌がこんな写真を載せた。一列の制服姿の男たちが、肩に銃を掛け、安全ガラスのシールドのついたヘルメットを被って、ジーンズとTシャツ姿の若い男女たちに視線を向けている。若い男女たちは互いに手に手を取り合って、彼らの眼の前で輪舞している。あきらかにそれは、原子力発電所、軍事訓練基地、政党の書記局、あるいは大使館の窓ガラスを警備している警官と衝突する前の幕間なのだ。若者たちはそのロスタイムを利用して輪になり、大衆的な単純なリフレインに合わせて、その場でツーステップ、前にワンステップ、そして左脚をぴょんと上げ、ついで右脚をぴょんと上げる。

彼らの心が、私にはわかるような気がする。彼らは自分たちが地上に描いている輪が自分たちを指輪のように結びつけてくれる魔法の輪だ、といった気持ちを抱いているのだ。彼らの胸は無垢な、強い感情でふくらみ、彼らは兵士やファシストの決死隊員のような「行進」ではなく、子供たちみたいな「ダンス」によって結びついているのである。彼らは自分たちの無垢を警官たちの顔めがけて吐き出しているのだ。

カメラマンはまさしく、そのように彼らを見、こんな鮮やかなコントラストを浮き彫りにしたのである。つまり、一方には隊列という（強制され、命令された）「贋《にせ》の」、まとまりを保っている警官たち、他方には人間の輪という（心から自然な）「真の」まとまりをつくっている若者たち、こちら側には待ち伏せする男たちという「陰気」な活動に従事する警官たち、そして向こう側には遊戯の「陽気」さに包まれている彼ら。

輪になって踊ることには、不思議な魅力がある。輪は太古の記憶の深みから私たちをうごかすのだ。先生のラファエル夫人は雑誌からその写真を切り抜き、ぼんやりと眺めている。彼女もまた、できれば輪のなかで踊りたいくらいだった。彼女はこれまでの人生のあいだずっと、自分の手を貸して輪舞曲が踊れるような男女の輪を捜し求めてきた。まずそれをメソジスト教会に求めた（父親が熱狂的な信者だったのだ）。続いてトロツキストの政党、続いてトロツキスト分派の政党、続いて妊娠中絶反対運動（子供には生きる権利があるのよ！）、続いて妊娠中絶合法化要求運動（女には自分の体を思い通りにする権利があるのよ！）に求めた。それから次々と、マルクス主義者たち、精神分析家たち、構造主義者たちのあいだに求め、レーニン、禅宗、毛沢東、ヨガの信奉者、ヌーヴォー・ロマンの一派に求めた。そしてとどのつまりは、少なくとも自分の生徒たちとは完全に相和して一体になりたいと思った。要するに彼女は、自分と同じことを考え、同じことを言い、自分と同じ輪の同じダンスのなかでただひとつの体、ただひとつの魂になるよう、生徒たちに強要することにしたのだった。

いまこの瞬間、彼女の生徒、ガブリエルとミシェルは女子寮の部屋にいる。ふたりはイヨネスコの文章に取り組んでいて、ミシェルが大声で読みあげる。

「論理学者（老紳士に）――一枚の紙片を取って計算してみてください。二匹の猫から二本の脚を取りあげると、それぞれの猫に何本の脚が残されるでしょうか？

老紳士（論理学者に）――いくつも答えが可能ですな。一匹の猫に四本の脚が、もう一匹の猫に二本の脚があることがありえます。一方が五本脚で、もう一方が一本脚だってこともあるでしょう。二匹の猫の八本の脚から二本の脚を取りあげてやると、六本脚の猫が一匹と、ぜんぜん脚のない猫が一匹、てなこともあるわけですな」

ミシェルは朗読をやめ、「あたし、わかんない。一匹の猫からどうやって脚を取りあげられるっていうの？　猫の脚をちょん切るなんてことが、はたしてできるのかしら？

――ミシェル！　とガブリエルが叫んだ。

――それに一匹の猫が脚を六本持てるっていうのもまた、わかんないのよね。

――ミシェル！　と再びガブリエルが叫んだ。

――なあに？　とミシェルが尋ねた。

――あなた忘れたの？　でも、自分で言ったのよ！

――なあに？　と再びミシェルが尋ねた。

――この対話はコミカルな効果を出すためのものなのよ！

――そうだ」とミシェルが言って、大喜びでガブリエルを見た。ふたりの娘は眼と眼を見合わせたが、そのくちびるの隅に、誇らしさの痙攣《けいれん》のようなものが走った。そしてとうとう、ふたりの口は声域のうえのあたりで、途切れ途切れの、ひきつった音を洩《も》らした。それからふたたび同じ音、さらにまた同じ音。「作り笑い。滑稽な笑い。あんまり滑稽で、私たちが笑ってしまうしかない笑い。すると、やって来る、真の笑いが。爆発し、巻き返し、転倒し、激昂する笑い、豪勢、豪華な馬鹿笑い。彼女たちはみずからの笑いを際限もなく笑う……ああ、笑い！　快感としての笑い、笑いとしての快感……」

そして、ひとりぼっちのラファエル夫人は、地中海沿岸の小都市の街路のどこかを彷徨《さまよ》い歩いていた。突然彼女は顔をあげた、まるで軽やかな空中を漂うメロディーの断片が、遠くからやってきたとでもいうように、あるいは遥かかなたの芳香が鼻孔を刺激したとでもいうように。彼女が立ち止まると、反抗し、充足を求めている空虚の叫びが頭のなかで響いた。自分から遠くはないどこかで、大笑いの炎が震え、たぶんほんの近くのどこかに、手に手を取って輪舞曲を踊っている人々がいるにちがいないような気がした……

彼女はそのまましばらく立ちつくし、神経質そうにあたりを見回すと、不思議な音楽がぴたりと止まった（ミシェルとガブリエルが笑いを止め、ふたりは突然、うんざりした様子になり、その前に無慈悲で空虚な夜が広がったのだ）。するとラファエル夫人は、奇妙な悩みと不満に取りつかれ、地中海沿岸の小都市の暑い街路を通って自宅に戻った。

6

私もまた、輪のなかで踊ったことがある。それは一九四八年、私の国では共産主義者たちが勝利を得たばかりで、社会党やキリスト教民主党の大臣たちが外国に亡命していた。私はといえば、他の共産主義の学生の手をとったり、肩を抱いたりして、その場でツーステップ、前にワンステップ、一方に右脚をぴょん、そして他方には左脚をぴょん、といった具合だった。そんなことを私たちはほとんど毎月やっていた。というのも、旧い不正が糺《ただ》されたとか、新しい不正が行われたとか、工場が国営化されたとか、何千もの人々が監獄に行ったとか、医療費が無料になったとか、煙草屋の店が押収されることになったとか、古株の労働者が生まれて初めて、没収された別荘での休暇に出発したなどと、私たちにはつねに、なにかしらの記念日や出来事やらがあって、それを祝わねばならず、顔に幸福の微笑みを絶やす暇などなかったからだ。それからある日、私は言ってはならないことを口にして、党から除名され、輪のそとに出なければならなくなった。

そのときに、私は輪のもつ魔力の意味を理解した。列を離れたときなら、まだしも戻ることができる。列は開かれた組織だ。しかし輪は閉じるので、いったん立ち去ると帰れない。惑星が環状に動き、惑星から離れた石が遠心力によって容赦なく運ばれ遠ざかってゆくのは、偶然ではないのだ。ひとつの惑星から引き離された隕石《いんせき》のように、私は輪のそとに出てしまい、今日でもまだ、落ちるのをやめていない。旋回しながら死んでしまう定めの人々もいれば、墜落の果てにぺちゃんこになってしまう人々もいる。そして、後者の人々（私もそのひとりだが）は、失われた輪への、遠慮がちな郷愁のようなものをつねに心の底に宿している。それというのも、私たちはみな、万物が環状に回っている宇宙の住人なのだから。

　あれもやはり、なにかの記念日だった。プラハの街路には、またしても踊る若者たちの輪がたくさんできた。私は彼らのあいだに混じって彷徨い、ほんの近くにいたのに、輪のどれにも入ることが許されていなかった。一九五〇年六月のことで、その前日に、ミラダ・ホラーコヴァー［女性政治家（一九〇一―五〇年）］が絞首刑にされていた。彼女は社会党の代議士だったが、共産党の法廷で反国家的策謀の罪に問われたのだった。アンドレ・ブルトン［シュルレアリスム運動の指導者（一八九六―一九六六年）］とポール・エリュアール［フランスの詩人。ブルトンの盟友（一八九五―一九五二年）］の友人でチェコのシュルレアリスト、ザヴィス・カランドラ［一九〇二―五〇年］が彼女と同時に絞首刑にされた。そのとき踊っていた若いチェコ人たちは、前日同じ街で、ひとりの女性とひとりのシュルレアリストが首吊り用の綱の先で揺れていたのを知っていた。だからこそ、彼らはますます熱狂して踊っていたのだ。なぜなら彼らのダンスは、人民と人民の期待とを裏切って絞首刑にされたふたりの罪深い腹黒さと鮮やかな対照をなす、無垢のあらわれだったから。

　アンドレ・ブルトンは、カランドラが人民と人民の期待を裏切ったとは信じていなかった。

そこで彼は、そんな馬鹿げた告発に抗議し、旧友を救うよう、パリでエリュアールに呼びかけた（一九五〇年六月十三日付け公開書簡）。しかしエリュアールは、パリ、モスクワ、プラハ、ワルシャワ、ソフィア、それにギリシャを、そして世界のすべての社会主義国、すべての共産党を巡る巨大な輪のなかで踊っている最中だった。彼はあらゆるところで、歓喜と友愛についての美しい詩を朗読していた。ブルトンの書簡を読んだ彼は、その場でツーステップ、それから前にワンステップした。そして首を左右に振って、人民の裏切り者を擁護することを拒み（一九五〇年六月十九日付け週刊誌〈アクシオン〉）、金属的な声で朗読し始めた。

「ぼくらは、ぼくらの無垢を
じつに長い間、ぼくらにはなかった
力によって埋め合わせる
もう二度と、ぼくらは孤独にはなるまい」

そして私はプラハの街路を彷徨い、私のまわりでは踊りながら笑っているチェコ人たちの輪が旋回していた。私にはわかっていた、私が彼らの側ではなく、カランドラの側、やはり円軌道から外れ、落ちに落ちて、死刑囚の柩《ひつぎ》のなかでその転落を終えたカランドラの側にいることが。しかし彼らの側にいないとはいえ、それでも私は羨望と郷愁を覚えながら、踊っている彼らを眺め、眼を離すことができなかった。そしてちょうどそのとき、私は彼を見た、私の眼の前に！

彼は彼らの肩に手をかけ、彼らと一緒にごく単純な二、三の音符を歌い、一方に左脚をぴょん、他方に右脚をぴょんと上げていた。そう、それが彼、プラハの秘蔵っ子エリュアールだったのだ！　やがて突然、彼と一緒に踊っていた者たちが黙り込んだ。彼らが完全に沈黙したまま動き回り続けるあいだ、彼のほうは、靴底をかちかち鳴らすようなリズムで、言葉を切って口ずさんだ。

「ぼくらは憩いを逃れ、眠りを逃れ、
夜明けと春の先を越す
そして日々と四季の支度をする
ぼくらの夢に合わせて」

やがて全員がだしぬけに、再びごく単純な三、四の音符を歌い出し、ダンスのリズムを速めた。彼らは憩いと眠りを逃れ、時間の先を越し、無垢の埋め合わせをした。全員が微笑み、エリュアールはひとりの少女に身をかがめ、その肩に手をかけた。

「平和のとりこになったひとの顔には、いつも微笑みがある」

するとその少女はアハハッと笑いだし、さらに強く足で砕石を踏み鳴らしたので、舗道から数センチうえに舞い上がっただけでなく、一緒に他の者たちも上方に引き上げてしまった。その直後にはもう、だれひとり足が地につかなくなり、足が地につかないまま、その場でツーステップ、前にワンステップした。そう、彼らはヴァーツラフ広場のうえに舞い上がって、彼らの踊りの輪は飛翔する大きな環に似ていたのだ。私は眼をあげて彼らを見たのだが、彼らはだんだん遠ざかってゆき、一方に左脚をぴょん、そして他方に右脚をぴょんと上げながら飛んでいた。彼らの下方のプラハには、詩人たちでいっぱいのカフェー、人民の裏切り者たちでいっぱいの監獄があり、ひとりの社会党代議士とひとりのシュルレアリスム作家が火葬場で灰にされていた。その煙が幸福の前兆のように、天高く舞い上がっていた。すると私の耳に、エリュアールの金属的な声がきこえてきた。

「愛が仕事にとりかかる　愛は疲れを知らない」

そして私は、街のうえを舞っているそのすばらしい人体の環を見失うまいと、その声のあとを追っていくつも街路を駆け抜けた。そんな私には、彼らが鳥のように飛翔しているのに自分が石のように落下し、彼らには翼があるのに自分にはもう二度と翼が生えないのだとわかって、胸が締めつけられるように苦しかった。

7

処刑の十八年後、カランドラの名誉は完全に回復されたが、その数カ月後にロシア軍の戦車がボヘミアに侵入し、たちまち、今度は何万もの人々が人民と人民の期待を裏切ったとして告発された。何人かは投獄されたが、大部分の者たちは職場を追われた。その二年後（だからエリュアールがヴァーツラフ広場の上方に舞い上がってしまった二十年後）、そんな新しい被告のひとり（私）は、チェコの若者向けのグラビア雑誌で星占いの欄を担当していた。射手座について最後の記事を書いてから一年経ったとき（だから一九七一年十二月のことだ）、私は見知らぬ青年の訪問を受けた。青年はなにも言わずに封筒を渡した。私は封を切って手紙を読んだ。しかし、それがRの手紙だとわかるのにしばらく時間がかかった。見違えるほど筆跡が変わっていたのだ。その手紙を書いたとき、彼女はきっと大変興奮していたにちがいない。彼女は、私以外のだれにも理解できないように、文章を工夫していた。そのため、私自身にも半分しかわからなかった。私が把握した唯一のこと、それは著者としての私の身元が一年後にばれたということだけだった。

その頃、私はプラハのバルトロ・メイスカー街にワンルーム・アパートをもっていた。それは小さいが名高い街路だった。ふたつ（そのひとつに私が住んでいた）を除いて、すべての建物が警察のものなのだ。五階の大きな窓から外を眺めると、上方には家並の屋根のうえにフラッチャヌイの塔が見え、下方には警察の中庭が見えた。上方ではボヘミアの王たちの輝かしい歴史が行進し、下方では高名な囚人たちの歴史が展開していた。カランドラとホラーコヴァー、スランスキー［いわゆるスターリン裁判の象徴的な犠牲者（一九〇一—五二年）］とクレメンティス、それに私の友人サバタ［反体制活動家（一九二七—二〇一二年）］とヒューブル［後出二六三ページ］、彼らは全員そこを通過したのだ。青年（まあRの婚約者《フィアンセ》と見て間違いはなかった）は、このうえなく慎重にあたりを見回した。あきらかに彼は、警察が隠しマイクを使って私のアパートを監視していると思い込んでいるのだ。私たちは黙ったまま、頭で合図し合って外に出た。私たちは最初は一言も発せずに歩いていたが、ナーロドニー・トゥシーダ大通りの喧騒《けんそう》のなかに入ると、やっと彼が口をきき、Rが私に会いたがっていて、私の知らない彼の友人がその秘密の待ち合わせのために郊外のアパートを提供してくれることになっていると言った。

そこで翌日、私はプラハ郊外まで延々と市電で行った。十二月のことで、私の手はかじかんでいた。午前のその時間のベッドタウンには、まったく人影がなかった。私は、青年にしてもらった説明のおかげで、その家をみつけることができ、四階までエレヴェーターで行った。ドアに張ってある名札を眺めて、ベルを押した。アパートはひっそりとしていた。もう一度ベルを鳴らしたが、だれもドアを開けてくれなかった。私は街路に引き返し、凍るような冷たさのなかを、三十分ほど散歩しながら、Rは遅刻しているのだから、やがて市電の停車場から無人の歩道をのぼってくる彼女とすれ違うだろうと思っていた。しかし、だれもやってこなかった。私はもう一度エレヴェーターに乗って四階に行った。再びベルを鳴らすと、数秒後に、アパートのなかで水洗の音がきこえた。そのとき私は、まるで氷の固まりみたいに、心のなかにそっと不安が入れられたような気がした。私は自分の体の内部に、不安のあまり腸《はらわた》がひっくり返ってしまい、ドアを開けようにも開けられない、その若い女性の恐怖を感じたのだ。

ドアを開けた彼女は蒼ざめていたが、微笑んで、いつものように愛想よくしようと努めた。ぎこちない冗談をいくつか口にし、わたしたち、だれもいないアパートのなかで、やっとふたりきりになれたのね、と言った。私たちが座ると、彼女は、最近警察に呼び出されたと語った。彼らはまる一日彼女を尋問した。最初の二時間、彼らはさんざん下らない質問ばかりしてきたので、彼女はもう、その場をしのげるような気がして、彼らとふざけていた。そして、こんな馬鹿げたことのために、わたしがお昼ご飯なしですませられるとでも思っているんですか、と横柄に尋ねた。そのとき彼らが尋ねてきた、ねえ、Rさん、お宅の雑誌に星占いの記事を書いたひと、あれはいったいだれなんです？　彼女は顔を赤らめ、名前を明かせないと言いながら有名な物理学者の話をしようとした。彼らが尋ねた、あなた、クンデラさんを知っていますか？　彼女は知っていると言い、それが悪いことなんですか、と尋ねた。彼らは答えた、べつに悪くはないですよ。しかしあなたは、クンデラさんが占星術に関心をもっているのを知っていますか？　そんなこと、知りません、と彼女が答えた。なに、そんなこと、知らないですって？　笑いながら彼らはそう言い、プラハ中その噂でもちきりなんですがねえ。それでもあなたは知らないと言うんですか？　彼女はなおしばらく、原子物理の専門家の話をしたが、デカのひとりが怒鳴り上げた、しらばくれるんじゃないってんだよ！

彼女は真実を言った。雑誌の編集部がいい星占いの欄を欲しがっていたのに、だれに頼んでいいのかわからなかったんです。そこで、彼を知っていたわたしが、助けてください、と頼んだんです。わたし、どんな法律違反もしていませんけど。そりゃそうですよ、と彼らは言った。いや、あなたはなんの法律違反もしていません。ただ、党と国家の信頼に背いた罪のある一部の人々との協力を禁じている、内部規定に違反しただけなんですよ。なにも重大なことなんて起こっていないじゃないですか、と彼女は指摘した。クンデラさんの名前は偽名で隠されているんですから、だれも侮辱なんかしていないでしょう。クンデラさんが受け取った謝礼だって、あれこれ言う必要もない程度のものですよ。そりゃそうですよ、と再び彼らは言った。なにも重大なことなんか起こっていません、確かにね。そして彼らは、起こったことについて調書を作成するだけにしましょう、あなたがそれに署名してくだされば、あとはもうなにも恐れられなくても結構です、と言った。

彼女は調書に署名した。その二日後、編集長は彼女を呼び出し、即刻解雇すると告げた。彼女はその日のうちにラジオ局に行った。ずっと前から仕事を世話しようと言ってくれる友人たちがいたのだ。友人たちは喜んで彼女を迎えてくれたが、翌日手続きに行くと、彼女に好意を持ってくれていた人事部長が、すまなさそうな様子をしていた。「あんたってひとは、なんて馬鹿なことをしてくれたんだ！　自分の人生を台なしにしてしまったんだよ、あんたは。あんたにしてあげられることなんて、わたしにはまったく何もないんだよ」

彼女はまず、私に話すのをためらった。尋問のことはだれにも一言も洩らさないと、警察に約束させられたからだ。しかし警察から新たな呼び出し（翌日だった）を受けた彼女は、密かに私と会って口裏を合わせ、まんいち私も呼び出された場合に、矛盾する申し立てをしないようにしておいたほうが、お互いのためになると判断したのだった。

よく理解してもらいたいのだが、Rは別に臆病な女ではなかった。ただ彼女は若く、世の中をまるで知らなかった。彼女は思いがけず不可解な、最初の一撃を受けたばかりだった。それを忘れることはあるまい。私は自分が人々に警告と刑罰を配り歩く配達夫として選ばれているのだと理解し、自分で自分が怖くなってきた。

「ねえ、あなた」と、喉が締めつけられるような声で彼女が尋ねた。「彼ら、あなたが星占いの謝礼に受け取った千コルナのことを知っていると思う？

——心配しなくていいさ。モスクワで三年間マルクス＝レーニン主義を勉強してきた男がね、星占いをやってもらっているだなんて、けっして認めるわけがない」

彼女はふふんと笑った。そしてその笑いは、ほんの半秒ぐらいのものだったとはいえ、救済のかすかな約束のように私の耳には響いた。というのも、まさしくそんな笑いこそ、魚座、乙女座、牡羊座などについて馬鹿馬鹿しい小文を書いていたとき、私が聞きたかった笑いだったからだ。そんな笑いこそ、私が報酬として想像していたものなのだ。しかし、その笑いはどこからもやってこなかった。なぜならその間に、世界のどこでも天使たちがすべての決定的な位置、すべての司令本部を占拠していたからだ。彼らは左翼も右翼も、アラブ人もユダヤ人も、ロシアの将軍たちもロシアの異端派たちも征服してしまっていた。彼らはどこからでもその冷やかな眼で私たちを眺め、その眼差しが私たちから快活なかつぎ屋の楽しい衣装をはぎ取り、哀れな詐欺師としての私たちの正体を暴いた、青年も社会主義も信じずに社会主義青年たちの雑誌のために仕事をし、編集長も星占いも小馬鹿にしながら編集長の星占いをし、（左翼も右翼も、アラブ人もユダヤ人も、将軍たちも異端派たちも）まわりのみんなが人類の未来のために闘っているときに、取るに足らぬ事柄にかまけている私たちの正体を。私たちは、私たちを靴底で踏み潰すのがふさわしい虫けらに変えてしまう、彼らの眼差しの重みを肩に感じていた。

私は不安を抑え、翌日警察の尋問に答えるためにRが従わねばならない、最も妥当な計画を考えてやろうとした。その会話のあいだ、彼女は何度も手洗いに立った。そのたびに、彼女は水洗の音をさせ、なんとも言いようのない困惑の表情で戻ってきた。この勇敢な娘は自分の恐怖を恥じていた。この趣味のよい女性は、他人の監視のもとで猛威をふるう自分の腸を恥じていたのだ。

8

さまざまな国籍の若い男女が二十人ばかり、教室机に向かって座り、ぼんやりとミシェルとガブリエルを見ていた。ミシェルとガブリエルのほうは張りつめた様子で、ラファエル夫人が座っている教壇の前に立っている。ふたりは発表原稿の下に隠された数枚の紙を手に持ち、そのうえにゴムのついた奇怪なボール紙の物体を携えていた。

「わたしたち、これからイヨネスコのお芝居、『犀』についてお話ししまーす」とミシェルが言って、ボール紙の筒を自分の鼻にあてがった。筒にはさまざまな色の紙片が張ってあった。それから彼女は、その紙容器を頭のうしろにゴムで固定した。ガブリエルも同じことをした。そしてふたりは顔を見合わせ、途切れ途切れの、ひきつった、高い音を発した。

教室の生徒たちは、まあかなり易々と、ふたりの娘が示したがっていること、つまり第一に、犀は鼻のところに角があること、第二に、イヨネスコの芝居はコミカルだということを理解した。ふたりはこのふたつの考えを、たしかに言葉も使うけれども、とくに自分たちの肉体の行動によって表現しようとしたのだった。

長い紙容器がふたりの顔の端で揺れていたので、教室の生徒たちは、まるでだれかがやって来て、切断された腕を一本、教室机の前で見せたとでもいうように、どこか困惑した同情の念に陥ってしまった。

ただラファエル夫人だけがお気に入りの娘たちの着想に驚嘆し、ふたりの高くひきつった音に同じような叫び声で応えた。

娘たちは悦に入った様子で長い鼻を揺すり、ミシェルが自分の発表の分を読み上げ出した。

生徒たちのなかに、サラという名前のユダヤ娘がいた。数日前、彼女はふたりのアメリカ娘に、ノートを見せてくれないかと頼んだ（そのふたりがラファエル夫人の言葉を一言も聞き洩らしていないことは、だれでも知っていた）。しかしふたりは拒否し、「あなた、授業をサボって海岸になんか行かなきゃいいのよ」その日から、サラはふたりをひどく憎むようになったのだが、今や、そのふたりの馬鹿げた光景を見て、すっかり嬉しくなってしまった。

ミシェルとガブリエルは交代で『犀』の分析を読み上げていたが、長い紙容器が空しい祈りのようにふたりの顔から飛び出していた。サラはせっかくの好機を捕らえないのは癪《しゃく》だと思った。ちょうどミシェルが発表を中断し、ガブリエルのほうを振り向いて、今度は彼女の番だと教えるところだったので、サラは椅子から立ち上がり、ふたりの娘のほうに向かった。ガブリエルは発言せずに、びっくりした贋の鼻の穴をサラに向けて、ぽかんと口を開けていた。ふたりの女子学生のところに達すると、サラはさらりと身をかわし（つけ鼻が自分たちの頭には重すぎるとでもいうように、アメリカ娘たちは頭を回して自分たちのうしろで何が起こるか、見ることさえできなかった）、弾みをつけてミシェルのお尻を蹴とばした。それから再び弾みをつけ、もう一回、今度はガブリエルの臀部《でんぶ》を蹴った。そして彼女は落ちつき払い、威厳さえ持って自分の席に戻った。

とっさのことなので、教室はしーんとなった。

それから、ミシェルの眼から、その直後に、ガブリエルの眼から涙が流れ出した。

それから、教室中がワッハハッワッハハッと大笑いになった。

それから、サラが自分の椅子に座り直した。

それから、まず不意を衝《つ》かれ、ショックを受けたラファエル夫人は、サラの介入が念入りに準備された学生たちの悪ふざけの、たんなる予定のエピソードにすぎず、彼女らの分析の主題を解明する以外の目的はないのだと理解した（芸術作品の解釈は、伝統的な理論的アプローチだけに限定されてはならないんだわ。モダンなアプローチ、実践、行動、ハプニングによる読解がなくちゃね）。そして彼女には、お気に入りの生徒たちの涙が見えなかったので、（ふたりは生徒たちのほうを向き、その結果先生には背中を向けていた）、そうだそうだとばかり頷き、アハハッアハハッと笑って賛意を示した。

ミシェルとガブリエルは、背中に大好きな先生の笑い声をきいて、裏切られたように感じた。するとふたりの眼から、まるで水道の蛇口をひねったみたいに、どっと涙が流れ出した。その屈辱があまりにも苦痛だったので、ふたりは胃痙攣でも起こしたように身を捩った。

ラファエル夫人は、お気に入りの生徒たちの痙攣が、てっきりダンスの動きだとばかり思い込んでいたのだが、ちょうどそのとき、教師の重々しさよりずっと強い力が、彼女を椅子の外に投げ出してしまった。彼女は涙が出るほど笑いこけて、腕を開いた。その体があまりにも激しく揺れたので、頸のうえの頭が、教会の香部屋係が引っくり返して掌に握り、勢いよく鳴らす鈴みたいに、前後に投げ出された。彼女は、痙攣しながら身を捩っている娘たちに近づいて、ミシェルの手を取った。三人で教室机の生徒たちの前に立った彼女たちは、三人とも身を捩り、泣き濡れていた。ラファエル夫人がその場でツーステップし、一方に左脚をぴょん、そして他方に右脚をぴょんと上げた。すると、泣き崩れたふたりの娘たちも、おずおずと先生の真似をし始めた。涙が紙の鼻を伝って流れ、ふたりは身を捩り、その場でぴょんと跳ねた。それから先生は、おもむろにガブリエルの手をお取りになった。今や三人は生徒たちの前で輪になり、三人で手に手を取り合ってその場でステップし、そして横にステップし、教室の床のうえを輪になって回っている。三人は左脚をぴょん、右脚をぴょんと前に投げ出して、ガブリエルとミシェルの顔のうえでは、嗚咽《おえつ》のしかめ面がそっと笑いのしかめ面に変わっていった。

三人の女性が踊り、笑っているのに、生徒たちは黙りこくったまま、無言の恐怖に陥って眺めやっていた。しかし三人の女性たちはもう、他人のことなどなんのその、すっかり自分たちと自分たちの快感だけに精神を集中しきっていた。突然、ラファエル夫人がいちだんと強く足を踏み鳴らすと、床のうえに数センチ舞い上がり、続いてもう一度踏み鳴らしたら、もう地に足がつかなくなった。彼女はあとにふたりの道連れを引き上げ、さらにしばらくすると、三人とも床の上方で回り回りして、ゆっくり螺旋《らせん》を描きながら昇っていった。三人の髪がもう天井に届いたと思ったら、すこしずつ天井が開き出した。その隙間から、三人はだんだん高く昇ってゆき、紙の鼻も見えなくなって、ぽっかり開いた穴からはみ出している三足の靴しか見えなくなった。しかしその靴もやがて消え去って、アハハッアハハッと上空に遠ざかってゆく笑い声、三人の大天使たちの光り輝く笑い声が、あ然とする生徒たちの耳に届いてきた。

9

借りたアパートでのRとの待ち合わせは、私にとっては決定的だった。そのとき私は最終的に、自分が不幸の使者であり、愛する人々に害を及ぼしたくないのなら、彼らのあいだに交じって生きてゆけはしない、ただ自分の国から出てゆくしかないのだと理解したのだ。

しかし私には、Rとの出会いに言及する、別の理由がある。私はいつも、このうえなく無害なかたちで、これっぽっちも性的な意味ではなしに、その若い女性が大好きだった、まるで彼女の肉体がつねに眩《まぶ》しい知性の下に、それから立ち居振る舞いの慎ましさと化粧の上品さの下に完璧に隠されていたとでもいうように。彼女は、その裸の微光をかいま見ることができるような、どんな小さな隙間も私には見せなかった。ところが恐怖が突然、肉屋の包丁のように彼女の腹をえぐった。私は、店先の鉤に吊るされた若い雌牛の切断された枝肉のように、すっかり開かれた彼女の姿を目の当たりにするような思いがした。私たちは、借りたそのアパートのソファに並んで座っていた。タンクに流れ込むシューという水の音がトイレからきこえていた。突然私は、彼女とセックスしたいという狂暴な欲望、もっと正確に言えば、彼女をレイプしたいという狂暴な欲望を覚えた。彼女のうえに飛びかかり、ぐいと抱きしめて、耐えがたいまでに刺激的なその矛盾もろとも、完璧な服装、反乱した腸もろとも、理性と恐怖、誇りと恥ずかしさもろとも、彼女を引っ摑まえてやりたいという狂暴な欲望を覚えた。そんな矛盾のなかにこそ、彼女の本質が、あの秘宝、あの金塊、深みに隠れたあのダイヤモンドが隠されているように思われた。私は、糞も、えも言われぬ魂もふくめて、彼女をそっくりそのまま取って収めてしまいたかった。

しかし私には、私をじっと見つめる、不安にみちたふたつの眼（知的な顔のなかの、不安にみちた眼）が見えた。そしてその眼が不安にみちていればいるほど、彼女をレイプしたいという、不条理で、愚かしく、破廉恥《はれんち》な、不可解で実現不可能な、私の欲望がますます大きくなった。

その日、借りたアパートの外に出て、再びプラハ郊外のその町の街路に身を置いても、私は長いあいだ（Rはその後しばらくアパートに残った。私と同時に外に出て、一緒にいるところを見られるのが怖かったのだ）、好もしいその女友だちをレイプしたいという、私の覚えた途方もない欲望以外のことが考えられずにいた。その欲望は、袋のなかの鳥のように、ときどき目覚めては翼をばたばたさせる鳥のように、私の心のなかに囚われていた。

Rをレイプしたいという非常識な欲望は、もしかすると、転落の真っ最中になにかに縋《すが》ろうとする、必死の努力にすぎなかったのかもしれない。というのも、連中に輪から追い出されて以来、私は落ちることをやめておらず、今でもまだ落ちているのだから。現在、連中がすることと言えばただひとつ、もう一度私を後押しし、この世の荒涼とした空間のなかで、もっと遠く、もっと深く、もっと自分の国から離れたところに落ちるようにすることだけだ。そして、この世の荒涼とした空間のなかには、私のどんな言葉をもその合鐘《カリヨン》で覆い隠してしまう、あの天使たちの恐ろしい笑い声が鳴り響いている。

私は知っている、どこかにサラが、ユダヤ娘サラが、私の妹のサラがいることを。だが私はいったい、どこでサラを見つけるのだろうか？

作中の引用文は次の作品から引かれている。
——アニー・ルクレール『女の発言』一九七六年
——ポール・エリュアール『平和の顔』一九五一年

――ウージェヌ・イヨネスコ『犀』一九五九年

第四部

失われた手紙

1

私の計算では、毎秒この世で二ないし三人の虚構の人物が洗礼を受ける勘定になる。だから私は、そんな無数の洗礼者ヨハネの群れに加わることに、いつもためらいを覚えるのだ。しかし、どうしようもない。是が非でも私は、人物たちに名前を与えなければならないのである。この場合、ヒロインがたしかに私のヒロインであり（私が他のだれよりも彼女に愛着を覚えるのだから）、私にしか所属していないことをはっきりと示すため、これまでどんな女性にも与えられたことがないタミナという名前で彼女を呼ぼう。彼女は年齢三十三歳、大柄の美しい女で、プラハの出身だと私は想像する。

西ヨーロッパのある田舎町のある道を、彼女が下ってゆく姿が心に浮かぶ。だがこう書くと当然、私が遠いプラハを実名で示しておきながら、話が実際に展開する町は名なしのままにしていることに気づく人もいるだろう。それは遠近法のあらゆる規則に違反することになるからだが、しかしそんな人でも、彼女を受けいれるほかはない。

タミナは、ある夫婦が所有するカフェーのウェイトレスとして働いている。カフェーの儲けがあまりにも少なかったので、夫のほうは最初にみつかった職にさっさと飛び移り、その結果空いた職場に、タミナが就いたのである。カフェーの主人が新しい仕事で得るひどい給料から、夫婦がタミナに与えるもっとひどい給料を差し引いたものが、彼らのささやかな利潤だった。

タミナは客に（といっても大した数でなく、店内はいつも半ば空いていた）コーヒーやカルヴァドス酒を運び、それからカウンターのうしろに戻る。だいたいいつも、バーの止まり木に座って、彼女と話をしたがる客がいるのだ。タミナはだれからも大層好かれていた。それは彼女が他人の話の聞き方を知っていたからだ。

しかし、彼女は本当に人の話を聴いているのか、それともじつに注意深く、じつに静かに、ただその人を眺めているだけなのだろうか？　そのあたりのことはわからない。だが、それは大して重要なことでない。大切なのは、彼女が人の話の腰を折らないということだ。ふたりの人間が世間話をするとどういうことになるかは、だれでも知っている。一方が話をしていると、他方がその言葉をさえぎり、「わたしもまったく同じで、わたしは……」と言い、自分のことを話し始める。しかしそれも、今度は相手のほうが「わたしもまったく同じで、わたしは……」とそっと口をはさむのに成功するときまでだが。

この「わたしもまったく同じで、わたしは……」という文句は、同意のおうむ返し、他人の考えを継承するやり方のようにみえて、じつは罠なのである。なぜならそれは、荒々しい暴力にたいする荒々しい反抗であり、私たち自身の耳を束縛から解放し、力ずくで敵方の耳を占領するための努力なのだから。というのも、同類たちのあいだに生きる人間の全生涯とは、他人の耳を奪うための闘争以外のなにものでもないからだ。タミナの人気の秘訣はかかって、彼女が自分自身について話したがらないことから来ている。彼女は自分の耳の占領者たちを抵抗なく受けいれ、けっして「わたしもまったく同じで、わたしは……」などとは言わないのである。

2

ビビはタミナより十歳年下だった。ほぼ一年前から、ビビは毎日毎日自分のことばかりタミナに話している。そんなに前のことではないが（そして事実上、すべてが始まったのはそのときだった）、ビビは、夏に夫と連れだってプラハにヴァカンスに行くつもりだと言った。

そのとき、タミナは数年間も続いた眠りから目覚めるような気がした。ビビがまだ何か話していたが、タミナは（いつもの習慣に反して）その言葉をさえぎった。

「ビビ、プラハに行くんなら、父のところに立ち寄って、あるものを持ち帰ってもらいたいんだけど？　そんな大きなものじゃないの。小さな包みひとつだけ。あれなら楽に旅行鞄に入るわ。

——あんたのためなら何だってやっちゃう！　とビビは大変親切に言った。

——そうしてもらえたら、ずっと恩にきるわ。

——任しといて」とビビは言った。二人の女はまだしばらくプラハの話をした。するとタミナの頬がかっかとしてきた。

それからビビは、「あたい、本を書きたいと思ってんの」と言った。

タミナは遥かボヘミアの、あの小さな包みのことを考えていた。どうしてもビビの好意を引きつけておかなければならないのはわかっていた。だから彼女はすぐ、こう耳を貸した。

「本？　で、何について？」

ビビの娘で一歳の女の子が、母親の座っているバーの止まり木の下を這いずり回り、大層騒いでいた。

「静かにして！」ビビはタイル張りの床のほうに向かってそう言い、思案顔でぷうっと煙草の煙を吐いた。「あたいに見えているままの世界についてよ」

女の子がますますうるさい叫び声を立てるようになったが、タミナは訊いた。

「あなた、本が書けるの？

——なんで書けないのよ？　とビビは言い、再び思案顔になった。もちろん、本作りにはどうやって取りかかるのか、だれかにきいてみなくちゃなんないかな。あんた、ひょっとして、バナカを知らない？

——それって、だれ？　とタミナが尋ねた。

——作家よ、とビビは言った。その人このあたりに住んでんの。あたい、知り合いにならなくちゃ。

——その人はどんなものを書いているの？

——ぜんぜん知らないけど、とビビは言い、思案顔でつけ加えた。たぶん、あの人のものをひとつ読んでみなくちゃなんないかもねえ」

3

受話器からきこえたのは嬉しい驚きの叫び声ではなく、こんな冷たい声でしかなかった。

「あらまあ！　やっとわたしを思い出してくれたってわけ？

——あのう、わたし、お金持ちじゃないんです。電話は高いので、とタミナは申し訳なさそうに言った。

——手紙は書けるだろう。わたしの聞いたところじゃ、切手はそれほど高くないっていうね。あんたの前の手紙をいつ受け取ったか、覚えてもいないくらいだよ」

義母との会話の出だしがうまくゆかなかったのがわかり、タミナはまず、義母の健康のこと、義母のしていることなどを長々と尋ねたのだが、やがて決意してこう言った。「お願いがあるんです。わたしたち発つ前に、お宅に包みを残してきたんです。

——包みだって？

——そうなんです。パヴェルがお義母さんと一緒にお義父さんの古い事務机のなかにしまったでしょ。それからあの人、引き出しを鍵で閉めたわ。覚えているでしょ。あの人がいつもその事務机に自分用の引き出しを持っていたのを。それから、あの人、お義母さんに鍵を渡したでしょう。

——わたしはそんなもの持っていないよ、あんたたちの鍵なんか。

——でも、お義母さん持っていらっしゃるはずよ。パヴェルがたしかにお義母さんに渡したんですもの。わたしがその場にいたんですから。

——わたしはあんたたちから何ひとつもらっていないけど。

——もうずいぶん年月がたっているので、たぶんお義母さんはお忘れなのかもしれないけど。お願いというのは、ただその鍵を捜してほしいってことだけなんです。きっとみつかるでしょう。

——で、それをどうしてほしいっていうの？

——ただその包みがちゃんとあるかどうか見てほしいだけなんです。

——だけど、なんでそれがなくなるの？　あんたたちがちゃんと入れておいたんだろう？

——そうです。

——それじゃ、なんでわたしが引き出しを開けなきゃならないんだい？　あんたの手帳をわたしがどうにかしたとでも思っているの？」

タミナはショックを受けた。引き出しのなかに手帳があるのを、お義母さんはどうして知ることができたのかしら？　手帳は包装しておいたし、あの包みは何枚もの接着テープで念入りに閉じてあったのに。しかし、彼女は自分の驚きを少しも気取られないように努めた。

「でも、わたし、ぜんぜんそんなこと言っていませんわ。ただすべてがちゃんと元の場所にあるかどうか見てほしいだけなんです。あとのことは、また今度言います。

——じゃあ、それが何かっていうことは、わたしには説明できないって言うんだね？

——お義母さん、わたしは長い時間話せないんです。これ、とっても高いんですよ！」

義母はすすり泣きを始めた。「そんなに高いというんなら、それじゃあ、わたしに電話なんかしなきゃいいじゃないか。

——泣かないでください、お義母さん」とタミナは言った。彼女は義母のすすり泣きのことはすっかり知り尽くしていた。義母はふたりに何かを無理やり押しつけるときには必ず泣いたものだった。義母は泣くことによってふたりを非難した。だから、彼女の涙ほど攻撃的なものはなにもなかったのだ。

受話器はすすり泣きのために震えた。タミナは言った。「それじゃ、お義母さん、近いうちにね。また電話します」

義母は泣いていた。タミナは、義母がさよならを言わないうちに電話を切ってしまう勇気がなかった。しかし、嗚咽はやまず、涙の一滴一滴が大変な金額についた。

タミナは電話を切った。

「タミナさん」と女主人はメーターを示しながら悲嘆に暮れたような声で言った。「ずいぶんと長電話だったのね」それからボヘミアとの通話料金がいくらになるか計算した。タミナはその金額の大きさにたじろいだ。次の給料日まで何とか持ちこたえるには、一サンチームでもよく考えて使わなくちゃ。しかし彼女はその料金を眉ひとつ動かさずに支払った。

4

タミナと夫は非合法的にボヘミアを離れた。彼らは、チェコスロヴァキア政府の旅行社が企画したユーゴスラヴィアの海岸滞在旅行の申し込みをしておいた。そして現地に着くと、グループから離れ、オーストリア国境を越えて西側に渡った。

彼らはグループ旅行のあいだに人目に立つのを恐れ、それぞれ大きな旅行鞄をひとつずつしか持っていなかった。出発ぎりぎりになっても、互いに交し合った手紙とタミナの手帳とが入った、かさばる包みを持って行く決心がつかなかった。通関のときに荷物を開けさせられたら、彼らが海岸での二週間の休暇のために私生活の全記録を持ち運んでいることを、占領下のチェコスロヴァキアの警察はすぐに疑わしく思うにちがいなかったから。しかしまた、出発後アパートが国家に押収されるとわかっている以上、家に包みを残してゆきたくもなかった。そこで彼らは、タミナの義母の家の、義父の死後は無益になって捨てられていた事務机の引き出しのなかに、それを置いていくことにしたのだった。

外国で夫が病気になったが、タミナは、死がゆっくりと自分から夫を奪ってゆくのをただ見ていることしかできなかった。夫が死んだとき、彼女は土葬にしたいか火葬にしたいかと尋ねられた。彼女は火葬にしてくれるようにと言った。それから遺骨は壺に入れてとっておきたいか、それともどこかに散骨したほうがよいかと尋ねられた。彼女にはどこにも祖国はなかった。だから、一生のあいだまるで手荷物みたいに自分の夫を持ち運ぶ羽目になるのを恐れた。彼女は散骨してもらうことにした。

私は、タミナのまわりの世界が円状の壁のようにだんだん高く伸びてゆき、彼女がそのはるか下のほうの、わずかばかりの芝地だといったふうに想像する。その芝地のうえには、夫の思い出というただ一本のバラしか生《は》えていない。

あるいはまた、(コーヒーを運び、人に耳を貸す)タミナの現在が水面を漂う筏《いかだ》であり、その筏のうえに乗った彼女がうしろのほうを、ただうしろのほうだけを見ているといったふうにも想像する。
しばらく前から、過去がだんだん色あせたものになってゆくので、彼女は絶望していた。彼女は夫のものとしてはパスポート写真しかもっていなかった。他の写真はすべて、押収されたプラハのアパートに置いてあった。彼女は、しわくちゃになって角のとれたその哀れな写真をよく眺めた。夫は（警察の鑑識課に写真を撮られた犯罪人みたいに）正面から撮られ、ちっとも本人に似ていなかった。その写真を前に、彼女は毎日一種の精神修養めいたことをおこなった。彼女は横を向いた夫、次に半ば横を向いた夫、それから四分の三横を向いた夫の顔をそれぞれ想像しようと努め、夫の鼻線、夫の顎線などを生き返らせようとしたのである。そして毎日、そんな想像上のクロッキーに新しく疑わしい点が生じ、そのクロッキーを描く自分の記憶もそこのところが怪しいのを確認して恐ろしくなった。

その修養のあいだ、彼女は肌や肌色、それからいぼ、そばかす、こぶ、小静脈など皮膚のささいな異変のすべてを思い出そうとした。それは難しく、ほとんど不可能だった。彼女の記憶が使う色彩は非現実的で、そんな色では人間の肌を模倣することなどできなかった。そこで彼女は、新しい想起の技法を仕上げた。ある男の前に座ると、彼女はその男の顔をまるで彫刻の材料のように使うのだ。男をじっと眺め、頭のなかで、男の顔の肉づきを作り直す。それにもっとくすんだ色調を与え、そばかすやいぼを付け加えてやり、耳を縮めたり、眼を青に着色したりする。

しかし、そんな努力のすべても、夫のイメージが取り返しようもなく逃れ去ってゆくのを示すことにしかならなかった。知り合って間もなく、(彼女より十歳年上で、人間の記憶の悲惨についてすでにいくらか考えのあった) 夫は、お互いのために日記をつけ、二人の生活に起こる出来事を記録するよう彼女に求めた。彼女は言いつけに逆らって、そんなことは二人の愛を愚弄するものだと言った。彼女は夫を愛するあまり、みずから忘れがたいと形容しているものが忘れられるかもしれないとは認められなかったのだ。もちろん、彼女は結局夫の言うことに従ったのだが、しかしさして熱中できなかった。手帳にもその跡が残っていて、多くのページが空白のままだったし、記述も断片的だった。

5

彼女はボヘミアで十一年間夫と生活した。だから、義母のところに置いてきた手帳も十一冊あった。夫の死後しばらくして、一冊の帳面を買い、それを十一の部分に分けた。たしかに半ば忘れかけていた、多くの出来事なり状況なりを思い出せるようになったのは事実だが、しかしそれを帳面のどの部分に記入すべきかはまったくわからなかった。年代の続き具合がどうにもわからなくなっていたのだ。

彼女はまず、移り変わる時間のなかの目印として役立ち、再構成される過去の骨格となってくれそうな思い出を見つけようとした。たとえばヴァカンス。ヴァカンスは十一回あったはずだが、彼女はそのうち九回しか思い出せなかった。二回のヴァカンスは永久に失われてしまっていた。

彼女は次に、新しく再発見されたそれら九回のヴァカンスを、帳面の十一の章のなかに整理しようと努めた。しかし確信をもってそうできたのは、何かしら例外的なことがあったためにに他とはっきり区別できる年度についてだけだった。一九六四年にタミナの母親が死に、その一カ月後に彼らはタトラス地方に行って悲しいヴァカンスを過ごした。それから、その翌年にはブルガリアの海岸に行ったことがわかっていた。また、一九六八年とその翌年のヴァカンスのことも憶えていた。それがボヘミアで過ごした最後のヴァカンスだったからだ。しかし、彼女が（そのすべてに年代を与えることができなかったけれども）どうにか大部分のヴァカンスを再構成するのに成功したとしても、クリスマスや新年の休みのことを思い出そうとすると完全に失敗した。十一回のクリスマスのうちの二回しか記憶の片隅になく、十二回の新年のうちの五回しか思い出せなかった。

彼女はまた、夫がつけてくれた名前をすべて思い出したいと望んだ。彼が彼女のことを本当の名前で呼んだのは最初の十五日間だけだった。夫のやさしさはたえず愛称をつくり出す機械というべきものだった。夫は沢山の名前をつけてくれたが、しばらくするとそれぞれの名前がすり切れる感じになったので、たえず新しい名前を考えてくれた。一緒に暮した十二年のあいだに、彼女は二十、三十もの名前をつけてもらったが、その名前がひとつひとつふたりの生活の一時期に正確に属するものだった。

しかし、ひとつの愛称と時間のリズムとのあいだの、失われた絆をどうすれば再発見できるのか？　タミナはいくつかの場合だけしかその絆を見出せなかった。たとえば母親の死に続いた数日のことは思い出せた。夫はまるで悪夢から目を覚まさせようとでもするように執拗《しつよう》に、（その時期の、その瞬間の）彼女の名前を耳元にささやき続けてくれたものだった。その愛称を彼女は憶えており、一九六四年と頭書された段に確信をもって記入できた。しかし、それ以後の名前はすべて、まるで鳥籠から逃れた小鳥みたいに舞いあがり、自在に時間の外を飛んでいた。

彼女が自分の手帳とふたりの手紙とが入っている包みを手元に置いておきたいと、あれほど必死に願ったのはそのためだった。

もちろん、その手帳のなかにはかなり不愉快なことや、不満、口論、さらには倦怠《けんたい》の日々のことさえ書いてあるのはわかっていた。しかし、そんなことは少しも問題にならなかった。彼女は過去に詩を返そうとしていたのではない、失われた体を返してやりたいと欲していたのだ。彼女を衝き動かしていたのは、美の願望ではなく、生の願望だったのである。

というのも、タミナは筏に乗って漂流しているのであり、うしろのほうを、ただうしろのほうだけを見ているのだから。彼女の存在の総量は彼女がそこに、自分のはるかうしろに見るものでしかない。過去が縮まり、崩れ、溶けてゆくのと同じように、タミナもまた小さくなり、自分の輪郭を失ってゆくのである。

手帳のなかに構成しておいたままの出来事という、脆《もろ》い骨組みに壁が加えられ、それが住むことのできる家となるように、彼女は手帳をもっていたかった。なぜなら、もし揺らめいている思い出の建物が、不器用に立てられたテントのように崩れ落ちるなら、タミナにはもうただ現在しか、この見えない地点しか、ゆっくりと死のほうに進んでゆくこの虚無しか残らないことになるのだから。

6

それではなぜ、もっと前から手帳を送ってくれるよう義母に言わなかったのか？

彼女の国では、外国との文通はすべて秘密警察の手を介することになっている。だからタミナは、警察の役人が自分の私生活のなかに鼻を突っ込んでくるなどといった考えを容認できなかったのだ。それに、夫の名前（これは依然として彼女の名前でもあった）はきっとブラックリストのなかに残っていて、たとえ死者になっていても敵の生活から出てくるどんな資料にも、警察は間違いなく関心を抱くにちがいなかったからだ（この点についてはタミナは少しも間違っていなかった。警察の記録保管室の資料のなかにこそ、私たちの唯一の不滅がみられるのである）。

だから、ビビが彼女の唯一の希望だった。彼女はビビの心をつなぎ留めておくためなら、どんなことでもする覚悟だった。ビビはバナカに紹介してもらいたがっていた。そこでタミナは、友だちが少なくともバナカの本のひとつの筋ぐらいは知っておくべきだと考えた。実際、会話のなかで、「そう、それがまさしく本のなかでおっしゃっていることですね」とか、「バナカさん！　あなたって、本にお書きになった人物に実によく似ていらっしゃるのね」と言ってみるぐらいのことはどうしても必要になるだろう。しかし、ビビはただの一冊の本も家に持っていないし、そもそも本なんか読むのはおっくうがる性《たち》なのをタミナは知っていた。だから彼女は、バナカの本のなかにはどういうことが書いてあるかをあらかじめ知っておいて、友だちに作家との出会いの準備をさせてやりたいと思った。

ユゴーが店にきていて、彼女はちょうどその前にコーヒーを置いたところだった。「ユゴー、バナカってひと知っている？」

ユゴーは口臭が強かったが、それを除けばタミナにはまったく好感の持てる青年だった。彼女よりほぼ五歳ぐらい年下の、静かで内気な男で、週一度カフェーに来ては、手に一杯かかえてくる本を眺めたり、カウンターのうしろにいるタミナを眺めたりしていた。

「知ってますよ、と彼は言った。

――彼の本の主題をひとつだけ知りたいんだけど。

――いいですか、タミナさん、とユゴーは答えた。バナカのものを一度でも読んだ者など、だれ一人いやしないんですよ。バカと思われずにバナカの本を読むなんて、ナカナかできない。だれだって思っているんだけど、バナカっていうのは二流、三流あるいは十流どころの作家なんですよ。受け合ってもいいんですが、だいたいバナカその人にしてからが、自分のそんな評判の犠牲になっていて、バナカの本を読んだ人をバカにするほどのバカバカしさなんですよ」

そこで彼女は、バナカの本を手に入れようとはしなくなったのだが、それでも作家との出会いの場を自分で設定してやろうと固く心に決めていた。彼女はときどき、ジュジュという渾名《あだな》の既婚の日本女性がやはり既婚の哲学の先生と密会するために、昼中空いている自分の部屋を貸してやっていた。哲学の先生はバナカを知っていたので、たまたまビビが訪れている日に家に連れてくるよう、彼女は愛人たちに約束させた。

そのニュースを知ったとき、ビビはこう言った。「バナカっていい男かもしれないね。これであんたのセックス・ライフもやっと変わるかも」

7

それは本当だった。夫の死後、タミナはセックスをしたことがなかった。別に方針めいたものを立てたからではない。それどころか、死を越えたそんな貞節などほとんど滑稽に思えたほどだから、彼女はだれにもそんなことを自慢しなかった。しかし、ひとりの男の前で、身につけているものを脱ぐことになるかもしれないと想像する（そして彼女はよくそんな想像をした）たびに、彼女の眼の前に夫の面影が浮かんできた。いざというときに見えるのは夫の姿だろうと彼女にはわかっていた。夫の顔がみえ、自分がじっと夫の眼に観察されるのはわかっていた。

もちろん、そんなことは突飛で、馬鹿げてさえいる。彼女もそれは知っていた。夫の魂の死後の生など信じなかったし、愛人をもったからといって夫の思い出を汚すことになるとも思われなかった。だが、それればかりはどうしようもないのだった。

生きているうちに夫を欺いたほうが、今日欺くよりもどれだけ楽だったかしれない、といった奇妙なことさえ考えた。夫は快活で、派手で、力強い男だった。彼女は自分を夫よりずっと弱く感じ、いくら頑張っても夫を傷つけるなどとてもできはしないという気がしていた。

しかし今では、すべてが違っている。今日そんなことをしようものなら、それは身を防ぐ術も知らず、自分の言いなりになる子供みたいな者を傷つけるのと同じだわ。だって死んだ今となっては、あの人にはわたししか、この世でただわたしひとりしかいないんだもの！

そんなわけで、他の男との肉体的な愛の可能性のことを考えると、たちまち夫の面影が、そして夫の面影とともに心を刺すような懐かしさがあらわれ、そんな懐かしさとともに、彼女は果てしなく泣きたいような気持ちになるのだった。

8

バナカは醜く、女のまどろんでいる官能を目覚ますことなどとてもできそうにない男だった。タミナが茶碗に紅茶を注ぐと、彼は大層丁重にお礼を言った。タミナの家にくるとみんな居心地よく感ずるので、バナカもとりとめのない雑談を早々と打ち止めにして、顔に微笑を浮かべながらビビのほうを振り向いた。

「本を書きたいと思っておられるそうですね。何についての本ですかな？

——とっても簡単なことでして、とビビは答えた。小説なんです。あたしに見えるままの世界についての。

——小説？」バナカは不賛成の気持ちを隠しきれない声で尋ねた。

ビビは逃げ腰になってこう言い直した。「いいえ、どうしても小説でなきゃならないってわけでもないんですけど。

――小説とはいかなるものであるか、ちょっと考えてもごらんなさい、とバナカは言った。あの数多くのそれぞれ違った人物たちのこともね。それらの人物たちのすべてを知りぬいていると、あなたはわたしたちに思わせたいのかな？　それから彼らが何に似ており、何を考え、どんな服を着て、どういう家の出なのかってこともですよ。そんなもの、ちっとも面白くも何ともないと白状されたらどうです！

――まったくです、とビビは認めた。そんなもの、あたしには面白くも何ともありませんわ。

――ねえ、あなた、とバナカは言った。小説とは人間の幻想の結実なんですよ。他人を理解できるという幻想の、ね。しかしわたしたちは互いに相手の何を知っていますか？

――何も知りません、とビビが言う。

――ほんと」とジュジュが言った。

哲学の先生も同意のしるしに頭を振った。

「わたしたちにできることといえば」とバナカは言った。「せいぜい自分自身について報告書を提出することぐらいですな。各人それぞれの報告書。あとはすべて権力の濫用、まったくの嘘です」

ビビは熱狂してその意見を認めた。「ほんと！　まったくほんとです！　あたしだって小説なんか書こうなんて思ってやいませんよ！　さっきは言い方が拙《まず》かったんです。あたしがしたかったのは、ちょうど先生がいま言われたこと、自分について書くことだったんです。自分の生活について報告書を提出するってこと。それから、ついでに言わせてもらいますと、あたしの生活が平凡でありふれたものだってことや、あたしが特に独創的なことなんか何ひとつ経験したこともないっていうことも、別に隠したいとは思いません」

バナカは微笑して、「いやいや、そんなことはぜんぜん大した問題じゃありません！　わたしだって外から見れば、独創的なものは何ひとつ経験していないと言っていいんですから。

——そうなんです！」とビビは叫んだ。「いいことおっしゃるう！　外から見れば、あたしは何ひとつ経験しなかったわ。外から見ればね！　けれどもあたしの内の経験は、書いてみるだけのことはあるし、みなさんにも面白く思ってもらえるかもしれないかなあ、なんて気がするんですよ」

タミナは茶碗に紅茶を入れながら、精神のオリンポス山から自分のアパートに降り来った二人の男たちが、自分の友だちにたいして理解ある態度を示してくれるのを喜んでいた。

哲学の先生はパイプをふかし、まるで恥ずかしがっているみたいにその煙の陰に隠れていた。

「すでにジェイムズ・ジョイス以来、と彼は言った。われわれは人生の最大の冒険とは冒険の不在だということを知っている。トロイアで戦ったユリシーズはいくつもの海を渡って帰還した。彼は自分で船を操縦し、行き着く島ごとに一人ずつ愛人をもっていた。いや、まったくの話、われわれの人生ときたらとてもそういうわけにはゆかないですよ。ホメーロスのオデュッセイアはわれわれの内面に移動してしまった。つまり、内化されたということですな。数々の島や海、われわれを誘惑するセイレンたち、われわれを呼ぶイタケー、それらは今日、われわれの内的存在の声でしかない。

——そう！　あたしもまったく同じことを感じてる！」とビビは叫んでから、再びバナカに向かって言った。「それで、どんなふうに取りかかったらいいのか先生に尋ねたいと思ったのも、そのためなんです。あたしよく、自分の体全体が表現したい、表現したいという欲望で溢《あふ》れてるって感じがするんです。話したい、言うことを聞いてもらいたいっていう。ときどき自分が気が変になってしまうんじゃないかって思ったりするくらい。だって自分が何だかバリバリと砕け、思わず叫び出したくなるほど溢れてるって感じなんですから。きっとバナカさんもそんなことってあるんでしょ。あたしはあたしの人生、それから絶対にこれっきゃないってわかっているあたしの感情を表現したいんです。でも、いざ原稿用紙に向かうと、急に何を書いたらいいのかわかんなくなっちゃう。で、あたし、これはきっとテクニックの問題なんだって思ったんです。もちろん、先生が持っていらっしゃるある種の知識があたしにないんですね。先生はずいぶんと立派な本を書いておられますが……」

9

ふたりのソクラテスがその若い女性にたいして行なった書き方の講義のことは省略する。それよりも私は別のことを語りたい。しばらく前のことだが、私はタクシーでパリの町を横断した。運転手は話好きな男だったが、夜は眠れないのだと言う。彼は慢性の不眠症に苦しんでいるが、それは戦争のときに始まったものだった。彼は海兵だった。乗っていた船が沈んで、三日三晩泳ぎ、それからやっと救助された。数カ月間生死のあいだをさまよってようやく治ったが、それ以来眠りを失ってしまったと言うのである。

「だからわたしの人生は、普通よりも三分の一長いってわけですよ、と彼は微笑みながら言った。

――その長い三分の一をどうしているんですか？　と私は尋ねた。

――わたしはもの書きをしています」と彼は答えた。

私は彼が何を書いているのか知りたいと思った。

彼は自分の人生のことを書いているのだった。三日間海を泳ぎ、死と闘い、眠りを失ったが、それでも生きる力を保持している男の話である。

「それ、お子さんたちのために書いているんですか？　一家の年代記のようなものとして？」

彼は苦笑いして、「わたしの子供たちのため？　あんな連中、そんなものに興味を持つものですか。わたしが書いているのは一冊の本ですよ。結構ひとさまのお役に立つんじゃないかと思っているんですがね」

タクシー運転手とのその会話は、作家活動の本性を突然私に明らかにしてくれた。私たちが本を書くのは、自分の子供に関心を抱いてもらえないからなのだ。見知らぬ世間の人々に訴えるのは、自分の妻に話しても、彼女たちが耳を塞いでしまうからなのである。

反論してこう言う人がいるかもしれない、このタクシー運転手の場合は記述マニアというものであって、ぜんぜん作家活動なんかではない、と。だからまず、概念を厳密にすることから始めねばならない。日に四通恋人に手紙を書く女は記述マニアではない。彼女は恋をしている女である。しかしいつの日にか公刊できるようにと、自分の恋文をいちいちフォトコピーしておくという私の友人は記述マニアだ。記述マニアとは手紙、日記、家族の年代記などを書く（つまり自分もしくは自分に親しい人々のために書く）という欲望のことではなくて、本を書く（したがって不特定多数の読者を持つ）という欲望のことである。この意味からすれば、タクシーの運転手の情熱とゲーテの情熱は同じものだといえる。ゲーテとタクシーの運転手とを区別するのは、違った情熱ではなくて、同じ情熱の違った結果なのである。

記述マニア（本を書きたいというやむにやまれぬ欲望）は、社会の発展が次の三つの根本的条件を実現するとき、宿命的に疫病の規模のものになる。

㈠　全般的に物質生活の水準が高いこと。これによって人々は無益な活動に身を捧げられるようになる。

㈡　社会生活の原子化、したがって個々人の全般的な孤立化の度合いが高いこと。

㈢　国民の国内生活において社会的変化が徹底的に欠けていること（この観点からすると、実際に何も起こらないフランスにおける作家のパーセンテージが、イスラエルよりも二十一倍も高いのは特徴的なことに思える。またビビが、外から見れば、自分は何ひとつ経験らしい経験をしていないと言ったとき、それは実に見事な表現だったといえる。彼女にものを書かせようと駆り立てる原動力こそまさしく、そうした死活的な内容の不在、そうした空虚だからである）。

しかし、反動によるショックのために、結果が原因に撥《は》ね返ることがある。全般的な孤立化現象が記述マニアを生み出し、そして今度は全般化した記述マニアが全般的な孤立化現象を強化し、深刻化するのである。かつては印刷術の発明のおかげで、人間たちは互いに理解し合えるようになった。ところが普遍的な記述マニアの時代にあっては、本を書くという事実はそれとは反対の意味をもつことになるのであって、各人はそれぞれ、外界のどんな声も通さない鏡の壁のような、己れ自身の言葉によって取り巻かれるのである。

10

「タミナ」と、ひと気のないカフェーで一緒に雑談していたある日、ユゴーが言った。「ぼくがあなたと、なんてチャンスはまったくないってことはわかっていますよ。だから、試してみようなんてことはしないつもり。だけどそれでも、今度の日曜日にランチに誘っていいですか？」

例の包みは田舎町の義母のところにある。タミナはそれをプラハの父のところに送らせ、ビビに取りに行ってもらえるようにしておきたいと思っていた。一見したところ、それほど簡単なことはないというようにみえる。しかし、気紛れな年寄りたちを説得するには、大変な時間とお金が必要だった。電話料は高いし、タミナの給料は家賃と食費を支払うだけでかつかつの程度だった。

「いいわよ」ユゴーの家にはきっと電話があるにちがいないと思い出してタミナは言った。

彼が車で迎えにきて、ふたりは田舎のレストランに行った。

タミナは不安定な境遇にあるのだから、ユゴーが威厳にみちた征服者の役割を演ずるのも楽になるはずだった。しかし、この安月給のウェイトレスの人格の背後に、異国の女と未亡人という謎めいた経験がみえて、彼は気後れを感じた。タミナの愛想のよさが、けっして弾丸を通さない鎧《よろい》のようなものにみえた。彼は何とか彼女の注意を惹き、彼女を捕え、彼女の頭のなかに入ってやりたかった！

彼は彼女の興味を惹きそうなことを考え出そうとした。目的地に着く前に車を止め、田舎のきれいな城の庭園内にしつらえられた動物園を彼女に見物させてやることにした。ふたりはゴシック様式の塔を背景に、猿やオウムたちのあいだを散歩した。彼らはふたりきりだった。いかにも田舎の人間らしい風采の庭師が、枯葉の散った広い並木道の掃除をしていた。彼らは狼《おおかみ》、海狸《ビーバー》、猿、虎などの前を通り、針金の囲いのしてある大きな草地に着いた。なかには駝鳥《だちょう》がいた。

駝鳥は六羽いて、タミナとユゴーの姿をみかけると、いっせいに走ってきた。今や、駝鳥たちは小グループを成して囲いに体を押しつけ、長い首を外に差し出している。そしてふたりをじっと見つめて、広くて平らなくちばしを開く。駝鳥たちはまるで、めいめいが他より大声で話したがっているとでもいうように、熱に浮かされたみたいに、信じられない速さでくちばしを開いたり閉じたりしている。ただ、それらのくちばしは絶望的なまでに無言であり、どんな小さな音も発しなかった。

駝鳥たちは、何か重要なメッセージを空で覚えてきたのに、途中で敵方に声帯を切られ、目的地に着いてもまだ、声の出ない口を動かすことしかできない使者のようだった。

タミナは魅入られたように、そんな駝鳥たちの姿を眺めていたが、駝鳥たちはだんだん執拗に話すようになってきた。やがて、彼女がユゴーと一緒に遠ざかると、駝鳥たちは囲いに沿ってふたりのあとを追い始めた。相変わらず何かを警告するためにくちばしをカチカチ鳴らし続けていたが、タミナにはそれが何の警告かはまったくわからなかった。

11

「ホラー小説の一場面みたいだった」と、タミナはパテを切りながら言った。「あの駝鳥たち何かとても大切なことをわたしに言いたかったみたい。でも、何だったのかしら？　何が言いたかったのかしら？」

ユゴーは、あれは若い駝鳥であり、若い駝鳥というのはいつも、あんなふうに振る舞うものなのだと説明した。この前に動物園を一まわりしたときも、駝鳥は六羽とも今日と同じように囲みのところまで走ってきて、声を立てずにくちばしを開いていたのだという。

タミナはそれでも、ずっと動揺したままだった。「ねえ、わたしボヘミアに置いてきたものがあるのよ。書類の入った包みなんだけど、郵便で送ってもらうと、警察に押収されてしまうかもしれないの。この夏、ビビがプラハに行きたいんですって。それで、代わりにもってきてくれるって約束してくれたの。だけど今、わたし何だか恐くなってきたわ。あの駝鳥たち、包みに何かあったと知らせにきてくれたんじゃないかしら」

ユゴーは、タミナが未亡人であり、亡夫が政治的理由で亡命しなければならなかったことを知っていた。

「政治文書か何か？」彼はそう尋ねた。

ずっと前からタミナは、こちら側の人たちに自分の人生の何ごとかをわかってもらいたいときには、ことがらを単純化してやらねばならないのだと確信していた。なぜそれらの私信や日記などが警察に差し押さえられる危険があり、またどんな理由でタミナがそんなにもそれに執着しているのかを説明しようとすれば、きわめて難しいことになるにちがいなかった。そこで彼女はこう答えた、「そうなの、政治文書よ」

そうは言ってみたものの、彼女は内心、ユゴーにその詳細を尋ねられはしないかとびくびくしていた。しかしそれは余計な心配だった。これまで一度でも、彼女に質問した者がいただろうか？　人々はときどき、彼女の国をどんなふうに考えているか説明することはあっても、彼女の経験に関心を示す者はいなかった。

ユゴーが尋ねた、「ビビはそれが政治文書だって知っているんですか？」

——いいえ、とタミナは言った。

——そのほうがいい、とユゴーは言った。それが政治的なものだなんて言っちゃダメですよ。いざとなったら、ビビはビビッてしまって、あなたの包みを取りに行けなくなってしまうから。タミナ、あなたには想像もできないことかもしれないけど、人間というのは、そりゃもうビビるもんなんだ。どうしてもビビには、何かつまらない、平凡なものだといったふうに、信じ込ませておかなくちゃならない。たとえば、あなたの恋文だってことにでもしておけば。うん、そうだ、包みのなかにはラブレターが入っている、とでも言っておけばいいんですよ！」

ユゴーは自分で自分の考えに吹き出しながら言った。「ラブレターか！　それならビビのレベルをはみ出さない！　ちょうどビビの守備範囲に入るな！」

タミナはぼんやり、恋文はユゴーにとってつまらない、平凡なものなのかと考えた。わたしがだれかを愛したことがあり、それが大切なことだとはだれも考えようとしてくれないのか。

ユゴーはさらに付け加えて言った。「もし彼女が旅行を取り止めるなんてことがあったら、ぼくのことを当てにしてくれたっていいですよ。あなたのために、向こうまでその包みを取りに行ってあげますよ。

——ありがとう、とタミナは熱をこめて言った。

——あなたのために、取りに行ってあげます、たとえぼくが逮捕されるようなことになっても」とユゴーは繰り返した。

タミナは抗議した。「まさか。あなたには何も起こりっこないわ！」それから彼女は、自分の国では外国人旅行者にはどんな危険もないことを説明しようと試みた。向こうでの生活が危険なのはただチェコ人にとってだけなので、外国人旅行者のほうはそんなことに気づきさえしないのだ、と。突然彼女は興奮して長々と話した。彼女は自分の国を知りつくしていたのだが、私は彼女の言ったことが正しいと保証できる。

その一時間後、タミナはユゴーの家の受話器に耳を押しつけていた。義母との会話は、最初のときよりも上首尾には終わらなかった。「あんたたちがわたしに鍵をあずけたなんてことは、一度もなかったよ！　いつだって、あんたたちはわたしには何でも隠していたんだから！　わたしがいつも、あんたたちにどんなふうに扱われていたか、なんで今になってそんなことを思い出させようとするんだい！」

12

タミナがそれほど思い出に執着するのなら、なぜボヘミアに戻らないのか？　一九六八年以後に非合法的に国外に去った亡命者たちは、のちに許され、帰国するよう呼びかけられていた。タミナは何を怖れているのか？　国に帰ると危険な目に合うというには、彼女などあまりに取るに足らない者ではないか！

そう、たしかに彼女は何も心配せずに国に帰ることもできた。しかし、彼女にはそれができないのだ。

国では、夫はみなから裏切られた。国に帰れば、自分もまた夫を裏切ることになると彼女は考えていたのだ。

夫がだんだん下級のポストに更迭されていって、とうとう職場から追われたとき、夫を擁護してくれようとする者はひとりもいなかった。夫の友人たちでさえ擁護してはくれなかった。もちろん、人々が心の底では夫の味方をしているのだとは、タミナにもわかっていた。彼らが沈黙したのは、ただ恐かったからだ。しかし、彼らがまさしく夫の味方だったからこそ、自分たちの恐怖をよけいに恥じていた。だからたまたま街頭で出くわすようなとき、彼らは夫に気づかないふりをした。彼らの心のなかでそんな恥ずかしさの気持ちが目覚めないようにという心遣いから、夫婦は進んで人々を避けるようになった。すると程なく、彼らは伝染病患者のように見られるようになった。ふたりがチェコスロヴァキアから去ったとき、夫の元の同僚たちは公開の声明書に署名したが、それは夫を中傷し、断罪する声明書だった。彼らがそんなことをしたのは、ほんのしばらく前のタミナの夫と同じ目に合い、自分たちも職場を失う羽目にならないためだったにちがいない。だが、彼らはともかくそうしたのだ。そして、そのことによって自分たちとふたりの亡命者とのあいだに溝を穿《うが》ったのだ。向こうに戻ってその溝を越えようという決心は、タミナにはどうしてもつかなかったのである。

逃亡後の最初の夜、アルプスのある村の小さなホテルで目を覚まし、これまでの全人生が展開された世界から切り離され、今や自分たちがふたりきりになれたのだと理解したとき、彼女は解放され、ほっとしたような気持ちを味わった。山のなかの彼らは、見事にふたりきりだった。まわりには信じられないような沈黙が支配していた。タミナは思いがけない賜物としてその沈黙を受け取った。そして、夫が祖国を捨てたのは迫害を逃れるためだったのに、わたしのほうは沈黙——夫のためになる沈黙、そしてわたしには愛のための沈黙——を見出すためだったのか、とぼんやりと思った。

夫が死んだとき、彼女は突然、ふたりの十年間の生活の痕跡がいたるところに残されている祖国への郷愁に捕えられた。彼女は感傷的な衝動に駆られて十人ほどの友人に死亡通知を出したが、ただ一通の返事も受け取らなかった。

その一月後、彼女は貯めたお金の残りを使って海辺に出発した。彼女は水着をつけ、トランキライザーを一瓶呑んだ。それから、遠く沖合に向かって泳いだ。錠剤のために深い疲労が惹き起こされ、やがて溺れるだろうと思っていた。しかし、水は冷たく、しかも彼女は持ち前のスポーツ好きらしい運動をした（彼女は昔から大変泳ぎが上手だった）ために、眠り込むことができなかった。それに、錠剤は予想していたよりも弱かったにちがいない。

彼女は海岸に戻った。自分の部屋に行き、二十時間眠った。目覚めたとき、体のなかには静けさと平和とがあった。彼女は、沈黙のなかで、そして沈黙のために生きようと心に決めた。

13

ビビのテレビの銀青色の光が、その場にいる者たちを照らしていた。タミナ、ジュジュ、ビビ、それからビビの夫で行商人のデデ。デデは四日間家を留守にしていて、昨日帰ったばかりだ。部屋のなかにはかすかに小便の臭いが漂い、テレビ画面には年をとって禿げ、丸く大きな頭が映っている。その丸く大きな頭に、画面にはみえないジャーナリストが挑発的な質問をしたところだった。

「わたしたちはあなたの回想録のなかで、いくつかエロチックでショッキングな告白を読ませていただいたんですが」

それは週一回の番組で、売れっ子のジャーナリストが、前の週に出版された本の著者たちと対談するというものだった。

ツルツルとして大きな頭は得意気に微笑んだ、「とんでもない！　ショッキングなところなどぜんぜんありゃしません！　まったくもって正確無比な計算がひとつあるだけですよ！

いいですか、わたしと一緒に勘定してみましょう。わたしの性生活は十五歳のときに始まった」。丸くて古びた頭は、誇らしげにまわりを見回した。「そう、十五歳のときにです。現在わたしは六十五歳。したがって、わたしには五十年間の性生活があったことになる。で、これはきわめて控え目な見積りだが、わたしが週に平均二回セックスをしたと仮定します。だから一年に百回、したがってわたしの人生では五千回ということになる。計算を続けましょう。もし一回のオルガスムスが五秒続くとすれば、わたしは二万五千秒のオルガスムスを経験したことになりますね。つまり、合計六時間五十六分のオルガスムスというわけですな。どうです、まあ悪かないんじゃございませんかね？」

部屋のなかでは、みなが深刻そうにうなずいた。タミナは、中断のない立て続けのオルガスムスに捕えられた禿の老人を想像していた。老人は身を捩り、心臓に手をもってゆく。十五分もすると、口からぽとりと総入れ歯が落ち、その五分後にぐにゃとなって死ぬ。彼女はアハハッと笑い出した。

ビビはタミナに静かにするように言った。「何がおかしいのよ？　そんなに悪い結果じゃないじゃないの！　六時間五十六分のオルガスムスなんて」

ジュジュが言った。「何年もあたし、オルガスムスを経験するってどういうことなんだか、ぜんぜんわからなかったのよね。でも、数年前からなんだけど、今じゃほんとにきちんきちんと経験するわ」

みなはジュジュのオルガスムスのことを話し始めた。他方、テレビ画面のうえでは別の顔が怒りを表現していた。

「こいつは何でこうも怒っているのかな?」デデはそう尋ねた。

画面では、その作家がこう言っていた。

「これはとても大事なことなんですよ。とっても大事なことなんです。わたしは本のなかで説明しておいたんですがね」

「何がとても大事だって? とビビが尋ねた。

――ルルという村で幼年時代を過ごしたってこと」とタミナが説明した。

ルルという村で幼年時代を過ごしたというその男は、長い鼻をしていた。その鼻が何かの重しのようにのしかかっていて、そのために頭がだんだん下のほうに傾き、ときどき、今にも画面から飛び出し、リビング・ルームのなかに落ちてきそうな気さえするほどだった。長い鼻で重くなったその顔は、こう言ったときに極端に興奮した。

「わたしは本のなかで説明している。わたしの書いたものはすべて、ルルという小さな村に結びついているんですよ。そんなことがわからない者に、わたしの作品が何ひとつ理解できるもんですか。何て言ったって、わたしが初めて詩を書いたのは、あそこでだったんだから。そうですとも、わたしの考えでは、これはとても大事なことなんですよ」

「そのひととでは」とジュジュが言った。「ぜんぜんオルガスムスを感じない男っているものね」

「忘れてもらっちゃ困るんですよ」と作家は言ったが、その顔はますます興奮してきた。「わたしが初めて自転車に乗ったのは、ルルでだったということを、ね。そう、わたしはそれもくわしく本に書いておいた。それから皆さんも、わたしの作品では自転車がどういう意味をもっているかご存じでしょうが。自転車はシンボルです。わたしにとって自転車とは、人類が父権的世界の外に出て、文明世界に足を踏み入れる第一歩なんですよ。文明との最初の触れ合い。初めての接吻の前の処女の戯れ。まだ処女でありながら、すでに罪を犯してしまっている」

「ほんとよね、とジュジュが言った。あたしの同僚のタナカさんなんか、まだ処女のころ、自転車に乗っていたとき初めてオルガスムスを感じたっていうもんね」

みなはタナカさんのオルガスムスについて話し始めた。タミナは、「ちょっと電話を借りていいかしら？」とビビに言った。

14

となりの部屋のなかは、小便の臭いがもっと強かった。そこにはビビの娘が寝ていた。

「ふたりが、もう口をきかなくなっているのは知っているわ、とタミナはささやいた。でも、そうしてもらわないと、あの人にわたしの包みを返してもらえないのよ。あの人の家に行って、お父さんに取り返してもらうのが、たったひとつの手立てなの。もしあの人が鍵をみつけられなかったら、無理やり引き出しをこじあけさせてね。あれはわたしの持ち物なんだから。手紙類とか、それから何ということもない物ばかりなんだけど。わたしにはその権利があるのよ。

——タミナ、わしにあの女と口をきかせようなどとさせんでくれないか！

——お父さん、そこのところを我慢して、わたしのためにやってみて。あの人お父さんを恐がっているから、断れないと思うの。

——それはそうとして、お前の友だちがプラハにきたら、毛皮のオーバーを渡しておくからな。古い手紙なんぞよりよっぽど大事なものだぞ。

——でもわたし、毛皮のオーバーなんか欲しくないのよ。わたしの包みが欲しいの！

——もっと大きな声で話してくれないか！　お前の言うことが聞こえんのだ！」と父親は言ったが、娘のほうはわざと小声で話していたのだ。彼女はチェコ語の文句をビビには聞かれたくなかったからだ。聞かれようものなら、彼女が外国に電話していて、その会話の一秒一秒が高い料金になることがわかってしまう。

「わたしは包みが欲しいと言っているのよ。毛皮なんかじゃないの！　とタミナは繰り返した。

——お前は相変わらず、馬鹿げたものに関心があるんだな！

——お父さん、電話はひどく高いのよ。ねえ、お願いだから。どうしてもあの人に会いに行ってもらえないの？」

それは辛い会話だった。何か言うと、父親はいちいちそれを繰り返させた。その挙句に、義母に会いに行くことだけは頑固に拒否するのだった。父親はとうとうこう言った。

「お前の兄さんに電話してくれ！　兄さんがあの女に会いに行けばいい！　そのあとで、お前の包みとやらをわしのところにもってきてくれればいいさ！

——でも、兄さんはあの人のことを知りもしないわ！

——それだよ、利点は、と父親は笑って言った。そうでもなきゃ、だれがあの女のところになんか会いに行くものか」

タミナはすばやく考えた。横柄で精力的な兄を義母のところにやるのは、そんなに悪くはない考えだわ。けれども、タミナは兄には電話したくなかった。彼女が外国に出てからというもの、ふたりは一通の手紙も交していなかったのだ。兄は大変高給のとれる地位についていたが、亡命した妹と一切の接触を断つことによってしか、その地位を保つことができなかったのだった。

「お父さん、わたしからは兄さんに電話できないわ。お父さんの口からいろいろ説明してもらえないかしら。お願い、お父さん！」

15

父親は小柄でひよわな男だった。昔タミナの手を引いて道を歩いていた頃、彼は娘を創造した英雄的な夜の記念を世界中の人にみせでもするかのように得意になっていた。彼は娘婿をまったく好かず、ずっと果てしのない戦争を仕掛けていた。（きっと死んだ親戚の女の着ていたものをもらったにちがいない）毛皮のオーバーを送ってやろうと言い出したときも、彼は娘の健康のことを考えていたのではまったくなく、古いそのライヴァル関係のことが頭にあったのだ。娘が夫（手紙の包み）よりも、父親（毛皮のオーバー）のほうを好むよう願っていたのである。

タミナは、自分の手紙の包みが父親や義母など敵意ある者たちの手中にあるのだと考えるとぞっとした。しばらく前から、手帳が他人に読まれているのかもしれないと想像することがますますひんぱんになり、関係のないそんな人たちの視線は、壁の落書きを消してしまう雨のようなものだと思った。あるいは現像液に浸したフィルムのうえに早まって落ちてきて、写真を台無しにしてしまう光のようなものだとも。

自分が書き留めておいた思い出に意味と価値を与えるのは、それが自分自身のためにだけ存在するものだからだと彼女は理解していた。そんな特質を失ってしまうと、わたしをその思い出に結びつけていた心の絆が断ち切られてしまうし、もう自分自身の目ではけっして読めなくなり、他人についての何かの資料を調べる公衆の目でしか読めなくなってしまう。そうなれば、それを書いた本人でさえわたしにとって他人で、無縁な人になってしまうわ。それでも、あの手帳を書いた女とわたしが驚くほど似ているにはちがいないけれど、それはわたしには何かパロディーか、嘲弄《ちょうろう》といったような印象を与えるにきまっている。いや、他人の目に読まれてしまうと、わたしはもう二度とあの手帳を読めなくなってしまうのだ。だから彼女はすっかり焦り、固定されている過去のイメージが台無しにされないうちに、できるだけ早く自分の手紙と手帳を取り返したいと願ったのだった。

16

突然ビビがカフェーに現れて、カウンターに座った。「ハロー、タミナ、ウィスキー！」ビビはふつうコーヒーを注文し、特別の場合にだけポルト酒を注文していた。スコッチを注文するのは、彼女が普段とはいささかちがった精神状態にあることを示していた。

「本は進んでいる？　とタミナはアルコールを注ぎながら尋ねてみた。

――あたし気分転換しなくちゃ」とビビは言い、一気にグラスを飲み干してから二杯目を注文した。

別の客がカフェーのなかに入ってきたところだった。タミナは客に注文をきき、カウンターのうしろに回って友だちに二杯目のウィスキーを注いでから、客が注文したものを運んでいった。彼女が戻ると、ビビが言った。

「あたし、もうデデとはやってられない。あの人、旅から帰ると丸二日もパジャマを着たままベッドにいるのよ。二日間もパジャマを脱がないんだから！　あんただったらそんなの我慢できる？　もっと悪いのは、アレをしたがるとき。あたしがそんなもの面白くない。ぜんぜん面白くもなんともないってことがわかんないのよね。あたし、あの人と別れなきゃなんないわ。あの人ときたら、バカバカしいバカンスのことばかりあれこれ考えて時間をつぶしてる。パジャマのまんまずっとベッドにいて、手にアトラスの地図なんかもってんのよね。最初あの人、プラハに行きたいって言っていたわ。ところが今は、プラハなんかぜんぜんお呼びじゃないって言うんだから。どこかからアイルランドのことを書いた本をみつけてきてさ、どうしても行きたいなんて言ってんのよ。

――それじゃ、あなたたち、休暇にはアイルランドに行くの？　とタミナは喉が締めつけられたようになって尋ねた。

――あたしたち？　あたしたちはどこにも行かないわよ。ともかく、あたしはずっとここにいて執筆するつもり。あの人がどこかに行かせようたって、あたしどこにも行かないからね。あたしはデデなんか必要としていないし、デデもあたしにはぜんぜん関心がないの。あたしが執筆しているとするわね。でもあの人、あたしが何を書いているのかなんてきいたことが、まだ一回もないんだから。もうあたしたち、お互いに話すことなんか何もないんだってわかったわ」

タミナは、「それじゃ、あなたたちもうプラハには行かないの？」と尋ねたいと思ったが、喉が締めつけられて、喋ることができなかった。

そのとき、あの小柄な日本人ジュジュがカフェーに入ってきて、ビビのとなりのバーの止まり木のうえに飛び乗った。「ねえ、あんたたち、公衆の面前でセックスできる？

――どういうこと、それ？　とビビが尋ねた。

――たとえば、このカフェーの地べたで、みんなのいる前でするとか、映画館で幕間にするってこと。

――静かに！」とビビは、止まり木の足元で娘の騒いでいるタイル張りの床に向かって怒鳴ってから言った。「なんでできないの？　アレは自然なことよ。なんだって自然なことを恥じなきゃなんないのよ？」

タミナは再び、プラハに行くのか、行かないのかとビビに尋ねようとしたが、無意味な質問だとわかった。あまりにもわかりきったことだった。ビビはプラハには行かないだろう。

カフェーの女主人がキッチンから出て来て、ビビに微笑んだ。「どう、調子は？　まったく、何か起こってくれなくちゃどうしようもないわ！」

——革命ぐらいやってもらいたいわ、とビビが言った。何か起こってくれなくちゃ！　ま

その夜、タミナは駝鳥の夢を見た。駝鳥たちは、それぞれ囲いに体を押しつけるようにして立ち、いっせいに何かを彼女に話していた。彼女はおびえ、催眠術にかかったように動けずに、駝鳥たちの無言のくちばしを眺めていた。彼女は痙攣するほど固く、くちびるを引き締めていた。なぜなら彼女は口のなかに金の指輪をもっていて、その指輪のことが心配だったから。

17

私はなぜ、彼女が口のなかに金の指輪をもっていると想像したのか？

どうしようもない。私はただ、そんなふうに想像するだけなのだ。しかし突然、私の記憶のなかに、「軽やかで、清澄で、金属性の音。銀の壺のなかに落ちる金の指輪のような音」という文句が浮かんでくる。

まだとても若かった頃、トーマス・マンは死についてナイーブな魅力のあふれる短篇小説を書いた。その短篇小説のなかの死は美しい。まだとても若く、死が青味がかったはるか遠くの声のように非現実的で魅惑的な時期に、死を夢見るあらゆる者たちにとってと同様に美しい。

不治の病いに冒されたある青年が、汽車に乗って見知らぬ駅で降りる。彼はそれから、名も知らぬ町まで歩いてゆき、額中に赤斑のある老婆の住む家の一室を借りる。いや、私はその又貸しされた部屋のなかで、それから何が起こるのかを語るつもりはない。私はあるささいな出来事に注意を促したいだけなのである。病気の青年が部屋のなかを歩いていたとき、「となりの部屋で、自分の靴音にまじって何とも定義しがたい物音、軽やかで、清澄で、金属性の音がしたように思った。たぶんそれは錯覚にすぎなかったのかもしれない。しかし彼は、銀の壺のなかに落ちる金の指輪のような音、とぼんやり思った……」

短篇小説のなかでは、このささいな音響に帰結も説明も与えられていない。行動の観点だけからすれば、省いてもさして不都合がないことにちがいない。その音は何ということもなしに、ただ不意に響いたにすぎない。

私は、トーマス・マンが沈黙を生じさせるために、その「軽やかで、清澄で、金属性の」音を響かせたのだと思う。彼は人に美の音をきいてもらう必要（というのも、彼の語っている死は美とイコールの死だったから）であり、そして美が知覚されるには最低限の沈黙が必要になるからだ（その最低限の沈黙を表わす尺度がまさしく、銀色の壺のなかに落ちる金の指輪の生み出す音だったのである）。

（そう、私が何について話しているのかわかってもらえないのは承知している。なぜなら、ずっと前から美は消え去ってしまったのだから。美は私たちがそのなかでたえず生活している騒音——言葉の騒音、自動車の騒音、音楽の騒音——の表面の下に消え去った。アトランティス〔プラトンが対話篇で語っている伝説上の島〕のように沈んでしまったのだ。美はただの一語しか残してゆかなかったが、その意味は毎年毎年わかりにくくなってゆく）。

タミナが（アトランティスの大理石像の破片のように貴重な）その沈黙を初めて聴いたのは、祖国を逃れたあと、森に囲まれた山のホテルで目覚めたときだった。二度目に聴いたのは、胃に錠剤を詰め込んで海を泳いだのに、死ではなくて予期せぬ平和がもたらされたときだった。彼女はその沈黙を、自分の体によって、自分の体のなかで護《まも》ってやりたかった。だからこそ、夢のなかで針金の囲いに体を押しつけて立ち、痙攣しそうなくらい固くくちびるを引き締めたその口のなかに、金の指輪を隠しもった彼女の姿が私には見えるのである。

彼女の前には、六つの長い首があり、そのうえにのっかった小さな頭についているくちばしが、音もなく開いたり閉じたりしている。彼女には彼らの言うことがわからない。駝鳥たちが彼女を脅迫しているのか、彼女に警告しているのか、激励しているのか、それとも哀願しているのかわからない。そして何もわからないから、彼女は深い不安を覚える。彼女は金の指輪（あの沈黙の尺度）のことを心配し、痙攣するまでに固く、それを口のなかで護っている。

タミナは、あれらの大きな鳥たちが何を言いに来たのか知ることはけっしてないだろう。だが私は知っている。鳥たちは彼女に警告しに来たのでも、静粛を命じに来たのでも、脅迫しに来たのでもなかった。鳥たちはタミナに全然関心がなかった。それぞれ自分のことを話すために来たのだ。それぞれがどんなふうに食べ、どんなふうに眠り、どんなふうに囲みのところまで走り、そしてそれまでに何を見てきたかを言うためだ。大事な幼年時代をルルという大事な村で過ごしたと言うためだ。大事なオルガスムスが六時間続いたと言うためだ。囲いのうしろを女が散歩して、その女がショールをかけていたと言うためだ。泳ぎ、病気になって、それから治ったと言うためだ。若いときに自転車に乗っていたが、今は草を一袋食べたと言うためだ。彼らはいっせいにタミナの前に立ちはだかり、いちどきに激しく、しつこく、挑むように話す。それというのも、彼らが言いたいことほど大事なものはこの世にないからなのである。

18

それから数日して、バナカがカフェーに現れた。彼は完全に酔っぱらい、バーの止まり木に座ったが二度も滑り落ち、ようやく座り直してからカルヴァドス酒を注文して、頭をカウンターのうえにのせた。タミナは彼が泣いているのに気がついた。

「どうしたんですか。バナカさん?」と彼女はきいた。

バナカは涙でうるんだ眼を彼女のほうに上げ、指で胸を示して、「わたしはいないんです。おわかりですか！　このわたしはいないんですよ！　わたしは存在していないのです！」

それから彼はトイレに行き、トイレからそのまま、代金を払わずに外の道に出て行った。

タミナはその出来事をユゴーに話した。するとユゴーは、説明代りにある新聞のページを指し示した。そこにはいくつかの書評があり、バナカの著書について四行ばかり辛辣な短評がのっていた。

自分が生きてはいないと言って泣きながら人差指で胸を指し示したバナカのエピソードは、私にゲーテの『西東詩集』〔一八一九年〕の「他の人間たちが生きているとき、人は生きているものだろうか?」という詩句を思い出させる。ゲーテのその問いのなかには、作家活動全体の秘密が隠されているのだ。つまり人間は、書物を書くという事実によって世界に変わる（人はバルザックの世界、チェーホフの世界、カフカの世界などと言わないだろうか？）のだが、あるひとつの世界の特性とは、まさしくそれが唯一のものだということである。だから、他の世界の存在はその本質そのものにおいてその世界を脅かすものとなるのだ。

両方とも店がまったく同じ通りにあるのでないかぎり、二軒の靴屋は完全な和合のなかで生きることができる。けれども、彼らが靴屋の運命にかんする本を書き始めるとたちまち、互いに相手を煙たく思い始め、「他の靴屋が生きているときに、靴屋は生きているものだろうか？」と自分に問うことになる。

タミナはただ他者の視線が注がれるだけで、自分の日記用の手帳の価値がすっかりぶち壊されてしまうような気がしているが、ゲーテはたった一人の人間のたったひとつの視線が自作の文章に注がれないというだけで、自分の存在そのものがあやうくされることになると確信していた。タミナとゲーテの違い、それは人間と作家の違いである。

書物を書く者は、すべて（彼自身とすべての他人にとって唯一の世界）になるか、無になるかのどちらかだ。だが、すべてになるのはだれにもけっして許されることではないので、書物を書く私たちはみな無に等しい人間になる。私たちは世に知られず、嫉妬深く、気難しくなって、他人の死を願うのだ。この点からすれば、バナカ、ビビ、私、それにゲーテはみな同等だと言ってよい。

政治家、タクシー運転手、臨産婦、情婦、暗殺者、泥棒、売春婦、知事、医者、病人などにみられる記述マニアの抗《あらが》いがたい増殖は、あらゆる人間は例外なく作家的潜在性をもっていることを私に示してくれる。だから、まさしく全人類が街頭に降り立ち、こう叫ぶこともできよう、われわれはみな作家なのだ！

というのも、各人はそれぞれ、人に見られることも聞かれることもなく、無関心な世界のなかに消え去ってしまうのだと考えて苦しみ、そのためにまだ時間のあるうちに、己れを一個の言葉の世界に変えることを望むからなのである。

そしてある日、あらゆる人間が作家として目覚めるとき（その日も近い）には、きっと普遍的な難聴と無理解の時代がやってきていることだろう。

19

今やユゴーが彼女の唯一の希望だった。彼女は夕食に誘われると、今度はためらわずに承諾した。

ユゴーは彼女と向かい合ってテーブルについていたが、ただひとつのことしか考えていなかった。それは、タミナはいつまでたってもよくわからない女だということだった。彼は、彼女を相手にすると自信がなくなり、正面から攻撃する勇気が出なかった。そして、これほど慎ましく、これほど明瞭な目標に到達できないことに苦しめば苦しむほど、世界を、このぼんやりとした無限を征服したいという欲望がますます強いものになった。彼はポケットから、雑誌を取り出し、それを広げてタミナにさし出した。開いたページには彼の署名入りの長い記事があった。

彼は長い演説を始め、渡したばかりのその雑誌のことを話した。そう、今のところこの雑誌はまだ、一部の地方でしか販売されていない。でも、これはしっかりとした理論雑誌で、編集している者たちが勇敢なので、やるべきことはとことんやりぬくはずなんだ。ユゴーは話しに話した。彼の言葉はエロティックな攻撃性の隠喩、男性の力の誇示になろうとしていた。彼の言葉のなかには、急いで具体的なものの不屈さに取って代ろうとする抽象的なものの自在さがあった。

タミナのほうはユゴーを見て、その顔を修正していた。その精神修養は彼女の癖になっていたのだ。彼女はそれ以外のかたちで男を見ることができなくなっていた。彼女は努力して、もっているすべての想像力が動員された。すると、ユゴーの褐色の眼がやがて本当に色を変え、一挙に青になった。タミナはじっと彼を見ていた。その青色が霧散してしまうのを避けようとすれば、どうしても視力のすべてを使ってユゴーの眼のなかにそれをとどめておかなくてはならなかったからだ。

その視線はユゴーを不安にした。そのために、彼はなお一層話しまくった。彼の眼は美しい青になり、額はゆっくりと両横にのびていった。そして前髪は、先端が下方に向いた狭い三角形しか残らなくなった。

「ぼくはこれまで、西欧世界、ただ西欧世界にのみ批判を向けてきた。しかし、ぼくらの国を支配している不正のために、もしかするとぼくらは他の国々にたいする誤った寛大さに導かれるのかもしれない。あなたのおかげで、そう、タミナ、あなたのおかげで、権力の問題というのは、あなたたちのところでもぼくたちのところでも、西側でも東側でも、結局どこでも同じだとわかったんです。ぼくらはあるタイプの権力を別のタイプの権力に代えるべきではなく、権力の原則そのものを否定しなければならない。しかもどこでも権力を否定しなければならないんです」

ユゴーはテーブル越しにタミナのほうに身を傾けた。その口からすっぱい臭いが吐き出されるので、タミナの精神修養が邪魔された。その結果、ユゴーの額は再び、濃く下に生えた髪に覆われることになった。ユゴーはまだ、それらすべては彼女のおかげで理解できたことだと繰り返している。

「何ですって?」とタミナはさえぎった。「わたしたちがそんなことを一緒に話したことなんか一度もないわ」

ユゴーの顔にはもうたったひとつの青い眼しか残らなくなり、やがてその青い眼もゆっくり褐色に移って行った。

「あなたがぼくに何かを言う必要なんかなかったんですよ、タミナ。ぼくがあなたのことをよく考えてみるだけで充分だったんです」

ボーイがオードブルの皿を彼らの前に置くために身をかがめた。

「これは家に帰ってから読ませてもらうわ」とタミナは言って、ハンドバッグのなかに雑誌を突っ込んだ。そしてこう言った。「ビビはプラハに行かないわ。

――きっとそうだと思っていた」と言ってから、ユゴーはこうつけ加えた。「何も心配することなんかない、タミナ。ぼくがあなたに約束したでしょう。あなたのために、このぼくが向こうに行ってあげるから」

20

「いい知らせがある。兄さんに話しておいた。土曜日に兄さんがお前の義理の母親に会いに行くことになったよ。

――本当？　で、すっかり説明してくれたの？　お義母さんが鍵がみつけられなかったら、引き出しをこじあけてもいいって言ってくれたの？」

タミナは受話器を置いた。酔ったような気分になっていた。

「いい知らせ？」とユゴーが尋ねた。

——そうよ」とタミナは言った。

彼女の耳のなかには、父親の陽気で精力的な声がまだ残っていた。父には悪いことをしていた、と彼女はぼんやり考えていた。

ユゴーが立ちあがってバーに行き、グラスをふたつ出して、ウィスキーを注いだ。

「タミナ、いつでも好きなとき、好きなだけぼくのところから電話していいんだよ。さっき言ったこと、もう一度言ってあげてもいいんだ。ぼくはたしかにあなたの味方なんだ、あなたがぼくと寝てくれることはけっしてないとわかっているけど」

彼がその「あなたがぼくと寝てくれることはけっしてないとわかっているけど」という文句を無理やり発したのは、ただたんに（慎重にも否定的な形ながら）近づきがたいその女に面と向かってある種の言葉を口にすることができるのだ、とみずからに証明するためだった。そして彼はそんな自分をほとんど大胆だと思った。

タミナは立ってユゴーのほうに行き、グラスをとった。彼女は兄のことを考えていた。兄とはもうお互いに話すことはなくなっているけれども、本当はお互いに好きなんだ、ふたりとも助け合って行きたいという気持ちがあるんだわ。

「きみの希望がすべて現実になるように！」ユゴーはそう言ってグラスを干した。

タミナもウィスキーを一気に飲み、グラスを低いテーブルのうえにのせた。彼女は再び座りたいと思った。しかしそう思ったときにはもう、ユゴーの腕に抱き締められていた。彼女は身を護らず、ただ頭をそむけただけだった。彼女の口がゆがみ、額が皺に覆われた。彼女を腕のなかに捕えはしたものの、どうやって捕えているのか、彼は自分でもわからなかった。まず最初、彼は自分のそんな動作に自分でおびえた。もしタミナに押しのけられたら、彼はきっとおずおずと身を離し、ほとんど謝りそうになったことだろう。しかし、タミナは押しのけなかった。そのゆがんだ顔、そむけた頭がひどく彼の気をそそった。これまでに知った何人かの女たちが、彼の抱擁にこれほど雄弁な反応を示したことは一度もなかった。寝てもいいと心に決めている場合には、女たちは一種の無関心さを示しながら、まったく落ち着いて衣服を脱ぎ、自分の体がこれからどうされるのか見守ろうとしたものだった。タミナのしかめた顔は、彼が一度も夢見たことのないほどの奥行きをその抱擁に与えた。彼は彼女を狂おしく抱き締め、着ているものを剝ぎ取ろうとした。

しかし、タミナはなぜ身を護らなかったのだろうか？

三年前から、彼女はその瞬間のことを恐れながらも考えてきた。三年前から、その瞬間の催眠にかけるような視線の下で生きてきた。そしてその瞬間が、想像していたのとまさしく同じようにやってきた。だから彼女は身を護らなかったのだ。彼女は避けがたいものを受けいれるように、その瞬間を受けいれたのである。

彼女はただ、頭をそむけることしかできなかった。だが、そんなことをしても何の役にも立たなかった。夫の面影が常にそこにあり、彼女が顔を回すにつれ、夫の面影も部屋を横切りつつ移動した。それは、実物よりはるかに大きく、グロテスクなくらい大きな夫の大きな肖像で、そう、三年前から彼女が想像していたのとまったく同じものだった。

やがて、彼女は完全に裸になった。てっきり彼女の興奮のしるしだと思っていたものによって興奮していたユゴーは、タミナの性器が乾いているのを知って呆然とした。

21

彼女は昔、麻酔なしにちょっとした外科手術を受けたことがあった。その手術のあいだ、無理に英語の不規則動詞変化を繰り返していた。今もまた、同じようなことを試みて、あらゆる考えを自分の手帳に集中した。手帳は間もなく安全な父の家に行くことになり、この善良なユゴーという男が取りに行ってくれるんだ、と考えていた。

その善良なユゴーは、すでにもうかなり前から彼女のうえで荒々しく体を動かしていたのだが、彼女はやっと、彼が前腕で奇妙なぐあいに体を立て、いろんな方向に横腹を動かしていることに気づいた。彼女は、彼が自分の反応に不満で、自分が充分に興奮していないと思ってさまざまな角度から自分のなかに入り込み、体の深みのどこかに、逃れ去る感受性の神秘的な点をみつけようとしているのだと理解した。

彼女はそんな辛い努力が見たくなかったので、顔をそむけ、自分の考えを制御して新たに手帳のほうに向けようとした。そして、まだ不完全にしか再構成されていないままのヴァカンスの順序を、強いて心のなかで繰り返してみた。ボヘミアの小さな湖のほとりでの最初のヴァカンス、それからユーゴスラヴィア、再びボヘミアの小さな湖、やはりボヘミアの温泉町……それらのヴァカンスの順序は定かでなかった。一九六四年にタトラス地方に行き、その翌年にはブルガリアに行った。しかし、そのあとがどこだったかわからなかった。一九六八年のヴァカンス中ずっとプラハにいて、その翌年には温泉町に行った。それから亡命し、最後のヴァカンスをイタリアで過ごした。

ユゴーは身を引き離して、彼女の体を逆さに返そうとした。自分を四つん這いにさせたがっているのだと彼女は理解した。そのとき、ユゴーが自分より若かったことを思い出して、彼女は恥ずかしくなった。しかし彼女は、心のなかの一切の感情を殺そうと努め、まったく無関心に彼の言うなりになった。それから、尻に男の体の堅いショックを感じた。男が力と忍耐とによって彼女を眩惑させたがっていて、決定的な戦闘を開始し、まるで大学入学試験にでも臨む気分になって、自分こそ彼女にふさわしい男であり、彼女を征服できるのだという証拠を見せなければならないと思っているのがわかった。

彼女は、自分がユゴーには見えないことを知らなかった。見え隠れするタミナの尻（大人の美しい尻の開いた眼、つれなく自分を見ている眼）を見て興奮するあまり、彼は眼を閉じ、リズムをゆるめ、深く息を吸った。今や彼も執拗に別のことを考えようと努め（それがふたりの唯一の共通点だった）、もうしばらくセックスをし続けようとした。

タミナはそのあいだずっと、ユゴーの戸棚の白い壁のうえの、夫の巨大な顔を眼前に見ていた。彼女は急いで眼を閉じ、それが不規則動詞の変化ででもあるかのように、もう一度ヴァカンスの順序を心のなかで繰り返してみた。まず湖畔でのヴァカンス、それからユーゴスラヴィア、湖、温泉町、いや、そうじゃない、温泉町、ユーゴスラヴィア、湖の順だ。それからタトラスとブルガリア、そのあとがわからなくて、プラハ、温泉町、そして最後がイタリア。

ユゴーの騒々しい息づかいのために、彼女は過去の喚起から心を引き離されて、眼を開いた。白い戸棚のうえに夫の顔が見えた。

それから今度はユゴーが、突然眼を開いた。そしてタミナの尻の眼を見た。稲妻のような快感が彼の体を走り抜けた。

22

タミナの手帳を取りに行ったとき、兄は引き出しをこじあける必要はなかった。引き出しは鍵がかかっていなくて、十一の手帳全部がそこにあった。それらは包まれてはいなくて、出鱈目に投げ出されてあった。手紙類もばらばらで、もはや雑然と山積みされた紙でしかなかった。タミナの兄はそれらを手帳と一緒にボストンバッグに放り込んで父親のところにもって行った。

タミナは、すべてを注意深く包装し、接着テープで閉じるように電話で父親に頼んでから、父も兄も何ひとつ読まないで、と特に念を押した。

父親はほとんど侮蔑されたような声で、おまえの義母の真似をして自分に関係のないものを読もうなどという気は起こさないと受け合った。しかし、だれにも抵抗しがたい眼差しがあることを私は（そしてタミナも）知っている。たとえば、人が自動車事故とか、他人の恋文に投げかける眼差し。

そんなわけで、タミナの私文書はとうとう父親の家に預けられることになった。だが、タミナはまだそれに執着しているのだろうか？　彼女は何度も、他者の視線は落書きを消してしまう雨のようなものだと心のなかで言っていなかったろうか？

いや、彼女は間違っていた。彼女は以前よりもずっとそれが欲しくなった。それは以前よりもずっと貴重なものになった。ちょうど彼女自身と同じように、それは荒らされ、犯された手帳だった。だから彼女と彼女の思い出は、兄弟のように同じ境遇にあった。彼女はますますそれがいとおしくなった。

しかし彼女は、自分が汚されたように感じていた。

ずいぶん昔のことだが、彼女は七歳のとき、寝室のなかで裸になっていたところを、思いがけず叔父に見られたことがあった。彼女はそれをひどく恥ずかしく思い、その恥ずかしさがやがて反抗に変わった。彼女はそのとき、一生のあいだ二度と叔父の顔を見ないと、厳かだが子供じみた誓いを立てた。叱られ、怒鳴られ、馬鹿にされたが、よく家に出入りしていたその叔父に彼女が眼を向けることは、けっしてなかった。

今の彼女も、それと同じような状況だった。感謝していることはしているものの、それでも、もう父にも兄にも会いたくなかった。以前のどのときにもまして、彼女はもう彼らのところには戻らないだろうとはっきり知った。

23

思いがけない性的な成功は、ユゴーに予期せぬ幻滅をもたらした。いつでも好きなときに彼女とセックスできる（彼女は一度与えたものを今後拒否できないだろう）ことになったとはいえ、彼は彼女の心を捕えることにも、彼女を眩惑することにも成功しなかったと感じていた。ああ、それにしても、おれの体の下で、ひとつの裸体があぁまで無関心で、揺るぎなく、距離を保ち、異質なものであることが、どうしてありえたのか！　おれは彼女を自分の内的世界、自分の血と思想でこしらえた世界の一部にしてやろうと望んでいたのではなかったか？

彼はレストランで彼女の前に座っている。彼は言った。「タミナ、ぼくは本を書きたいと思っているんだ。愛についての本、そう、きみとぼく、ぼくたちふたりについての本なんだ。最も私的な日記、ぼくたちふたりの肉体についての本。そう、そこではぼくは一切のタブーを追っ払い、すべてを語りたいと思うんだ。ぼくのすべて、ぼくが何者であり、何を考えているかってことをすべて語り尽くしたい。それは同時に、政治的な本、愛についての政治的な本、政治についての愛の本になるだろう……」

タミナはユゴーを眺めている。彼は突然、その視線にもう耐えられなくなり、話の筋道を失った。彼は自分の血と思想の世界のなかに彼女を捕えたいと思っているのに、彼女のほうは自分自身の世界のなかにすっかり閉じこもっている。彼の発する言葉は共有されないために、口のなかでだんだん重くなり、口調もゆるやかになっていった。

「……政治についての愛の本、そう、それだ。なぜなら、世界は人間の寸法に合わせて、ぼくたちの寸法、ぼくたちの肉体、タミナ、きみの肉体とそれから、そう、ぼくの肉体の寸法に合わせて創られなければならないからなんだ。いつの日にか、人がこれまでとは別のかたちで抱擁し、別のかたちで愛することができるようになるために、ね……」

嚙むのに苦労する硬い肉片のように、言葉がだんだん重くなっていく。ユゴーは黙った。タミナは美しかった。彼は彼女を憎んだ。彼女は自分の境遇に甘えているんだ。まるで偽りの誇りの摩天楼のうえに乗っているみたいに、亡命した未亡人という自分の過去のうえに乗っかり、その高みから他人を見下しているんだ。ユゴーはすっかり嫉妬して、おれがその摩天楼の前に自分の塔を建てようとしたのに、彼女はそれを見るのを拒んだのだと思った。その塔は発表した例の記事と計画中の愛についての本とからなる塔だったのに。

やがて、タミナは彼にこう言った。「あなた、いつプラハに行くの?」

そこでユゴーは、彼女から愛されたことは一度もなかったんだと思った。こうして彼女がおれと一緒にいるのは、ただ代わりにプラハに行ってもらう必要があるからにすぎないんだ。彼は彼女に復讐してやりたいという抵抗しがたい欲望に捕えられた。

「タミナ、と彼は言った。きみならきっと、わかってくれると思っていたんだけどな。だけど、きみはぼくの記事を読んでくれたんだろう!

――読んだわ」とタミナは言った。

彼はその言葉を信じなかった。読んだとしても、彼女には面白くも何ともないものだったのだろう。彼女がそれに言及したことなど一度もなかった。そこでユゴーは、自分がもつことができる唯一の偉大な感情は、知られることなく捨てられたあの塔(発表された記事と、タミナにたいする愛について計画中の本の塔）への忠誠だけだと感じた。その塔のためなら、闘いに出かけることができるし、タミナにはどうしてもその塔に眼を開かせ、その高さによって驚嘆させてやらねばならないと思った。

「しかしきみは、ぼくが記事のなかで権力の問題を語っていることは知っているね。ぼくは権力の機能を分析している。それに、きみの国で起こっていることも批判している。ぼくはそれを何の遠慮もなしに語っているんだ。

——ねえ！　プラハの人々があんたの記事のことを知っているなんて、本当に思っているの？」

ユゴーはタミナの皮肉に傷つけられた。「きみは外国生活が長すぎたんだ。自分の国の警察がどんなことまでやれるか忘れてしまっているんだ。あの記事は大変反響を呼んで、ぼくは山のように手紙をもらった。きみの国の警察はぼくが何者かを知っているんだよ。ぼくにはわかっているんだ」

タミナは黙っていた。そして彼女はだんだん美しくなってくる。ああ、もし彼女が少しでも、おれがなかに捕えたいと望んでいる世界、おれの血と思想の世界に眼を開いてくれさえしたら、おれはきっと百回だってプラハ往復旅行をすると言ってやるのに！　そこで彼はにわかに口調を変えた。

「タミナ、と彼は悲しそうに言った。プラハに行けないというので、きみがぼくのことを恨むのはわかるよ。ぼくだって最初、あの記事を発表するのを待ってもいいかなとは思ったんだ。だけどそれから、やはりこれ以上長く黙っている権利はないとわかったんだよ。ぼくの気持ちわかってくれる？

——いいえ」とタミナは言った。

何としても陥ってはならないところに自分を連れてゆくような馬鹿げたことばかり言っているとは、ユゴーにもわかっていた。しかし彼は後戻りもできず、絶望的になっていた。顔に赤い斑点ができ、彼の声が震えた。「わかってくれないの？　きみの国でもぼくの国でも、おしまいになってしまうのがいやなんだ！　もしみんなが黙っていたら、みんな奴隷みたいに死んじまうじゃないか」

このとき、恐ろしい嫌悪感がタミナを捕え、彼女は椅子から立ち上ってトイレに走った。胃のなかのものが喉に戻ってきそうだった。彼女は便器の前にひざまずいて吐いた。彼女の体は嗚咽に揺すられたように捩れた。目の前にあの男の睾丸《こうがん》、男根、陰毛が見え、あの男のすっぱい口臭が鼻をつき、あの男の腿が自分の尻にあたるショックを感じた。もうわたしは、わたしの夫の性器や陰毛がどんなだったか思い描けない、不快な記憶はやさしさの記憶よりも大きいんだ（ああ、まったく、不快な記憶はやさしさの記憶よりも大きいんだわ！）、そしてこの哀れな頭のなかにはもう、口臭の強いあの男しか残らないことになるんだ、などといった考えが心をよぎり、彼女は吐き、身を捩り、そしてまた吐いた。

彼女はトイレを出たが、（まだすっぱい臭いが一杯の）その口は、固く閉じていた。彼は狼狽《ろうばい》していた。家まで彼女を送って行こうとしたが、彼女は一言も言わず、ずっと口を固く閉じていた（ちょうど口のなかに、金の指輪をもっていた夢のときと同じように）。彼は話した。それにたいする返事として、彼女はただ歩調を速めただけだった。間もなく彼も言うことが何もなくなった。それでもなお数メートル、彼女のそばを歩いたが、やがてその場にとまったきり動かなくなった。彼女は前の方に向かって真っ直ぐに進んで行き、振り返りもしなかった。

彼女はまたコーヒーを運び続けたが、二度とプラハには電話しなかった。

第五部　リートスト

クリスティナとはだれか？

クリスティナは三十代の女性で、子供ひとりに、気の合う肉屋の夫がいる。ごくたまにその地域の自動車修理工場主と関係をもつ。工場主はときどき、仕事が終わったあとの作業場という、さして快適ではない環境のなかで彼女とセックスする。その小都市はあまり婚外性交には適していないのだ。というか、もっと別の言い方をすれば、婚外性交にはありあまるほどの工夫の才能と大胆さが必要になるのだが、クリスティナ夫人はその点ではあまり恵まれていないのである。

だからこそよけい、彼女はその大学生と出会って、頭がぼおっとなってしまった。大学生は小都市の母親の家に休暇を過ごしにやって来たのだが、二度ばかり店の勘定場に立っている肉屋の奥さんをしげしげと眺め、三度めに水浴場で言葉をかけた。大学生のはにかんだような態度がなんとも可愛らしかったので、肉屋と自動車修理工場主に慣れている若い奥さんは抵抗できなかった。結婚以来（もう十年になる）、閂《かんぬき》をかけた修理工場の、分解された自動車や古タイヤのあいだで安心できるときを除いて、彼女は夫以外の男性に触れる勇気がなかった。ところが突如、彼女は大胆になり、ぶしつけな人目も憚らずに野外の逢引《あいびき》にでかけるようになった。ふたりは散歩のために、うるさい他人に出くわすことがあまりないような、最も人里離れた場所を選んだが、クリスティナ夫人は胸がどきどきし、全身怯《おび》えきってぴりぴりしていた。しかし彼女は、危険にたいして勇敢になればなるほど、大学生にたいして慎み深くなった。ふたりの関係は深くはならなかった。大学生は短い抱擁と優しい接吻しか許してもらえず、一度ならず、彼女は大学生の腕を逃れた。大学生に愛撫されるとき、彼女は脚を固く締めていた。

それは、彼女が大学生を求めたくなかったからではない。最初から大学生の優しいはにかみに夢中になり、そのはにかみを大切にしたかったからだ。ひとりの男が人生についてさまざまな考えを述べたり、詩人や哲学者の名前を引いたりするのを耳にするなど、クリスティナ夫人にとってはこれまで一度もないことだった。この不幸な大学生はそれ以外には何も話ができず、誘惑者としての雄弁の手持ちもすこぶるかぎられていたので、相手の女性の社会的地位に合わせられなかったのだ。しかも彼は、自分を咎めねばならないことなど何もないという気持ちでいた。というのも、哲学者の引用は大学の女友だちより、この肉屋の奥さんにたいしてずっと効果を発揮したからだ。ただ、彼はひとつのことに気づいていなかった。それは、哲学者から借用した文句は、肉屋の奥さんの魂を魅了するかもしれないが、その肉体と自分の肉体のあいだに、障害として立ちはだかるということだ。というのも、クリスティナ夫人はおぼろげながら、大学生に一度肉体を与えてしまったら、ふたりの関係を肉屋もしくは自動車修理工場主の次元におとしてしまい、もう二度とショウペンハウアーの話がきけなくなってしまうかもしれない、と思っていたからだ。

肉屋の奥さんは大学生の前に出ると、それまで経験したこともないような気詰まりを覚えた。肉屋や自動車修理工場主となら、いつだってすんなりと楽しく意見が合った。たとえば、産後の彼女が、ふたりめの子供を産んではならない、産めば命ではないにしても、健康を危険にさらすと医者に言われていたので、ふたりの男は大変気をつけることになっていた。この物語は、妊娠中絶が厳しく禁止され、女たちが自分で産児制限するどんな手立てもないという、とても旧《ふる》い時代の話だ。肉屋と自動車修理工場主はクリスティナの不安をじつによく理解してくれたので、彼女はごく自然に、そして上機嫌に、いろいろ彼らに要求し、彼らが必要なすべての用心をするのを確かめられた。しかし、ショウペンハウアーと話し合っていた雲のうえから降り立って、自分のところに来てくれた天使にたいして、はたして同じように振る舞ってよいものかと考えてみると、彼女は、適当な言葉などとても見つけられないだろうと感じた。そこから結論すれば、彼女のエロスの遠慮には次のふたつの理由があったと思われる。それは第一に、大学生をできるだけ長いあいだ、あの優しいはにかみという魔法の地帯に留めておき、第二に、彼女の考えでは肉体の愛に欠かせない、あの細々した指示や用心が与えるにちがいない不快さをできるだけ長いあいだ回避することである。

しかし大学生は、じつに洗練されていたにもかかわらず頭が固かった。クリスティナ夫人が世にも固く股を閉じていたのに、彼は勇敢にも尻のほうから彼女を摑んだ。この接触の意味するところは、たとえひとがショウペンハウアーを引用するのが好きでも、だからといって気にいった肉体を前にして諦観《ていかん》を抱く境地に達しているわけではない、ということである。

そのうえ、休暇も終わろうとしていた。ふたりの恋人たちは、これから一年も会わずにいるのは辛いだろうと確認し合った。クリスティナ夫人が彼に再会する、なにかの口実を見つけるしかない。大学生はプラハの小さな屋根裏部屋に住んでいたので、クリスティナ夫人としてはそこに行くほかはなかった。

リートストとは何か？

「リートスト」とは、他の言語には翻訳できないチェコ語である。長く強調して発音される最初の音節は、捨て犬のうめき声を思わせる。この語の意味について言えば、それなしには人間の魂が理解できないほどだと私に思われるのに、他の言語にはいくら捜してもそれに相当する語が見つからない。

ひとつ例を挙げよう。大学生が友だちの女子大生と川で水浴びしていた。娘はスポーツ好きなのだが、彼のほうは泳ぎが下手くそだった。彼は水に頭をつけると呼吸ができず、神経質そうに水のうえに顔を出してゆっくり泳いでいた。女子大生はどういうわけだか彼に恋をし、心が細やかだったので、彼と同じようにゆっくり泳いでいた。ところが水泳が終わりに差しかかったので、彼女はしばし持ち前のスポーツ本能に身を任せ、急速なクロールで対岸に向かった。大学生はもっと速く泳ごうと努力したが、水を飲んでしまった。彼は衰弱し、身体の劣等感が白日に晒《さら》されるのを感じ、そして「リートスト」を覚えた。彼は、母親の過剰な情愛の眼差しのもとで体を鍛えもせず、友だちもなく過ごした病的な幼年時代を思い浮かべて、自分自身と自分の人生に絶望した。そろって田舎道を帰る途中、ふたりは無言だった。心を傷つけられ、辱《はずかし》められた彼は、彼女を殴ってやりたいという願望を抑えきれなかった。「いったい、どうしたっていうのよ?」と彼女が尋ねると、彼は彼女を非難して言った、向こう岸には急流があるってよくわかっていたんだろう、きみが溺れてしまうといけないから、向こうには泳いじゃいけないって、ぼくは言っていたんだよ。――そして彼は、彼女の顔を殴った。娘が泣き出し、その頰の涙を見た彼が彼女に同情して腕に掻き抱いたら、彼の「リートスト」が消え去ってしまった。

あるいは、その大学生の幼年時代のこんな別の出来事。彼の両親は彼にヴァイオリンのレッスンを受けさせていた。彼はあまり才能がなく、先生は冷たく耐えがたい声で、彼のミスを非難しては何度も何度も途中でやめさせた。彼は侮辱されたように感じ、泣きたくなった。しかし彼は自分を抑え、ミスをしないでもっと正しく弾こうとはせずに、突然わざと間違えてみせた。先生の声がますます耐えがたく、厳しくなるいっぽうで、彼はだんだん深く「リートスト」のなかに沈みこんでいった。

では、「リートスト」とはいったい何なのか？

「リートスト」とは、突如発見された私たち自身の悲惨の光景から生ずる、悩ましい状態のことである。

私たち自身の悲惨にたいする治療薬のなかに、愛がある。なぜなら、絶対的に愛されている者は悲惨ではありえないからだ。欠陥という欠陥が、愛という魔法の眼差しによって贖《あがな》われるのであり、その眼差しのもとでは、水面のうえに顔を立てるぎこちない泳ぎだって魅力的になりうるのである。

愛の絶対性とは事実上、絶対的な同一性への願望のことである。つまり、私たちが愛している女性が、私たちと同じようにゆっくりと泳ぎ、その女性が思い出して幸福になるような、その女性だけに所属する過去などあってはならないということだ。しかし、(娘が自分の過去を思い出して幸福になるとか、速く泳ぐといったように)絶対的な同一性という幻想が打ち砕かれると、愛は大きな煩悶《はんもん》の源になる。それを私たちは「リートスト」と呼んでいるのである。

人間に共通の未完成について深い経験のある者は、比較的「リートスト」の衝撃を免れる。みずからの悲惨の光景など、その者にとっては平凡でつまらない事柄だからだ。したがって

「リートスト」は、未経験の年齢に特有のものだといえる。それは青春時代の装飾のひとつなのだ。

「リートスト」は二サイクルのモーターのように機能する。煩悶のあとに復讐の願望がくるのだ。その復讐の目的は、相手も同じように悲惨になることである。男性は泳げないが、殴られた女性が泣く。だからふたりは対等だと感じ、愛し続けられるのだ。

　復讐というものは、けっしてその真の動機を明らかにしない（大学生は、殴ったのはきみがぼくより速く泳ぐからだとは娘に白状できない）から、いろいろと偽りの理由を援用しなければならない。だから「リートスト」は、悲壮な偽善なしにはすまされない。青年は、恋人が溺れるのではないかと気が変になるほど心配だったなどと叫び、子供は取り返しがつかない才能不足を偽装して、際限もなく間違った音を出し続ける。

　この章は当初、「大学生とはだれか？」と題されるはずだった。しかし、この章で「リートスト」を論じたというのも、それがまさしく「リートスト」の化身にほかならない、例の大学生のことを私たちに語ってくれたも同然だからだ。だから、大学生の恋していた女子大生が結局、彼を捨てることになったとしても驚いてはならない。泳げるからという理由で殴られるのは、あまり愉快なことでないからだ。

　故郷の町で出会った肉屋の奥さんは、彼にとっては傷口を癒してくれる大きな絆創膏《ばんそうこう》のようなものだった。肉屋の奥さんは彼を崇《あが》め奉り、ショウペンハウアーの話をしてやっても、

（思い出すのも忌まわしい、あの女子大生がそうしたように）うるさくケチをつけて、独立した固有の人格を見せつけようなどとはしなかった。もうひとつ、彼は女子大生と別れて以来、女と寝ていなかったと付け加えるのを忘れないでおこう。

ヴォルテールとはだれか？

ヴォルテールは大学の文学部の助手、才気煥発《かんぱつ》、大胆不敵で、刺すような眼光で相手の顔面を射抜く。それだけでヴォルテールという渾名《あだな》を奉られるのに充分だった。

彼は例の大学生が大層好きだったのだが、それはつまらぬ栄誉などではなかった。というのも、ヴォルテールは人の好悪に関してうるさい男だったからだ。ゼミのあと、彼は大学生に近づいて、明晩、暇があるかと尋ねた。残念！　明晩はクリスティナ夫人が会いにやって来ることになっていた。ヴォルテールにたいして、あいにくその時間はもう塞がっている、と言うには大変な勇気が必要だった。しかしヴォルテールは、手の甲でそんな異論を払いのけ、「じゃ、きみの約束を延期するんだな。後悔はしないぜ」と言ってから、翌日この国の最高の詩人たちが文人クラブで一堂に会するが、彼、すなわちヴォルテールもそこに同席するのだと説明した。そして大学生もお歴々と知り合いになったらいいと思っているのだと言う。「そうそう、おれが評伝を書いていて、よくお宅に伺っている例の大詩人も一緒だ。先生病気でね、松葉杖で歩いている。それで、めったに外出しないわけだ。だから、その先生に会える機会はますます貴重なんだ」

大学生は翌日そこに会する詩人たち全員の本を知っていたが、その大詩人の作品の詩句は何ページも空で覚えていた。そんな彼らと親しく一夕をともにすることほど、彼が熱望していたことはなかった。だが、やがて彼は、この数カ月来女と寝ていないことを思い出し、とても行けないと再び言った。

ヴォルテールにはおよそ、偉大な人物たちと出会うより大事なものがあるなどということが理解できなかった。女か？ そんなもの、あとでいくらだって、やれるじゃないか！ 突然、彼の眼鏡が皮肉の閃《ひらめ》きで輝いた。しかし大学生の眼前には、一カ月の休暇のあいだ、はにかんで自分から逃れた肉屋の奥さんの面影があり、大変な努力が必要だったけれども、頭を横に振った。その瞬間、クリスティナはこの国の全詩集に等しかったのだ。

妥協

彼女は朝着いた。昼間プラハで買い物をしたが、それがアリバイとして役立ってくれるはずだった。大学生はみずから選んだカフェーで、夕方に落ち合う約束をしていた。なかに入ったとき、彼はほとんど恐怖を覚えた。店には酔っぱらいが満ちあふれ、化粧室の片隅の、客用ではなく汚れた食器用のテーブルに、休暇中の田舎の妖精が座っていたからだ。彼女は、ずっと前からしていない都見物にはるばるやってきて、都の娯楽という娯楽をことごとく試してみなくてはすむものか、といった感じの田舎の奥さんだけにできるような、荘厳なまでに場違いな服装をしていた。妖精は帽子を被り、頸にけばけばしい真珠を巻いて、高い黒のパンプスを履いていたのである。

大学生は、頬がかあっと——感動ではなく、落胆で頬がかあっとなるのを感じた。肉屋、自動車修理工場主、退職者しかいない小都市を背景にするのと、女子大生や可愛い美容師たちの街プラハにいるのとでは、クリスティナはまるで違った印象を与えたのだった。滑稽な真珠と（口の上の隅の）渋い金歯の彼女は、この数カ月来、彼を残酷に撥ねつけている、ジーンズをはいた若々しい女性の美しさの否定そのものに見えた。彼はおぼつかない足取りでクリスティナのほうに向かったのだが、そんな彼に「リートスト」が付き添っていた。

大学生は失望したが、クリスティナ夫人もそれにおとらず失望した。彼が誘ったレストランは「ヴァーツラフ王の館」という立派な名前の店だったので、プラハをよく知らないクリスティナはてっきり、それが豪華な施設で、そこで夕食を済ませてから、楽しみのプラハの花火を大学生に見せてもらえるものとばかり思っていた。「ヴァーツラフ王の館」といっても、自動車修理工場主がビールを引っかけにゆく類の場所とまったく変わらず、しかもその化粧室の片隅で大学生を待っていなければならないのを確かめると、彼女は、私が「リートスト」という言葉で示した感情ではなく、まったく平々凡々たる怒りを覚えたにすぎない。つまり私が言いたいのは、彼女は自分が悲惨だとも侮辱されたとも感じず、ただ、あの学生さん、ずいぶんと礼儀知らずだね、と見なしたということだ。しかも彼女はためらわずに、大学生にそうと告げた。怒った様子で、まるで肉屋に口をきくように話したのだ。

ふたりは面と向かって立ち上がり、彼女は彼を非難して大声でまくしたてたのだが、彼のほうは弱々しい抵抗しかしなかった。だからよけい、彼女によって与えられる不快感がつのるばかりだった。彼はいち早く彼女を家に連れて帰って、あらゆる人間の眼から彼女を隠し、隠れ家の親密さによって、消え去った魅力に再び生命が返されるのを待ちたかった。しかし彼女は拒否した。彼女はずっと前から首都には来ていないので、なにか見たいし、外に出て楽しみたかったのだ。黒のパンプスと大粒のけばけばしい真珠が、けたたましくその権利を主張していた。

「だけど、ここってすごいカフェーなんだ。ここにくるのは、一番上等な連中ばかりなんだけどなあ」と大学生は教えてやり、それによって首都の面白いものと面白くないものとの区別がまったくついていないのだと、肉屋の奥さんにわからせてやろうとした。「残念ながら今日はいっぱいだ。別の場所に連れていってあげなくちゃね」しかし、まるでわざとのように、他のどのカフェーも同じように超満員だった。しかもそれぞれのカフェーのあいだには、ちょっとした距離があった。ちいさな帽子、真珠、口に光る金歯のクリスティナ夫人は、彼には耐えがたいほど滑稽に見えた。ふたりは若い女が満ちあふれている街路を歩いていた。そして大学生は、このクリスティナのために、この国の巨匠たちと一夕をともにする機会を断念した自分をけっして許せないだろうと思っていた。しかし彼は彼女の反感も買いたくはなかった。というのも、先に言ったとおり、彼はずっと前から女と寝ていなかったからだ。ただ鮮やかに仕組まれた妥協だけが、そんなジレンマを克服できるだろう。

ふたりはやっと、大変離れた場所にあるカフェーで空テーブルを見つけた。大学生は食前酒を二杯注文し、クリスティナの眼を悲しそうに見て言った。このプラハというところの生活にはね、いろいろ思いがけないことがあるんだ。ちょうど昨日、ぼく、この国の最も有名な詩人から、なんと電話をもらったんだよ。

彼がその詩人の名前を告げると、クリスティナ夫人は飛び上がった。学校の教室でその詩人の詩をいくつか覚えたことがあったからだ。学校で名前を教わるような偉人たちはどこか非現実的で、この世のものとは思えず、生きながらにして死者たちの荘厳な回廊に入ってしまう。クリスティナには、それが本当だとも、大学生がその詩人を個人的に知っているとも思えなかった。

もちろん知っているさ、と大学生はきっぱりと言った。それどころか、ぼく、あのひとの研究で修士号をもらうんだよ。今その作家論を書いているところなんだけど、きっとこれ、いつか本になるよ。これまでこんな話を一度もしなかったのはね、どうせ自慢しているんだろうだなんて思われるかもしれなかったからなんだ。でもこうなったら、言わなくちゃならない。だってあの偉大な詩人、ぼくらのきた道をいきなり横切ったんだものなあ。そ、そう言えばね、じつは今晩、文人クラブでプライベートな討論会があってね、この国の詩人、それに何人かの評論家と何人かの特別参加者だけが集まることになっているんだ。これがまた超重要な会議なんだ。激論になって火花が散る。だけど、もちろんぼくは行かないよ。クリスティナさんと一緒になれて、こんなに嬉しいんだもの！

優しくて風変わりな私の国では、詩人たちの魔力がご婦人がたの心に影響を及ぼすのをまだやめていない。クリスティナは大学生にたいして感嘆の気持ちと、それから大学生に忠告し大学生の利益を守ってやりたいという、どこか母性的な願望を抱いた。彼女は思いがけず見上げた愛他主義者になって、きっぱりと言い放った、あんた、そんなお偉い詩人さんがおでましになるパーティーに行かないなんて、勿体ないじゃないの。

大学生は言った。じつはぼく、あなたも一緒に行かれるように、できることは全部やってみたんだ。あの大詩人と彼の友人たちに会えたら、あなたも喜んでくれるだろうと思ってね。だけど残念ながら無理なんだ。大詩人だって奥さんと一緒にはこないんだよ。討論会はもっぱら専門家向けのものなんだ。——じつを言えばまず最初、そんなところに行くなど彼には思いも寄らなかった。しかし今では、クリスティナの言うことが正しいかもしれないと理解した。そうだ、そいつはいい考えだ。やっぱり一時間ぐらい、あっちで過ごしたっていいじゃないか。そのあいだ、クリスティナはぼくのところで待っていればいい。そのあとで一緒に、ふたりきりになれるんだ。

芝居とバラエティーショーの誘惑が忘れ去られ、クリスティナは大学生の屋根裏部屋に入った。彼女はまず、「ヴァーツラフ王の館」に入ったときと同じような幻滅を感じた。それはアパートでさえなく、控えの間もない、小さなたった一間で、家具らしいものといえば、長椅子ひとつに勉強机だけ。しかし彼女はもう自分の評価に自信をなくしていた。彼女は謎めいてよくわからない価値基準の支配する世界に入り込んでしまっていた。そこでいち早く、その居心地わるく汚い部屋と折り合いをつけ、女の才能のありったけを発揮してなんとか居心地よくしようとした。大学生は彼女に帽子をとるように頼んでからキスをし、長椅子に座らせた。そして、彼がいないあいだ、彼女が気晴らしできるだけのものがある小さな本棚を指差した。

そのとき、クリスティナにひとつの考えが浮かび、「あんた、彼の本をもってる？」彼女は大詩人のことを考えていたのだ。

そう、たしかに大学生は彼の本をもっていた。

彼女はたいへん遠慮がちに続けた。「あんた、それ、わたしにプレゼントしてくれない？

そして、わたし宛に献辞を書いてくれるよう、彼に頼んでもらえない？」

大学生は狂喜した。大詩人の献辞はクリスティナにとって芝居やバラエティーショーの代わりになってくれるだろう。彼女にたいして気が咎めていた彼は、彼女のためには何でもしてあげようと思っていた。彼の期待どおり、屋根裏部屋の親密さのおかげで、クリスティナの魅力が蘇ったのだ。街路を往来している若い娘たちは消え去り、彼女のしとやかさの魅惑が静かに部屋に広がった。幻滅がゆっくりと吹き払われて、クラブに向かったときの大学生は晴々とし、始まったばかりのその晩に約束されている二重の、素晴らしい予定のことを考えてうっとりとしていた。

詩人たち

彼は文人クラブの前でヴォルテールを待ち、一緒に二階に昇った。ふたりはクロークに立ち寄ってからロビーに入った。もう陽気な喧騒《けんそう》がきこえてくる。ヴォルテールがサロンのドアを開くと、大学生にはその国の詩という詩が大きなテーブルを取り巻いているのが見えた。

私は二千キロ離れたところから、その詩人たちを眺めている。一九七七年秋、私の国はもう九年前からロシア帝国に優しくがっちりと抱かれたまま、まどろんでいる。ヴォルテールは大学から追放されたし、すべての公共図書館から集められた私の本も国家のどこかの地下倉庫に封じ込められた。それでも私は、なお数年待った。それから、私は車に乗り込み、できるだけ西側へとレンヌというブルターニュの町まで飛ばした。レンヌに着いた初日に、最も高いビルの最上階のアパルトマンを見つけた。翌朝、太陽の光で目を覚ましたとき、その大窓が東側に、つまりプラハの側に面しているのがわかった。

そこで私は現在、その展望台のうえから彼らを眺めているのだが、あまりに遠すぎる。幸い、私の眼には涙があり、それが望遠鏡のレンズのようになって、彼らの顔をもっと近づけてくれる。だから今、私にははっきりと、彼らのなかにどっしり座っている大詩人が見分けられる。彼は確実に七十歳を越えているが、その顔はまだ立派で、眼には生気がみなぎり、聡明そうだ。二本の松葉杖が脇のテーブルに立て掛けてある。

私は、十五年前の、彼らの本がまだ国家の地下倉庫のなかに封じ込められておらず、彼らが酒瓶の林立する大テーブルのまわりで陽気に騒々しく談笑していた頃の、明るく照明されたプラハを背景に彼ら全員を見る。私は彼ら全員が大好きなので、たまたま電話帳からでも採ってきたような、平凡な名前を与えてよいものかどうかためらう。どうせ彼らの顔を偽名という仮面で隠さねばならないのなら、贈り物のように、名誉と賛辞のように、私はその名前を彼らに与えたい。

大学生たちが助手にヴォルテールという渾名を与えたのなら、どうして私が最愛の大詩人をゲーテと呼んではいけないだろうか?

ゲーテの正面にいるのは、レールモントフ。

そして、夢見がちな黒い眼をしたあの男、彼をペトラルカと呼びたい。

それからヴェルレーヌ、エセーニン、その他語るには及ばない何人かがいるが、また、なにかの間違いで紛れ込んでいるのもひとりいる。遠く（この二千キロメートルの距離）からでも、詩の女神から接吻のお恵みを賜らず、韻文を好まないことがはっきりとわかる男がいる。その男の名前はボッカッチョ。

ヴォルテールは壁につけてあった椅子をふたつ取って、酒瓶の林立するテーブルのほうに押しやり、詩人たちに大学生を紹介した。詩人たちは慇懃《いんぎん》に会釈したが、ペトラルカだけは眼もくれなかった。というのも、彼はボッカッチョと議論の真っ最中だったからだ。彼はこんな言葉で論争を終えた。「女性はつねに、私たちより優れている。この点については、私は何週間でも語れるだろう」

そこでゲーテは彼を励まして、「何週間でも、というのは大変だな。少なくとも十分間話したまえ」

ペトラルカの物語

「先週、私に信じられない事が起こったんです。私の妻は入浴を終えたばかりで、赤のバスローブに乱れた黄金の髪、美しかったです。九時十分、だれかの鳴らす呼鈴の音。玄関の戸を開けた私の前に、少女がひとり、壁にぴたりと体を押しつけて立っていた。それがだれだか、私にはすぐわかりました。私、週に一回、女子高校に行っているんです。そこの女の子たちが詩歌クラブをつくって、こころ密かに私に憧れているんですね。

私は尋ねました、こんなところで、なにしているの？

――お話があるんです！

――それはまた、どういうこと？

――とっても大事なんです、このお話！

――ねえ、きみ、と私が言う。きみ、こんな時間にこんなところに来ちゃいけないじゃないか。はやく降りて、地下倉の戸の前で私を待っていなさい。

「私は寝室に戻って、だれかが家を間違えたらしい、と妻に言いました。それから何事もなかったように、もう一度石炭を取りに地下倉に行って来なくちゃならない、と告げました。そして、空っぽのバケツをふたつ手に取った。これが間違いだったんですねえ。おかげで一日中胆嚢《たんのう》が痛み、床に伏せっていましたよ。そんな不意の献身ぶりがかえって、妻には怪しげに見えたんでしょうかね。

──きみ、きみは胆嚢が悪いのか？　ゲーテが興味深そうに尋ねた。

──なん年も前からですよ、とペトラルカ。

──どうして手術をしてもらわないんだね？

──真っ平ですよ、そんなもの！」とペトラルカが言った。

ゲーテは同感、同感といったように頭を振った。

「ところで、私、どこまで話をしましたか？　とペトラルカが尋ねた。

──胆嚢の悪いきみが、石炭バケツをふたつ取った、というところ、とヴェルレーヌが耳打ちした。

──地下倉の前に、その少女がいました、とペトラルカが続けた。私は、下に降りるようにと少女に言った。私はシャベルを取って、バケツをいっぱいにしました。そして、その少女がいったい、なにを望んでいるのか知ろうとしました。少女はいつまでも、私に〈会わなくちゃ〉〈会わなくちゃ〉と繰り返すばかりで、それ以上のことは、私、なにも聞き出せなかったんです。

やがて、階段のうえのほうで足音がきこえた。私はいっぱいにしたばかりのバケツをひとつ摑んで、走って地下倉の外に出た。妻が降りてくるところでした。私、妻にバケツを渡して、〈お願いだ、こいつを早く取っておくれ、ぼくはもうひとつのをいっぱいにするから〉妻はそのバケツと一緒にうえに上がってゆき、私のほうは再び地下倉に降りて少女に言った、ここにいるわけにはゆかない、だから表で待っててね。私は急いでバケツをいっぱいにし、走ってうえに上がった。そして妻にキスをして、休みにゆくように言い、ぼくは寝る前にもう一回風呂に入りたいからと、そう言ったんです。妻が休みにゆくいっぽう、私のほうは風呂場にまわり、蛇口をひねった。お湯がジャージャー浴槽の底にあたっていた。私はスリッパを脱いで、靴下のまま玄関に出た。その日私が履いていた靴が玄関の戸口にあった。私がそれをそのままにしておいたのは、遠くに出かけたのではないことを見せておくためでした。私は下駄箱から、もう一足の靴を取って急いで履き、音もなくアパートの外に忍び出た」

ここでボッカッチョが口を挿んだ。「ペトラルカよ、ぼくらはみんな、きみが大詩人だということを知っている。だけど、ぼくは今わかったね、きみがまた大変方法的な人間でもあり、ただの一秒も情念に目を眩《くら》まされはしない、したたかな戦略家だということが！　スリッパや二足の靴を使ってやってのけたことなど、大傑作じゃないか！」

居合わせた詩人たち全員がボッカッチョに賛同して、口々に賞賛の言葉を浴びせかけたら、ペトラルカはみるみる得意満面になった。

「少女は街路で私を待っていました。私は彼女を落ち着かせようとし、こう説明しました、ぼくは家に帰らなきゃならないんだよ、明日の午後、うちのやつが仕事に出かけているから、そのときにまた来ればいいじゃないの、ふたりでゆっくりできるんだから。私が住んでいる建物の真ん前に市電の駅があるんです。私はしつこく、少女に帰ってくれるように言いました。ところが、市電が着いたと思ったら、少女はアハハッと笑って、建物の入口に駆けつけようとするじゃありませんか。

――市電の下に押し込んでやらなくちゃならなかったんだよ、とボッカッチョが言った。

――みなさん、とペトラルカはほとんど厳粛と言っていい口調で明言した。ひとが好むと好まざるとにかかわらず、女性にたいして意地悪にならねばならないときがあるのです。私は少女に言いました、〈もしきみが自分の意志で帰宅を拒否するなら、ぼくはこの建物の戸を鍵で閉めることになるだろう。ここにぼくの家庭があり、この家庭を売春宿にできないことを忘れないでもらいたい!〉そのうえに、皆さん、思ってもみてください。私が少女と言い争っているあいだ、うえでは浴室の蛇口が開いたままなので、浴槽がいつ溢れ出してもおかしくなかったんですよ!

「私はくるりと背を向け、建物の戸口に向かって突っ走った。少女が私のあとを追っかけてくる。おまけにちょうどそのとき、他の人々が建物のなかに入ろうとしてたんですね。だから、彼女はその人々のあいだに紛れ込んでなかに入り込んだ。私は長距離ランナーのように階段を駆け上がりました! 私を追う彼女の足音がきこえる。私たち、四階に住んでいるんですよ! あれこそ記録でした! しかし私は、彼女よりも速かった。事実、私は彼女の鼻先で戸をパタンと閉めてやったんです。それでも私には、呼鈴がチリンチリン鳴る音がきこえないように、壁から呼鈴の細紐を引き抜いてしまう時間がまだあったんです。というのも私にはよくわかっていたからです、彼女が呼鈴にすがりついたら最後、もう二度と放しはしないだろうと。そのあとで、私は爪先で風呂場に駆け込みました。

——浴槽は溢れだしていなかったのかね？　とゲーテが心配そうに尋ねた。

——あわや、というところで、私が蛇口を締めたのです。それから、一瞥《いちべつ》しようと玄関の戸のところに行きました。覗き穴をそっと開いて見ると、彼女が依然としてその眼を戸に釘づけにしたまま、じっとしているではありませんか。皆さん、私、ぞっとしましたよ。そして思ったのです、彼女、明日の朝までずっとそこにいるんじゃなかろうか、と」

ボッカッチョの悪行

「ペトラルカ、きみって男は度し難い女性崇拝者なんだね、とボッカッチョが口を挿んだ。詩歌クラブをつくったその娘たちはきっと、きみをアポロンみたいに思って、きみのご加護を祈っているんだろうな。ぼくだったら、そんな娘などにぜったい会いたくないがね。女流詩人というやつは二重に女なんだ。ぼくみたいな女嫌いは、ゲーッてなるね。

慢するのかね？

——ねえ、ボッカッチョ君、とゲーテが言った。きみはいつも、どうしてそう女嫌いを自慢するのかね？

——だって、女嫌いは男のなかの男だからですよ」

その言葉に、詩人たち全員が野次で応えたものだから、ボッカッチョは声を大きくしなければならなかった。

「いいですか、女嫌いは女を蔑視するんじゃない。女らしさというものを愛さないんですよ。ずっと昔から、男はふたつの範疇《はんちゅう》に分かれている。女性崇拝者、すなわち詩人たちと、女嫌いというか、より適切な表現では女性恐怖者とにです。女性崇拝者、あるいは詩人は感情、家庭、母性、生殖力、ヒステリーの聖なる閃き、それにわれらの内なる自然の神々しい声などといった、伝統的な女性的価値を敬い崇める。逆に女嫌い、もしくは女性恐怖者は、そんな価値に軽い恐怖を与えられる。女性崇拝者は、女の、女らしさを敬い崇めるのに反し、女嫌いはつねに、女らしさよりも女のほうを選ぶ。このことを忘れないでもらいたい。つまり、ひとりの女が真に幸福になるには、ひとりの女嫌いと一緒になるしかないということです。みなさんのような男と一緒になって、これまで幸福になった女なんて、ひとりもいやしなかったんですよ！」

この言葉が、新たな反感の怒号を引き起こした。

「女性崇拝者、あるいは詩人は、ひとりの女性に悲劇、情念、悲嘆、不安をもたらすことがあっても、いかなる快楽ももたらしえないのです。ぼくはそんな男を、ひとり知っている。彼は妻を崇め奉っていた。やがて、別の女を崇め奉るようになった。彼は妻を欺くことによって妻を、別の女を愛人にすることによってその別の女を、辱めたくなかった。そこで彼は、すべてを妻に打ち明け、助けてくれるように頼んだ。おかげで妻は病気になり、毎日毎日泣いてばかりいた。結果、愛人のほうもとうとう彼には耐えられなくなり、彼のもとを立ち去ると告げた。彼は市電に轢《ひ》かれてしまおうと、レールのうえに身を横たえた。不幸にして、運転手が遠くから彼の姿を見かけ、わが女性崇拝者君は交通妨害の罪で五十コルナ支払わねばならなかった。

——ボッカッチョは嘘つきだ！　とヴェルレーヌが叫んだ。

——さきほどペトラルカがしてくれた話だって、とボッカッチョが続けた。同じ類ではないか。黄金の髪のきみの奥さんとやらは、きみがあんなヒステリーを真に受けてやるほどの女なのかい？

——きみは、ぼくの妻の、いったい何を知っているというのか！　とペトラルカが語気を強めて言った。妻はぼくの忠実な友なんだぜ！　ぼくらのあいだには、お互いに隠し合うことなんて何もないんだ！

——じゃあ、なんで靴を取り替えたりなんかしたの？」とレールモントフが尋ねた。

しかし、ペトラルカはいささかも動じず、「皆さん、あの少女が踊り場にたたずみ、私がなにをすべきか本当に途方にくれていた、まさにその決定的な瞬間、私は寝室の妻に会いにゆき、心を打ち明けたのです。

——わが女性崇拝者君のようにか！　とボッカッチョが笑って言った。心を打ち明ける！そんなこと、あらゆる女性崇拝者が馬鹿の一つ覚えみたいに、必ずやることじゃないか！きみもやっぱり、助けて、と頼んだ口か！」

ペトラルカの声は優しさに満ちてきて、「そうなんです。私は、どうか助けてくださいと妻に頼みました。妻はこれまで、ただの一度たりとも私を助けるのを拒んだことがなかったのでした。そして今度もまた、拒みはしませんでした。彼女はみずから、戸口に向かいました。私のほうは怖くて怖くて、寝室にじっとしていたのです。

——わたしでも、やっぱり怖かっただろうな、とゲーテが満腔《まんこう》の理解を示して言った。

——戻ってきた妻はまったく平静そのものでした。彼女が覗き穴からそっと踊り場のうえを伺い、戸を開けると、もうひとっこひとりいなかったのです。まるで私がすべてをでっち上げた、そんなふうだったんですね。しかし突然、背後に大きな物音がガチャッガチャッときこえ、ガラスが木っ端微塵に砕け散るではありませんか。皆さんご存じのように、私たち古アパートに住んでいまして、窓が歩廊に面しているんですよ。それは、いくら呼鈴を鳴らしても、だれも応えないのを見た少女が、どこだかはわかりませんが、鉄棒を一本見つけだして踊り場に戻り、私たちの窓という窓をひとつひとつ叩き壊していた、とまあ、そういうことなんです。私たち、アパートのなかから、なにもできず、ほとんど驚愕しながら、少女を見守っていました。そうするうちに、闇に沈んだ歩廊の向こう側に、三つの白い影が現れるのが見えました。それはお向かいのアパートの老婆たち。ガラスがガチャガチャ壊れる音で眼が覚めたんですね。老婆たちは、そんな思いもかけないスキャンダルにすっかり嬉しくなって、わくわくじりじりと寝間着のまま駆けつけてきた。想像してもみてください、こんな光景を！　手に鉄棒をもったひとりの美少女、そのまわりには三人の魔女たちの不吉な影！

やがて少女は、最後のガラスをぶち壊し、部屋のなかに入ってきた。私は少女に話しかけようとしましたが、そんな私を妻が腕に抱きかかえ、こう懇願したのです、いかないで、その子に殺される！　すると少女は、槍を手にしたジャンヌ・ダルクさながら美しく雄々しく、鉄棒を手にして部屋の真ん中に立ちはだかった。私、私は妻の腕をするりとすり抜け、少女のほうに進み出た。私が近づくにつれ、少女の眼差しは威嚇《いかく》の表情をうしない、なごみをみせ、天上の平和にみたされた。私は鉄棒を摑んで地面に投げ捨て、そして少女の手を取る」

侮辱

「ぼくは、きみの話なんか一言も信じないね、とレールモントフが断言した。

——もちろん、事実は必ずしも、ペトラルカが物語っているように展開したわけではないだろうが、と再びボッカッチョが口を挿んだ。しかしぼくは、それは現実にあったことだと思うね。その娘はヒステリーで、正常などんな男でも、それに似た状況に置かれたら、とっくに往復びんたを食らわせていたことだろう。女性崇拝者、あるいは詩人は昔から、自分だけはけっして殴られないだろうとわかっているヒステリー女どもの、格好の餌食なんだよ。女性崇拝者が女性を前にすると、ぐにゃとなってしまうのは、彼らが一度も母親の影を飛び越えたことがないからなんだ。彼らはどんな女のなかにも母親の使者を見てしまい、その女に服従する。母親のスカートが彼らにとって天の穹窿なのさ」この最後の文句がいたく彼の気にいって、何度も繰り返した。「詩人たちよ、きみらが頭上に仰ぎ見るもの、それは天じゃない、きみらの母親の巨大なスカートなのだ！　きみらは全員、お母ちゃんのスカートの下で生きているんだよ！

——それはどういうことなんだ？」エセーニンが、信じられないような声でそう唸《うな》り、椅子からぴょんと飛び跳ねた。彼はよろめいた。一夕の最初から、最も飲んでいたのは彼だった。「てめえ、おれのおふくろのことを、なんて言ったんだ？　えい、なんて言ったんだよう？

——ぼくはきみの母親の話なんかしていなかったよ」と、ボッカッチョは穏やかに言った。彼は、エセーニンが三十も年上の有名なダンサーと同棲していて、そのダンサーに心から同情しているのを知っていた。しかしもうすでに、エセーニンは大量のよだれを口角にためていて、前屈みになって吐いた。だが、あまりにも酔っぱらっていたために、吐いたものがゲーテの襟に落ちた。ボッカッチョはハンカチを出して大詩人の襟を拭ってやった。吐いてしまったエセーニンは、死にそうなくらい疲れているのを感じ、再び椅子に崩れ落ちるがままになった。

ペトラルカが続けた。「皆さん、私は、友人の皆さんがたにも彼女が何と言ったか、ぜひ聴いていただきたかったと思うのです。忘れようにも、忘れられない。彼女は言いました、祈りのように、呪文のように、言ったのです、〈わたしはうぶな女の子です。まったくふつうの女の子。なんにもさしあげられるものはありません。それでもやってきたのは、愛によってつかわされたからなんです。わたしがやってきたのは——この瞬間、彼女、私の手をぐっと握りしめたんですね——あなたにほんとうの愛を知ってもらうため、一生にいちどだけほんとうの愛をわかってもらうためでーす〉

——ところで、きみの妻はその愛の使者になんて言ったんだい？」レールモントフは強烈な皮肉をこめて尋ねた。

ゲーテがゲテッゲテッと笑って、「女が窓ガラスを叩き割りにきてくれるんだったら、レールモントフはなんだってやってしまうんだろう！　こいつ、そのためなら、女を買収するところまでいくだろうなあ！」

レールモントフは憎々しげな眼をゲーテに向けたが、ペトラルカは続けた。「私の妻？　レールモントフ君、かりにきみが、私の話をボッカッチョの艶笑談のようなものだと思っているなら、それは間違いだね。可愛い少女は私の妻のほうに振り向き、天使のような眼になって、再び祈りのように、呪文のように、言ったんだ、〈わたしをうらんではいけません、おくさん。おくさんもいいひとだから、わたし愛しています。ふたりとも愛していまーす〉そして彼女、彼女の手を取ったんだよ。

――もしそれがボッカッチョの艶笑談の一場面だったら、ぼくにはなんの文句もないがね、とレールモントフが言った。しかし、あんたが物語っているのは、もっとひどいもんなんだよ。劣悪なポエジーじゃないか、それは。

――きみは羨ましいんでしょ！　ペトラルカが彼に叫んだ。きみを愛しているふたりの美女とひとつ部屋、そんなことって、生まれてから一度もなかったんでしょ！　赤のバスローブに乱れた黄金の髪をした私の妻がどれほど美しいか、きみは知っているの？」

レールモントフは小馬鹿にしたように笑った。しかし今度は、ゲーテが手厳しい批評で彼を罰した。「レールモントフ、きみが大詩人だってことは、私たちはみな、知っているさ。だけどきみというひとは、どうしてまた、そうもコンプレックスがあるのかね？」

レールモントフは数秒のあいだ、ぽかーんとしていたが、やがて痛々しく自制しながらゲーテに答えた。「ヨハン、ぼくにそんなことを言ってよかったのかな。それは、あなたがぼくに言える最悪のことですよ。それは、あなたのほうの不名誉じゃないですか」

親和の友ゲーテとしては、それ以上レールモントフをからかうことはできなかったが、ヴォルテールが笑って口を挿んだ。「きみがコンプレックスの塊だってことは、明々白々じゃないか」そして彼は、ゲーテのような調和のとれた自然の優雅さもなく、ペトラルカのような情熱の息吹もない、レールモントフの詩全体の解析を始めた。さらに、レールモントフのメタファーをひとつひとつ細かに分析し、劣等コンプレックスこそが彼の想像力の直接的な源泉であり、そしてそのコンプレックスそのものが、権威主義的な父親の抑圧の影響と貧困とによって特徴づけられた詩人の幼年時代に根をもっていることを、才気煥発に証明しだしさえした。

そのとき、ゲーテがペトラルカのほうに身を傾けて囁《ささや》いたのだが、その囁きが部屋全体に広がり、レールモントフもふくめて全員にきこえてしまった。「馬鹿言え！　そんなこと、すべて駄弁さ。レールモントフの問題、それは彼が、ナニをしないということなんだよ！」

大学生がレールモントフの味方をする

大学生は沈黙を守り、自分でワインを注いで（目立たない給仕が、そっと空瓶を持ち運び、新しいのを持ってきた）、火花の飛び散る会話に注意深く耳を傾けていた。彼には、彼らのめくるめくような渦の跡を辿って、頭をぼーっとさせる時間がなかった。

彼は心中、詩人たちのうちのだれが、いちばん好感がもてるだろうかと考えていた。彼はクリスティナ夫人、それに国中が尊敬しているように、ゲーテを尊敬していた。白熱したペトラルカの眼にしびれた。しかし奇妙なことに、とくにゲーテの最後の指摘以来、彼が最も激しい共感を抱いたのは侮辱された詩人、レールモントフだった。そのゲーテの指摘によって、大詩人でも（レールモントフはたしかに大詩人だった）自分のようなしがない大学生と同じような困難を覚えることがあるんだな、と考えさせられた。彼は時計を見て、まさにレールモントフのような結末を迎えたくないのなら、そろそろ戻る頃合だと確かめた。

けれども、彼は偉人たちから離れられず、クリスティナ夫人と落ち合うためにその場を立ち去るのではなく、トイレに行った。トイレの白いタイルの前で、壮大な思想で体をいっぱいにしながらじっとしていると、やがて脇でレールモントフの声がきこえた。「きみ、連中の話、きいた？　繊細じゃないね。わかる？　連中ときたら、繊細じゃないんだから」

レールモントフは「繊細」という言葉がまるでイタリック体で書かれているように発音した。そう、たしかに他の言葉と同じではない言葉、ただ事情に通じた者にしかわからない特別の価値をもつ言葉がある。大学生は、なぜレールモントフが「繊細」という言葉を、まるでイタリック体で書かれているように発音したのか知らなかった。しかし私は、事情に通じた者のひとりとして、レールモントフがかつて、繊細の精神と幾何学の精神についてのパスカルの思想を読んだことがあって、それ以来、人類を繊細な人とそうではない人との、ふたつの範疇に分けているのを知っている。

「きみ、きみは連中のこと、繊細だと思うの?」と、大学生が黙っているのを見て、彼は攻撃的な調子で言った。

　大学生はズボンのボタンをはめ、まさにロプチンスキー公爵夫人が百五十年前に書いていたように、レールモントフが短い脚をしているのに気づいた。彼はレールモントフに感謝の気持ちを覚えていた。というのも、レールモントフは彼にたいし重大な質問をし、やはり重大な答えを彼に期待してくれている最初の大詩人だったからだ。

「ぼくに言わせれば」と彼は言った。「連中って、ぜんぜん繊細じゃないですね」

　レールモントフは、短い脚をぐいと踏ん張って身動きもせず、「いや、ぜんぜん繊細でない」そして声を大きくして、つけ加えた。「ぼくにだって、自負がある! きみ、わかる? ぼくは、ぼくには自負があるんだ!」

「自負」という言葉もまた、彼の口のなかではイタリック体で書かれていた。それというのも、娘が自分の美貌を鼻にかけ、商人が自分の財産を鼻にかけるのと同じように、レールモントフには自負があるのだなどと思う奴がいたら、そいつは馬鹿に決まっているとわからせたいためだった。なぜなら、レールモントフの自負はきわめて特異な自負であり、正当で高貴な自負だったから。

「ぼくには自負があるんだ、このぼくには」レールモントフは、そうわめいてから、大学生と連れ立って、ヴォルテールがゲーテをほめたたえている最中の部屋に戻った。そしてレールモントフは荒れ狂った。テーブルの前にどんと立ち、つまり他の者たちより頭ひとつだけ高くなって、こう言ったのだ。「さて、これから、ぼくにどんな自負があるか、みなさんにお目にかけよう! これから、みなさんにあることを言う。それというのも、ぼくには自負があるからなんだ! この国には、たったふたりの詩人しかいない。それはゲーテとぼくだ」

するとと今度は、ヴォルテールが声を荒らげて反論し、「きみはたぶん、大詩人かもしれないよ。だが、人間としては、こんな程度の大きさでしかないな! きみについて、ぼくはこう言ってやれる、きみはたしかに偉大な詩人だよ。だが、きみ、きみには自分でそんなことを口にする権利などないのだ」

レールモントフはしばらく狼狽したが、やがて口ごもりながら、「ど、どうして、ぼ、ぼくには、そ、それを口にする権利が、な、ないっていうのか？　ぼ、ぼくには自負があるんだ、こ、このぼくには！」

レールモントフはさらに何度か、自負がある、自負があると繰り返したが、ヴォルテールがヴォホホッと笑ったら、他の者たちもヴォルテールに合わせて、ヴォホホッと笑い出した。

大学生は、待ちに待った瞬間がやってきたと理解し、レールモントフに倣《なら》って立ち上がって、居合わせた詩人たちをぐるりと見渡した。「みなさんは、レールモントフのことが何もわかっていらっしゃらない。詩人の自負というものは、そんじょそこいらの平凡な自負ではありません。ただ詩人自身だけが、自分の書くものの価値を知っているのです。他の者たちは、詩人よりはるかに遅くなって詩人を理解するか、あるいは詩人をぜんぜん理解しないかの、どちらかなのです。だからこそ、詩人には自負心をもつ義務がある。詩人に自負がなければ、みずからの作品を裏切っているも同然ではないですか」

しばらく前には身を捩って笑っていた詩人たちが、たちまち大学生に賛同した。なぜなら、彼らにはレールモントフと同じような自負があるのだが、そう口に出すのを恥じていたから。それというのも、「自負」という言葉は、しかるべきときに発すると、滑稽であることをやめ、逆に気の利いた高貴な言葉になることを彼らは知らなかったのである。だから彼らが、かくもよき忠告をしてくれた大学生に感謝し、なかにはひとり、たぶんヴェルレーヌだろうが、大学生に拍手する者もいた。

クリスティナがゲーテによって女王に変貌させられる

大学生が腰を下ろすと、ゲーテが愛想のよい微笑を浮かべながら、彼のほうを振り向いて、

「お若いの、あなた、詩というものがおわかりだな」

他の者たちが再び、酔っぱらい同士の言い合いのなかに沈み込んでゆき、その結果、大学生はひとりで大詩人と向かい合うことになった。彼はその貴重な機会を活かしたかったが、しかし突然、なにを言っていいのかわからなくなった。その場にふさわしい文句を必死に捜しても――ゲーテは黙って、にこにこしているだけだった――なにひとつ見つからないので、彼もまた、ただにこにこしているほかはなかった。しかしクリスティナの思い出が救援に駆けつけてくれた。

「このところ、ぼくはひとりの娘、というかむしろ、ひとりの女と付き合っているんですが、彼女、肉屋と結婚しているんです」

それが大層ゲーテの気にいり、彼は大変愛想のよい微笑で答えた。

「彼女、先生を崇拝していまして、ご著書のひとつをぼくに渡して、これに先生の献辞がもらえないものだろうかと、そう言うんです。

——寄こしたまえ」とゲーテは言って、大学生の手から自作の詩集をとり、表題の書かれたページを開いて言葉を継いだ。「彼女のことを話してくれたまえ。彼女、どういう女なのかな？　美女かい？」

大学生はゲーテを相手に嘘はつけなかった。彼は、肉屋の奥さんが美人ではないと認めた。おまけに今日だって、彼女、滑稽な服装だったんですよ。頸に大きな真珠をつけ、そのうえ、もうとっくの昔にだれも履かなくなっているような、夜会用の黒い靴を履いて一日中プラハを歩き回っていたんですから。

ゲーテは心底面白そうに大学生の話を聞き、なにかを懐かしむような口調で言った。「そりゃ、すばらしい」

大学生は大胆になって、肉屋の奥さんには金歯があり、その金歯が口のなかで金蠅《きんばえ》のように光り輝いているとまで告白してしまった。

ゲーテは動揺し、笑いながら訂正した。「指輪のように、だろうが」

——灯台のように、です！　と大学生も負けてはいない。

——星のようにだよ！」と、にんまりしながらゲーテ。

肉屋の奥さんがじつは、まったくありふれた田舎女であり、だからこそますます、心を惹《ひ》かれるのだと大学生は説明した。

「きみの気持ち、よくわかるね、とゲーテが言った。ひとりの女を生き生きとした真の女にするのはだね、まさしくそういう細部なんだよ。選び方の拙《つたな》い身づくろい、歯並びのちょっとした欠陥、魂の絶妙な凡庸さ。こんにちの女という女たちがほとんど全員、真似をしようとするポスターやモード雑誌の女たち、あんなものには魅力のカケラもない。なぜならあの女たちは非現実的であり、抽象的な使用説明の寄せ集めにすぎんのだから。あの女たちは、サイバネティックの機械から生まれたんであって、人間の体から生まれたんじゃない！　ねえ、きみ、わたしは保証するよ、その田舎女こそまさしく、詩人に必要な女なんだよ。いや、きみ、おめでとう！」

それから彼は、表題の書かれたページのうえに身をかがめて書き出した。彼はまる一ページを埋めつくし、熱狂的に書いたので、ほとんど神がかりになり、その顔には愛と理解の閃光が射していた。

その本を再び手にした大学生は、誇らしさのあまり頰を紅潮させた。ゲーテが未知の女に書いたこと、それは麗しくも悲しく、哀愁あふれて色っぽく、賢明にして茶目っ気のあるものだった。だから大学生は、これほどまでに美しい言葉がひとりの女に捧げられたことは、かつて一度もなかったと確信したのだった。彼はクリスティナのことを考え、かぎりない欲望を覚えた。詩がクリスティナの滑稽な服装のうえに、最高に崇高な言葉で織られたコートを羽織らせた。詩がクリスティナを女王にした。

詩人が担がれる

給仕がサロンに入ってきたが、こんどは新しい酒瓶をもってこなかった。彼は詩人たちに、そろそろお帰りになっては、と頼んだ。もうじき、この建物を閉めなくてはならないのです。守衛も、ドアに鍵をかけて、全員朝までここにいてもらう、と言っていますし。

彼はさらに何度か、大声で、そして優しく、全員にまとめて、そしてひとりひとり別々に、同じ警告を繰り返さなくてはならなかったが、やがて詩人たちもとうとう、守衛をからかっている場合ではないことがわかった。ペトラルカはだしぬけに、赤いバスローブの妻を思い出し、まるで今、腰を蹴飛ばされたばかりだとでもいうように、テーブルからぴょこんと立ち上がった。

そのときゲーテが、どこまでも悲しそうに、「みんな、わたしをここに残してくれ。わたしはここに残りたい」彼の松葉杖が脇のテーブルに立て掛けてあったが、一緒に帰ろうと説得しようとした詩人たちには、いやいやと頭を振って答えるだけだった。

みんなはゲーテの妻を知っていた。それは邪悪で過酷な女だった。もしゲーテが定刻に帰らなければ、世にも恐ろしい喧嘩を妻に吹っ掛けられるのを、みんなが知っていた。彼らはゲーテに懇願し、「ヨハン、むちゃなことは言わないで。さあ、お家に帰りましょ！」そして、慎み深く彼の腋《わき》の下に手をやって、椅子から持ち上げようとした。だが、オリンポスの王者は重く、彼らの腕は弱々しかった。彼は彼らより少なくとも三十は年長だったので、彼らにとっては正真正銘の長老だったのだ。彼を持ち上げ、松葉杖をあてがおうとしたちょうどそのとき、彼らは全員、手足の自由が奪われ、自分たちが小さくなるのを感じた。いっぽう彼のほうは、たえず繰り返していた、わたしはここに残りたい、わたしはここに残りたい！

だれもゲーテにいい返事をしなかったが、レールモントフだけがその機会を捉えて、他の連中より抜け目のないところを見せてやろうとした。「みなさん、彼をここに残していってください。ぼくが朝までお供しますから。なあんだ、みんな、みんなは彼のことがわかっていないのか？　彼は若い頃、何週間も家に帰らなかったことがあった。彼は自分の青春を取り戻したいんですよ！　なに、そんなこともわからないのか、馬鹿どもが雁首《がんくび》そろえやがって。そうなんでしょ、ヨハン、ぼくたち、ここの絨毯《じゆうたん》のうえでおねんねして、この赤ワイン一瓶で朝まで一緒。それから、おまえら、さっさと消え失せろ！　ペトラルカさんよ、あんたも、赤いバスローブと乱れ髪の妻とやらのところに帰ってもいいんだぜ！」

しかしヴォルテールには、ゲーテを引き止めているのは青春への郷愁ではないことがわかっていた。ゲーテは病気で、酒を禁じられていた。飲むと、脚が体を運んでくれなくなるのだ。ヴォルテールは松葉杖を摑むや、無用な遠慮を捨てるよう他の者たちに命じた。そこで、ほろ酔いの詩人たちの弱々しい腕がゲーテの腋の下を捉えて、椅子から持ち上げた。彼らはサロンからホールへと彼を担ぐ、というかむしろ引きずっていった（ゲーテの脚は、あるときには床に着くかと思えば、またあるときには、まるで両親にブランコをしてもらっている子供の脚みたいにぶらぶらしていた）。だが、ゲーテは重くなり、詩人たちは酔っぱらっていた。だからホールに着くと、彼らがゲーテを放り出してしまったので、ゲーテは嘆き悲しみ、そして叫んだ。「みんな、わたしをここで死なせてくれ！」

ヴォルテールは烈火のごとく怒り出し、詩人たちにたいし、ゲーテを直ちに抱きおこすようにと怒鳴った。詩人たちは恥じ、それぞれゲーテの腕を、脚を捉えて持ち上げ、クラブの扉を越えて階段まで担いでいった。みんなが彼を担いだ。ヴォルテールが担ぎ、ペトラルカが担いだ。ヴェルレーヌが担ぎ、ボッカッチョが担いだ。千鳥足のエセーニンもゲーテの脚につかまっていたが、それは彼自身が落っこちるのが怖かったからだった。

大学生もやはり、大詩人を担ごうとした。というのも、こんな機会など一生に一度しかないことが、よくわかっていたからだ。しかし、だめだった。彼はレールモントフに愛されすぎていたのだ。レールモントフは彼の腕を摑んで放さず、たえず何か言うべき言葉を見つけるのだった。

「連中ときたら、ただ繊細でないというだけじゃない、おまけに、なんだあの無器用さは。どいつもこいつも甘ったれなんだ。あれを見ろ、なんという担ぎ方なんだ！　今に放り出すぜ！　連中は一度だって自分の手を使って働いたことがないんだ。ねえ、きみ、ぼくが工場で働いていたのを知っているよね？」

（この時代の、この国のすべての英雄たちはみな、あるいは革命的熱狂から自発的に、あるいは刑罰として強制によって、一時期工場で過ごしていた。そのいずれの場合でも、彼らは同じようにそのことを誇りにしていた。というのも、工場では、生活の〈厳しさ〉、すなわちあの高貴な女神ご自身から額に接吻されたのだ、という気がしていたからだ）

長老の脚や腕をもって担ぎながら、詩人たちは階段を下りた。階段室には直角の曲がり角がいくつもあって、それが彼らの敏捷《びんしょう》さと力とを大変な試練にかけた。

レールモントフが続けた。「きみ、横木を担ぐというのはどんなものか、きみは知っている？　きみなんか、一度も担いだことがないだろう、大学生なんだから。だけど、あの連中だってやはり、一度だって担いだことがない。見ろ、あの馬鹿げた担ぎ方！　今に落っことすぜ！」彼は詩人たちのほうを振り返って叫んだ。「ちゃんと支えろ、うすのろどもめ！　今に落っことすぜ！　自分の手を使って働いたことなど、一度だってないんだろう！」それから彼は、大学生の腕にしがみつき、だんだん重くなるゲーテを不安そうに担いでいる千鳥足の詩人たちの後からゆっくりと下りた。重荷を背負った彼らはやっと下の歩道に着いて、ゲーテを街灯にもたせかけた。ゲーテが倒れないように、ペトラルカとボッカッチョが支えてやり、ヴォルテールが車道に降りて何台もの車を呼び止めたが、一台も止まらなかった。

やがてレールモントフは大学生に言った。「きみ、わかる？ いま見ていることが。きみは大学生だから、人生について何も知らないんだろうが、あれ、あれは壮大な場面なんだぜ！ 詩人が担がれる。これがどんな詩になるか、きみわかる？」

けれどもゲーテは歩道に崩れ、ペトラルカとボッカッチョが再び彼を起き上がらせようとした。

「見ろ」と、レールモントフは大学生に言った。「あいつら、彼を持ち上げることだってできやしないぜ。腕力がないんだよ。生活とはなにか、あいつら全然わかっちゃいないんだよ。詩人が担がれる。じつにすばらしい題だ。きみ、わかるかい。ぼくはいま、詩集をふたつ書いている。まったく違ったふたつの詩集をね。ひとつは正確な押韻と韻律をそなえた、厳格な古典形式のもの、もうひとつは自由詩だ。ひとつは〈報告書〉と題され、もうひとつの詩集は〈詩人が担がれる〉という表題になるだろう。そして、こいつは厳しいが、しかし〈誠実な〉ものになる。〈誠実な〉詩だよ」

それは、レールモントフがイタリック体で発音した三つめの言葉だった。その言葉は、飾りや精神の戯れでしかないすべてのものの反意語だった。それはペトラルカの夢想やボッカッチョの艶笑談の対極をあらわし、労働者の仕事の悲壮さと、上記した生活の〈厳しさ〉の女神への情熱的な信仰をあらわしていた。

夜気に酔ったヴェルレーヌは歩道の真ん中に立ち、星を見上げて歌った。エセーニンは建物の壁に背をもたせかけて、眠り込んだ。車道の真ん中で、大げさな身振りをし続けていたヴォルテールが、やっとタクシーを止めることに成功した。それから彼は、ボッカッチョの助けをかりて、ゲーテをうしろの座席にのせてやり、ペトラルカに向かって運転手の隣に座るよう叫んだ。というのも、ゲーテ夫人をなんとかなだめることができるのは、ペトラルカだけだったからだ。しかしペトラルカは、激しく抵抗した。

「どうして私が！　どうして私が！　怖いんですよ、私は！

――見たか、とレールモントフは大学生に言った。友を助けねばならないときに、あいつは逃げるんだ。だれひとり、あの婆さんに口がきけないんだから」それから彼は、ゲーテ、ボッカッチョ、それにヴォルテールがうしろの座席に醜く積み重なっている、車のなかに身をかがめて言った。「みなさん、ぼくがご一緒します。ゲーテ夫人はぼくに任せなさい」そして、運転手の隣の、空いている席に乗り込んだ。

ペトラルカがボッカッチョの笑いを断罪する

詩人たちを積んだタクシーが消え去ると、大学生は、いよいよクリスティナ夫人のところに行ってやるべきときだと思い出して、

「ぼく、帰らなくちゃ」とペトラルカに言った。

ペトラルカは頷き、彼の腕を取って、大学生が住んでいるのと反対の方向に脚を向けた。

「ねえ、あなた、とペトラルカは大学生に言った。あなたは感性のするどい青年なんですね。他人の話に耳を傾けることができた唯一のひとです」

大学生はこう話をつないだ。「槍を手にしたジャンヌ・ダルクさながら、部屋の真ん中に立ちはだかった少女、ぼくはあなたのお話をそっくり、あなたと同じ言葉で繰り返せますよ。

——とはいえ、あの酔っぱらいたち、私の話を最後まできききさえしなかったんですから！あのひとたち、自分自身以外のことに、はたして興味があるんでしょうか？

——それから、あなたがあの少女に殺されるんじゃないかと奥さんが心配されたと、そう言われたときにあなたが少女に近づかれると、少女の眼が天上の平和にみたされていた。あそこは、ちょっとした奇跡のようでしたね。

——ああ、あなた、あなたこそ詩人です！　詩人はあなたで、あのひとたちじゃありません！」

ペトラルカは大学生の腕を取り、自分の住む遠くの郊外のほうに導いた。

「ところで、話はどんな結末になったんですか？　と大学生が尋ねた。

——妻は少女をかわいそうに思い、一夜を私たちの家で過ごさせてやったのです。ただ、こう思ってください。私の義母が台所のうしろの納戸みたいなところで寝ていて、たいへん早く起きたんです。窓ガラスという窓ガラスが壊されているのを見た義母は、急いでガラス職人を呼びにいった。たまたま、ガラス職人が隣の家で働いていたのです。それで、私たちが目覚めたときには、窓ガラスはすべて、再び元どおりになっていました。前夜の騒ぎの影も形もありません。私、夢だったんじゃないかと思いましたよ。

――ところで、少女のほうは？

――少女のほうも、朝まだき、音もなく出ていってしまったのです」

そのとき、ペトラルカは街路の真ん中でぴたりと立ち止まり、ほとんど峻厳《しゅんげん》と言っていいくらいの表情で大学生を見据えた。「ねえ、あなた、かりにあなたが私の話をベッドのなかで終わる、あのボッカッチョの艶笑談のひとつだなどと解しておられるのなら、私、たいへん辛いのです。あなたには、このことを知ってもらわねばなりません。それは、ボッカッチョが間抜けだということです。ボッカッチョには、ただひとりの人間も理解できないでしょう。なぜなら理解するとは、おのれを他者と融合させ、他者に同化することだからです。それこそ詩の秘義なのです。私たちは愛する女性のなかで燃焼し、信ずる観念のなかで燃焼し、感動をあたえる風景のなかで燃え上がるのです」

大学生は熱心にペトラルカの言葉に耳を傾けていたが、眼前には、数時間前にその魅力について疑いを抱いた、いとしいクリスティナの面影が浮かんできた。今や彼は、そんな疑いを恥じていた。なぜなら、その疑いは彼女の存在の、よくない（ボッカッチョ的な）半面に属するものだからだ。あの疑いは、ぼくの力ではなく、弱さから生まれたんだ。あの疑いは、ぼくが全的に、全存在をあげて、愛のなかで燃焼する勇気がないという証拠なんだ。愛する女性のなかで燃焼するのが怖いという証拠なんだ。

「愛は詩、詩は愛、なのです」とペトラルカが言った。そこで、大学生は熱烈で崇高な愛でクリスティナを愛してやろうと心に決めた。ついさっきは、ゲーテがクリスティナに女王の外套《がいとう》をまとわせ、そして今、ペトラルカが大学生の心に火を放った。だから、彼を待っている夜はふたりの詩人の祝福を受けていることになるのだった。

「それに反して笑いは、とペトラルカが続けた。笑いは私たちを世界から引き離し、私たちを冷たい孤独のなかに投げ出してしまう。冗談こそ、人間と世界のあいだの障壁なのです。だから私はもう一度繰り返します、そしてこのことを、あなたによく覚えて頂きたいのです。ボッカッチョには、愛というものがわかっていないのです。愛は笑うべきものではありえません。愛は笑いとなんら共通点はないのです。

——そうです」と大学生は熱狂的に同意した。大学生には、世界がふたつの陣営に分裂して現れた。ひとつの陣営は愛の陣営であり、もうひとつの陣営は冗談の陣営である。そして彼は、自分がペトラルカの陣営に属していることを知っていた。

大学生の寝床のうえを天使たちが舞う

　彼女は、いらいらと屋根裏部屋を歩き回ってはいなかった。彼女は怒らず、拗《す》ねず、開いた窓辺で思い悩んでもいなかった。彼女は寝間着姿で、体に毛布を巻いて横たわっていた。彼はくちびるにキスをして眼を覚ましてやり、非難の先手を打つために、無理に饒舌《じょうぜつ》になって、ボッカッチョ対ペトラルカの劇的な対決の立会人になったのだが、レールモントフが他の詩人たち全員を罵《ののし》った、信じられないような一夜のことを語ってやった。彼女は彼の説明には関心を示さず、警戒して、

「あんた、きっと本を忘れたんでしょ」

　ゲーテが長い献辞を記した詩集を彼が差し出すと、彼女はわが眼を疑った。彼女は何度も立て続けに、とても本当とは思えないその文章を読んだ。その文章は、やはりとても本当とは思えない大学生とのアヴァンチュール、この夏の見知らぬ林道での人目を忍ぶ散歩、彼女の人生とは無縁のものと思われかねない、あのような気遣いとやさしさ、それらすべての化身のように思えた。

　その間に、大学生は服を脱いで横たわった。彼女は彼をがっしり腕に抱きしめた。それは、彼がこれまで一度も経験したことがないような抱擁だった。真心がこもって力強く、熱烈で

母性的な、同志的、友好的、そして情熱的な抱擁だった。その晩のレールモントフは何度も「誠実」という言葉を使っていたが、クリスティナの抱擁こそまさに、なかに一群の形容詞がすっかり含まれる、そんな包括的な呼び方にふさわしい抱擁だった。

大学生は、自分の体が愛のために格別すばらしい状態になったことを感じた。じつに手応えのある、堅固で持続的な状態だったので、彼は急《せ》くまいと決めて、ただその不動の抱擁をゆっくり静かに味わうだけにした。

彼女は肉感的な舌を彼の口に入れたかと思うと、その直後には世にも友愛的な親密さで彼の顔中にキスをした。彼は舌先で彼女の左上の金歯に触って、ゲーテに言われたことを思い出した。クリスティナはサイバネティックの機械ではなく、人間の肉体から生まれたんだ！　クリスティナこそ、詩人に必要な女なんだ！　彼は歓びのあまり唸り声をあげたくなった。そして彼の心のなかには、愛は詩であり、詩は愛であり、理解するとはおのれを他者に融合させ、他者に同化することだという、ペトラルカの言葉が響いていた（そうなんだ、あの三人の詩人が今、ここにぼくと一緒にいるんだ。詩人たちがベッドのうえを天使のように舞って、歓び、歌い、ぼくを祝福してくれているんだ！）大学生は無限の高揚感に浸りきって、いよいよ不動の抱擁のレールモントフ的誠実さを現実の愛の行為に変えるべきときだと決意した。彼は体をひっくり返してクリスティナの肉体のうえになり、膝でその両脚をこじあけようとした。

しかし、どうしたことか？　クリスティナが抵抗するのだ！　彼女はこの夏の、森の散歩のときと同じような頑固さで脚を締める！

なぜ抵抗するのかと尋ねてみたかったが、彼は話せなかった。クリスティナ夫人はじつに内気で繊細な女性だから、彼女の前では愛にまつわる事柄が名前をうしなってしまう。彼に話せたのは、ハアハアという息づかいとタッチ、そのふたつの言語でしかなかった。言葉の重みなんかどうだっていい。ぼくは、彼女のなかで燃焼するんじゃないのか？　ふたりとも同じ炎によって燃え上がるんだ！　だから彼は頑固に押し黙ったまま、固く閉じたクリスティナの股を膝でこじあけようと、何度も何度も試みたのだった。

彼女のほうもやはり、押し黙っていた。彼女もまた、話すのを恐れ、キスと愛撫ですべてを語りたかった。しかし、彼が彼女の股をこじあけようと二十五回試みたとき、「ダメ、お願い、ダメ」と彼女は言った。「わたし、死んでしまう。

——どうして？

——わたし、死んでしまう。ほんと、わたし、死んでしまう」と、クリスティナ夫人が繰り返した。

大学生はどこか至福感の入り交じった絶望を覚えた。それから再び、彼女は股を大変固く締めながら、舌を彼の口のなかにこじ入れた。彼女とセックスしたいという激しい欲望に身を燃え上がらせながらも、それと同時に歓喜のあまり咽《むせ》び泣きそうだった。クリスティナは、これまでだれも愛してくれなかったような仕方で、ぼくを愛してくれているんだ。

死ぬほどぼくを愛し、ぼくとセックスするのを怖がっている。それは、ぼくとセックスすると、もう二度とぼくなしには生きられず、悲しみと欲望のあまり、死んでしまうからなんだろうなあ。彼は幸福になった。途方もなく幸福になった。というのも彼は、それに値するようなことを何ひとつしなかったのに、思いがけなく突然、これまでずっと願っていたこと、つまりそれに較べればあらゆる大陸も海も含めて地球全体がどうでもよくなってしまうような、あの無限の愛に到達したのだから。

「わかるよ！　ぼく、あなたと一緒に死ぬよ！」彼はそう呟くように言ったかと思うと、同時に彼女を愛撫し抱擁し、愛するあまりもう少しで泣き出すところだった。けれども、そんな感動も肉体の欲望は抑えきれずに、彼の欲望は痛ましく、ほとんど耐えがたいくらいになった。彼はさらに何度か、クリスティナの太股のあいだに梃子《てこ》のように膝を押し込んで、突如、聖杯よりもはるかに神秘的になった、彼女の性器への道を切り開こうとした。

「ちがうの、あんたには何も起こりはしないの、死ぬのは、わ・た・し！」とクリスティナは言った。

彼は官能のかぎりない快楽、死んでしまうほどの快楽を想像して、もう一度繰り返した。「ぼくたち、一緒に死のう！　一緒に死のう！」彼は彼女の太股のあいだを膝でつっ突き続けたが、やはりダメだった。

ふたりはもうお互い言うことは何もなくなって、体を押しつけ合っていた。クリスティナは左右に頭を振り、彼はさらに数回、城塞のような彼女の太股に攻撃を行ってから、ついに諦めた。諦めきった彼は、彼女の隣に仰向けになった。彼女はそんな彼を、彼の名誉のために立ち上がった愛の亡霊によって捉え、すばらしい誠実さのありったけをこめて抱き締めた、真心をこめて力強く、熱烈に、同志的かつ母性的に、友好的で情熱的に。大学生の心のなかでは、無限に愛されている男の至福感が、撥ねつけられた肉体の絶望と入り交じっていた。だが、肉屋の奥さんは、ずっと愛という武器で彼を放さず、ちょっとした仕草いくつかで彼の欲している肉の交わりに変えてやろうとはついぞ思いつかずに、まるで何か希有《けう》のもの、貴重なもの、傷物にしたくはなくて、そして長く、長く、そんなふうに固く直立したままとっておきたいものを、ぎゅっと手に握り締めているようだった。

しかし、さしたる変化もなく、ほとんど朝まで続くことになる、この夜のことはこれで充分だろう。

さえない朝の光

ふたりは大変遅くに眠ったので、昼前には少しも目が覚めず、ふたりとも頭が痛かった。ふたりには、あまり時間が残されていなかった。というのも、クリスティナが間もなく汽車に乗らねばならなかったからだ。ふたりは口数が少なかった。クリスティナは旅行鞄のなかに寝間着とゲーテの本を入れてから、さて再び、滑稽なまでに黒いパンプスのうえにぴょんと立って、首に素《す》っ頓狂《とんきょう》なネックレスを巻いた。

まるで朝のさえない光が沈黙の封印を切って、詩の夜のあとに散文の昼がやってきたとでもいうように、クリスティナ夫人はいともあっさり大学生に言った。「ねえあんた、わたしを恨むんじゃないよ。わたしが死んでしまうかもしれないというのは、本当なんだからね。最初の出産のあと、わたし、お医者さんに言われたの。もう二度と腹を大きくするんじゃないって」

大学生は絶望の表情で彼女を見つめた。「それじゃまるで、ぼくとしたら妊娠するって言っているようなものじゃないか！　いったい、このぼくをだれだと思っているの？

——男はみんなそう言うものなの。いつだって、たいへん自信満々なんだから。わたしの友だちがどんな目にあったか、わたし知っているの。あんたのような若い坊やが、とっても危ないんだって。だから、そんな事にでもなったら、どうしようもないでしょ」

絶望的な声で大学生が説明した。ぼくは、無経験な青二才なんかじゃない、ぼくだったら決して子供なんか産ませはしないのに。「いくらなんでも、あなたの友だちの相手とぼくを較べたりするんじゃないだろうな！」

「わかってる」と、彼女は確信にみち、ほとんど弁解するみたいに言った。大学生はそれ以上説得しようとする必要はなかった。彼女は彼の言葉を信じたのだ。このひと田舎者じゃない、この世のどんな自動車修理工場主よりずっとよく、愛のことを知っているんだ。ひょっとすると、わたしが昨夜あんなに抵抗したのは間違っていたのかな。でもわたし、後悔しない。短く抱き合う愛の一夜（クリスティナの心中では、肉体の愛は短く慌ただしいものと決まっていた）はいつだって、いいにはいいけど、危険で油断できないものだっていう気分が残るんだから。この学生さんと一緒にしたことは、それよりかずっと、ずっと、いいことだったんだ。

彼は彼女を駅まで送っていったが、彼女のほうは客室に座っていろいろ思い出に耽《ふけ》ることができるのだと考えて、もう嬉しくなっていた。彼女は素朴な女のえぐい実践感覚を働かせて、頭のなかで繰り返していた、「だれにも取られない」ことをわたしは経験した。わたしは、現実の男のようでなく、ぼんやりしてて、摑みどころのないような青年と一晩過ごし、摑みどころのないこの青年の、直立した一物を一晩中ぎゅっと摑んでた。そう、一晩中ぎゅっと！　あんなことって、一度もなかった！　きっともう二度とあのひとには会わないかな。だけどもともと、いつも会えるだなんて思ってやしなかったんだから。彼について、長持ちのするものを取っておけるのだと考えると、彼女は幸福になった。ゲーテの詩句、それにとてもこの世のものとは信じられない献辞。この献辞は、わたしのアヴァンチュールが夢じゃなかったってことを、いつだって、いつだって納得させてくれるもんね。

大学生のほうは絶望していた。昨夜はたったひとつの常識的な文句で充分だったんだ！物事をその真の名前で呼ぶだけで充分、あの女をものにできたのに！　女は孕《はら》まされるのを怖がっていたのに、おれときたら無限の愛を恐れているんだとばかり思っていたんだなあ！彼はおのれの愚行の測り知れぬ深淵に眼を沈め、アハハッと笑い出したくなった、涙ながらのヒステリックな笑いで。

彼は駅から愛の夜のない、自分の砂漠のほうに戻った。そんな彼に「リートスト」が付き添っていた。

「リートスト」論に関する新たな考察

大学生の人生から引いたふたつの事例によって、私はみずからの「リートスト」に直面した人間のふたつの基本的な反応を説明した。その対決が私たちより弱い場合には、私たちは何らかの口実を見つけて、ちょうど大学生が速く泳ぎすぎる女子大生を痛めつけたように、その対決を痛めつけようとする。

もし対決のほうが私たちより強いなら、私たちは婉曲な復讐を、つまり八つ当たり気味の殴打か、自殺を方便とする殺人を選ぶしかない。子供は、先生がおかしくなって自分を窓から放り出すまで、ヴァイオリンで間違った音を出す。すると子供は落ち、落ちながら、あの意地悪な先公、殺人罪で告発されるぞ、と考えて喜ぶ。

そのふたつが古典的な方法だが、最初のは愛人同士や夫婦などの生活でよくみかけられるとしても、人類の大きな〈歴史〉と呼ぶのがふさわしいものは、もうひとつのやり方の無数の事例を提供してくれる。私たちの巨匠たちがヒロイズムという名を施した一切のものは、私が子供とヴァイオリン教師の逸話で例証した、あの「リートスト」の形態でしかないこともありうるのだ。ペルシャがペロポネソスを征服し、スパルタが軍事的失敗を重ねた。そして、子供が正しく弾くのを拒むように、彼らもまた怒りの涙で眼が眩み、一切の理性的な行動を拒んで、うまく戦うことも降伏することも、逃亡に救いを求めることもできなかった。つまり彼らは「リートスト」によって最後の一兵まで殺されたのだ。

そんな文脈において、「リートスト」の概念がボヘミアで生まれたのは、けっして偶然ではないと私は思う。チェコの歴史、あの強者にたいする永遠の反抗の歴史、〈歴史〉の流れを揺り動かし、その動きを開始させた国民そのものを破滅にみちびいた、あの栄光ある敗北の連続、それは「リートスト」の歴史なのだ。一九六八年八月、何千ものロシア軍戦車があの小さなすばらしい国を占領したとき、私はある町の壁にこんな標語が書かれているのを見た。「われわれは妥協を望まない、われわれは勝利を欲する！」おわかりいただけるだろうか。その当時は、いくつかの敗北の形式のあいだの選択しかなく、それ以上はなにもなかったのだ。しかしそれでも、この町は妥協を望まず、勝利を欲していた！　それは理性の言葉ではなく、「リートスト」の言葉なのだ！　妥協を拒む者は結局、想像しうる最悪の敗北以外に選択はない。しかし、まさしくそれこそ「リートスト」の望むところなのである。「リートスト」に取りつかれた人間は、おのれ自身の絶滅によって復讐する。子供は歩道のうえでぺちゃんこになる。しかし彼の不滅の魂は、教師が落とし錠で首を締められたので、永遠に喜ぶことになるだろう。

しかし大学生はいったい、どのようにクリスティナを痛めつけられるのか？　何であれ何かを想像する暇もなく、彼女はさっさと汽車に乗り込んでしまった。理論家たちはこの種の状況を知っていて、そんなときひとは「リートストの遮断」に立ち合うのだと断言する。

それは起こりうる最悪の事態だ。大学生の「リートスト」は腫瘍《しゅよう》のようなもので、毎分毎分大きくなり、彼自身にもどう扱っていいのかわからなかった。復讐しようにもその相手がだれもいないので、せめて慰安を熱望した。それで、レールモントフを思い出した。ゲーテに侮辱され、ヴォルテールに恥辱を与えられながらも、全員にたいして傲然《ごうぜん》と刃向かい、自負、自負と叫びながら、まるでテーブルのまわりに座った詩人たち全員がヴァイオリン教師にすぎず、その全員に窓から放り出してくれといわんばかりに挑発するようだった、あのレールモントフを思い出した。

ひとが兄弟を欲するように、大学生はレールモントフを欲し、ポケットに手を突っ込んだ。

すると、折り畳んだ大判の紙片に指が触れた。それはノートを引きちぎった一枚の紙で、こう読めた。〈わたしあんたをまってる。わたしあんたを愛してる。クリスティナ。ごぜんれいじ〉

彼にはわかった。彼が着ていた上着は前夜、屋根裏部屋のハンガーに引っ掛けてあった。遅まきながら見つかったその伝言は、ただ彼が知っていることを確認したにすぎなかった。彼は自分自身の愚行のせいで、クリスティナの肉体を頂けなかったのだ。「リートスト」がなみなみと彼をみたし、どこから逃げていいのか、その出口がわからなかった。

絶望のどん底で

午後も遅くなっていた。そこで彼は、一夜の痛飲のあと、詩人たちもそろそろ起きているはずだと考えた。彼らはたぶん、文人クラブにいるかもしれない。彼は二階まで階段を四段ずつ駆け上がり、クロークを横切って右に回り、レストランに行った。常連ではない彼は、入口で立ち止まってなかを窺《うかが》った。ペトラルカとレールモントフが知らない男ふたりと奥に座っていた。近くに空いたテーブルがあったので、彼はそこに座った。だれひとり彼に注目せず、ペトラルカとレールモントフが気のない様子でちらりと見たけれども、自分だと気づいてくれなかったという印象さえ抱いた。彼は給仕にコニャックを注文したのだが、頭のなかでは痛々しく、クリスティナの伝言のかぎりなく悲しく、かぎりなく美しい文言が鳴り響いていた。〈わたしあんたをまってる。わたしあんたを愛してる。クリスティナ。ごぜんれいじ〉

彼はコニャックをちびりちびり飲みながら、二十分ほどそんなふうにじっとしていた。ペトラルカとレールモントフを見たことが、彼を元気づけるどころか、ただ新たな悲しみをもたらしただけだった。彼はみんなに見捨てられた。クリスティナにも詩人たちにも見捨てられた。彼はそこにひとりっきり、相手と言えばただ、〈わたしあんたをまってる。わたしあんたを愛してる。クリスティナ。ごぜんれいじ〉と書かれた大判の紙一枚だけだった。彼は立ち上がって、その紙を頭のうえで振り回してやりたくなった、みんなに自分を見てもらい、みんなが彼、つまり大学生が愛されている、かぎりなく愛されていることを知ってもらうために。

彼は勘定をするために給仕を呼んだ。それから、新たに煙草に火をつけた。もうクラブに残っている気はまったくなくなったが、ひとりの女も待ってはいない、あの屋根裏部屋に戻るのかと思うと、ひどく不愉快になった。彼はついに、灰皿のなかで煙草をぎゅっとひねりつぶした。ちょうどそのとき、ペトラルカが気づいてくれて、自分のテーブルから合図を送っているのに気がついた。しかし、遅すぎた。「リートスト」がクラブから悲しい孤独のほうに彼を追いやった。彼は立ち上がり、最後にもう一度ポケットから、クリスティナの愛の伝言が書かれた紙片を取り出した。その紙片もやはり、すこしの喜びもあたえてくれなかった。しかしこれをテーブルのうえに置きっぱなしにしておけば、だれかが注目し、ぼくがかぎりなく愛されていることを知ってくれるかもしれない。

　彼は立ち去ろうと出口に向かった。

突然の栄光

「ねえ、あなた！」と言う声がきこえて、大学生は振り返った。それはペトラルカで、彼に合図をしながら近づいてきた。「もう帰るんですか？」彼は、すぐに大学生だと気づかなかったことを詫《わ》びた。「私、飲んだ翌日は、すっかり頭がぼうっとしてしまって」

大学生は、一緒にいた人たちを知らないので、ペトラルカの邪魔をしたくなかったのだと釈明した。

「あの人たち、愚者です」ペトラルカは大学生にそう言ってから、大学生が離れたばかりのテーブルに行って、一緒に座った。大学生は心配そうな眼で、テーブルのうえに無造作に置かれた大判の紙を見ていた。せめてこれが、目立たない小さな紙片だったらなあ。だけど、こんなでかい紙じゃ、ここに忘れていった奴の下手に隠した意図を、まるで大きな叫び声をあげて、バラしているようなものじゃないか。

ペトラルカは物珍しそうに、顔のなかで黒い眼をくるくるさせ、たちまちその紙片に気づいて眺め回した。「これはなんですか？　ああ！　あなた、これ、あなたのものですよ！」

大学生はぎこちなく、秘密の伝言をうっかり放り出しておいた人間の困惑を装おいながら、ペトラルカの手からその紙を奪い取ろうとした。

しかしペトラルカは、もう大声で読み上げていた。〈わたしあんたをまってる。わたしあんたを愛してる。クリスティナ。ごぜんれいじ〉

彼は大学生の眼をまじまじと見てから、こう尋ねた。「いつなんです、この午前零時というのは？　昨日じゃなかったら、いいんですがね！」

大学生は眼を伏せて、「じつは、そうなんです」と言ったが、もうペトラルカの手から紙を取り上げようとはしなくなった。

しかしその間に、レールモントフが短足でふたりのテーブルに近づいてきて、大学生に手を差しのべた。「あなたにお会いできて嬉しいですね。あの御仁たち」と言ってから、離れたばかりのテーブルを指差して、「あの御仁たち、あれは恐るべき大馬鹿者ども」そして彼は座り込んだ。

ペトラルカはただちに、クリスティナの伝言の文言をレールモントフに読み上げてやった。

まるでそれが韻文であるかのように、よく響き抑揚に富む声で、何度も何度も立て続けに彼は読み上げた。

これにつけても私は思う、速く泳ぎすぎる娘を張り飛ばせず、ペルシャ人に殺されることもできないとき、つまり「リートスト」から逃れる手立てがもうないとき、そのときには、詩の恩寵が私たちを助けにやって来るのだと。

はっきりと挫折に終わったこの物語の、いったい何が残ったのか？　詩だけではないのか。ゲーテの本に書かれ、クリスティナが持ち帰った言葉、それに一枚の罫紙《けいし》のうえの、大学生を不意の栄光で飾った言葉。

「ねえ、あなた」とペトラルカが大学生の腕を摑んで言った。「お認めなさい、あなたが詩を書いていることを。お認めなさい、あなたが詩人だっていうことを！」

大学生は眼を伏せて、ペトラルカが見当違いをしていないと認めた。

そしてレールモントフがひとり取り残される

大学生が文人クラブに会いに来たのはレールモントフだった。しかしその瞬間から、彼はレールモントフにたいしなす術《すべ》がなく、レールモントフは彼にたいしてなす術がなくなった。

レールモントフは幸福な恋人たちが大嫌いなのだ。彼は眉を顰《ひそ》め、甘ったるい感情と大袈裟な言葉からなる詩を侮蔑的に語ってから、一編の詩は労働者の手によって作り上げられた製品のように誠実でなければならないと言った。彼は顔をしかめて、ペトラルカと大学生にたいして感じの悪い態度を取った。私たちは、なにが彼の問題だか知っている。ゲーテもまた知っていた。それは、ナニをしないことだ。ナニをしないことの、ぞっとするような「リートスト」。

彼のことを大学生ほどよく理解できる者がいるだろうか？　しかしこの度し難い愚か者は、ただレールモントフの暗い顔ばかり見て、意地の悪い言葉しか耳にはいらず、それで感情を害していた。

フランスにいるこの私は、高層ビルのうえから、遠くの彼らを眺めている。ペトラルカと大学生が立ち上がる。彼らは冷たくレールモントフに別れを告げ、そしてレールモントフひとりが取り残される。

わが親愛なるレールモントフ君よ、わが悲しみのボヘミアでは「リートスト」と呼ばれている、あの苦しみの天才よ。

第六部

天使たち

1

一九四八年二月、共産党指導者クレメント・ゴットワルトは、プラハのバロック様式の宮殿のバルコニーに立ち、旧市街の広場に集まった数十万の市民に向かって演説した。それはボヘミアの歴史の一大転回点だった。雪が降って寒かったのに、ゴットワルトは無帽だった。細やかな配慮の持ち主だったクレメンティスは、自分が被っていた毛皮のトック帽を取って、ゴットワルトの頭のうえに載せてやった。

ゴットワルトもクレメンティスも、今しがたその歴史的なバルコニーに昇るために自分たちが通った階段を、かつてフランツ・カフカが八年間、毎日通っていたことを知らなかった。というのも、オーストリア＝ハンガリー帝政下のその宮殿には、ドイツ人中高等学校があったからだ。彼らはまた、その同じ建物の地階にフランツ・カフカの父親、ヘルマン・カフカが店を所有していて、名前の横に黒丸烏《こくまるがらす》の描かれた看板を掲げていたことも知らなかった。チェコ語でカフカとは黒丸烏のことだったからだ。

ゴットワルト、クレメンティスその他のみなが、カフカについてまったく無知だったとしても、カフカのほうは彼らのその無知のことを知っていた。彼の小説のなかのプラハは、記憶をもたない街だ。その街は自分がどういう名であるかということさえ忘れている。そこでは、だれも何も憶えていないし、思い出すこともない。ヨーゼフ・Kですら、自分の以前の生活について何も知らないようにみえる。そこでは、街の誕生の瞬間について私たちの記憶を新たにさせ、そのことで現在を過去に結びつける、どんな歌もきかれない。

　カフカの小説の時間は、人類との連続性を失った人類の時間だ。もはや何も知らず、何も憶えておらず、道は名前のない道だとか、昨日とは別の名前になっているといったような、名のない街に住んでいる人類の時間だ。なぜなら名前とは過去との連続性のことであり、過去のない人々とは名前のない人々のことだからである。

　マックス・ブロート〔ユダヤ系ドイツの作家（一八八四―一九六八年）。カフカの親友で擁護者〕が言っていたように、プラハは悪の街だ。一六二一年のチェコの宗教改革の失敗後、ジェズイットたちが真のカトリック信仰を教え込むことによって民衆を再教育しようとしたとき、華麗なバロック式大伽藍《だいがらん》の下にプラハを埋没させた。いたるところから人々を眺め、脅迫し、探り、催眠術にかけるあれら数千の化石化した聖者たちは、三百五十年前、民衆の魂からその信仰と言語とをもぎ取るべくボヘミアに侵入した占領者たちの狂信的な軍隊だったのだ。

　タミナが生まれた通りはシュヴェリノヴァー通りと呼ばれていた。それは戦時中のことで、プラハはドイツ人に占領されていた。彼女の父はチェルノコステレッカー大通り――すなわち黒教会大通りに生まれた。それは、オーストリア＝ハンガリー帝政下のことだ。彼女の母親はフォッシュ元帥大通りの父のところに嫁いだ。それは一九一四―一八年の戦争後だった。タミナはスターリン大通りで幼年時代を過ごしたが、新しい家庭に彼女を連れてゆくために夫が迎えに来てくれたのは、ヴィノフラディ大通りだった。けれども、それはいつも同じ通りだったのだ。名前がたえず変わり、通りは洗脳されて、痴呆化されたのだ。

自分がどういう名前であるかを知らない通りという通りに、引っくり返された記念碑の亡霊が徘徊《はいかい》している、チェコの宗教改革によって引っくり返され、オーストリアの反＝宗教改革によって引っくり返され、チェコスロヴァキア共和国によって引っくり返され、共産主義者たちによって引っくり返された記念碑の亡霊が。スターリンの像でさえ引っくり返されたものだ。それらの破壊された記念物のすべての代わりに、今日ではボヘミア中に何千というレーニン像が生えている。あそこでは、レーニン像が廃墟のうえに生える草のように、忘却の物寂しい華のように生えている。

2

フランツ・カフカが記憶のない世界の予言者だったとすれば、グスタフ・フサークはそんな世界の建築者だ。「解放の大統領」と呼ばれたT・G・マサリクのあと（彼の記念物は例外なく破壊された)、ベネシュ、ゴットワルト、ザーポトツキー、ノヴォトニー、それからスヴォボダのあと、彼は私の国の第七代大統領、いうなれば「忘却の大統領」だ。

一九六九年にロシア人が彼を政権につけた。一六二一年以来、チェコ人の歴史は文化と知識人のこれほどの虐殺を経験したことがない。

フサークは政敵を迫害しているだけだと、どこでも思われている。しかし、ロシア人たちにとっては、政治的な反対者にたいする闘争はむしろ、彼らの代理人を仲介にしてそれよりもっと根本的なことを企むための、夢のような機会でしかなかったのだ。

この観点からすれば、フサークが大学や科学研究所から百四十五人のチェコ人歴史家を追い払わせたのを、きわめて意味深いことだと私は思う(歴史家一人につき、一つの新しいレーニン像が、不思議にも、さながらおとぎ話みたいにボヘミアのどこかに生えたという)。一九七一年、そうした歴史家の一人で、異様に分厚いレンズの眼鏡をかけたミラン・ヒューブルが、バルトロ・メイスカーの私のワンルーム・アパートにいた。私たちは窓越しに、そそり立つフラッチャヌィの塔を眺め、悲しんでいた。

「国民を厄介払いするために、とヒューブルが言った。まず国民から記憶が取り上げられる。国民の書物、文化、歴史などが破壊される。そしてだれか別の者が彼らのために別の本を書き、別の文化を与え、別の歴史を考え出してやる。やがて、国民が現在の自分、過去の自分をゆっくり忘れ始める。まわりの世界はそれよりなお速くその国民のことを忘れてしまう。

——しかし言語は？

——なんでわれわれから言語を取り上げたりなんかするものか？　それはもはや、いずれは自然死によって死んでゆくフォークロアでしかなくなるんだから」

それは、あまりに大きすぎる悲しみの言わせる誇張だったのだろうか？

そうではなく、国民は組織された忘却という砂漠を生きて越えることができない、というのが本当なのだろうか？

私たちのうちのだれも、これから何が起こるのかを知らない。だが、ひとつだけ確かなことがある。ときどきものがよく見える瞬間に、チェコの国民はみずからの死のイメージを間近に見られるということだ。それは現実としてでなければ避けがたい未来としてでもない。だがそれでも、まったく具体的なひとつの可能性としてである。彼らは自己の死とともに生きているのだ。

3

その六カ月後、ヒューブルは逮捕され、何年にもわたる長い投獄の刑に処せられた。ちょうどそのとき、私の父が死にかけていた。

最晩年の十年間、父は少しずつ言葉の用法を失っていった。初めのころは、いくつかの言葉だけを失い、それに似た別の言語を言ってはすぐに笑い出したものだった。ところが、最後のほうになると、口にできるのがごくわずかの言葉でしかなくなり、考えていることをはっきり言おうとするたびに、いつも同じ文句になってしまうのだった。彼に残っていた最後の文句のひとつは、「こいつは変だな」というものだった。

彼はよく「こいつは変だな」と言った。そんなときの彼の眼には、すべてを知っているのに何も言えない、というような測り知れない驚きが溢れていた。事物は名を失い、未分化のままにただ存在するだけのもののなかで一緒くたになっていた。そして、そうした言葉なき無限から、名づけられる実体の世界をひととき出現させることができたのは、彼と話すときの私だけだった。

彼の美しい顔のうえでは、青く大きな眼が以前と同じような英知を表していた。私はしばしば彼を散歩に連れて行った。私たちは変わることなく同じ一ブロックの家々のまわりを一周した。父にはそれ以上遠くに行く力がなかったのだ。彼はうまく歩けなかった。ごく小さな歩幅で歩き、少し疲れるとたちまち体が前に傾き始め、平衡を失った。彼が額を壁につけて休むために、私たちはしばしば立ち止まらねばならなかった。

そんな散歩のあいだ、私たちはよく音楽について語り合った。父が普通に話せるあいだ、私はあまり質問しなかった。だからこのとき、私は失われた時間を取り返したかったのだ。

そこで私たちは、音楽の話をすることになったのだが、それは、音楽については何も知らないが言葉は大量に知っている人間と、すべてを知っているがひとつも言葉を知らない人間との奇妙な会話だった。

病気が続いた十年のあいだずっと、父はベートーヴェンのソナタに関する大部の本を書いていた。たぶん、話すよりも少しだけよく書けたのかもしれない。しかし、書いていてさえ、父は次第に言葉をみつけるのに苦労するようになり、文章がわかりにくくなった。存在しない言葉によって構成されていたからだ。

ある日、彼は私を部屋に呼んだ。ピアノのうえにソナタ作品百十一の変奏曲を広げた。譜面を示しながら（彼はもうピアノが弾けなくなっていた）、「ごらん」と私に言った。それからまた、「ごらん」と繰り返した。そして長い努力の果てに、再び「これでわかった!」とようやく言うことができた。彼はあいかわらず何か大切なことを私に説明しようと努めたが、彼のメッセージはまったく理解不可能な言葉で構成されていた。私が理解できないことを見てとって、彼は驚いたように私を眺め、「こいつは変だな」と言った。

もちろん、私は彼が何のことを話したがっていたのか知っている。ずっと前から、彼がその問題を考えていたからだ。変奏曲は晩年近くのベートーヴェンの気に入りの形式だった。人はまず、それは最も表面的な形式であり、音楽的技術の単なる見せびらかし、ベートーヴェンよりもむしろレース編み女にこそふさわしい仕事だと思うかもしれない。ところがベートーヴェンは（音楽史上初めて）それを至高の形式にし、そこに彼の最も美しい瞑想を書き込んだ。

そう、それはよく知られたことだ。だが、父はそれをどのように理解すべきか知りたいと望んでいたのだ。なぜまさしく変奏曲なのか？　その背後にどんな意味が隠されているのか？

父が私を部屋に呼び、「これでわかった！」と言いながら譜面を示したのは、そのためだったのだ。

4

目の前からあらゆる言葉が逃れ去ってゆく私の父親の沈黙、思い出すことを禁じられた百四十五人の歴史家たちの沈黙、ボヘミアに響くそうした沈黙が、私がタミナを描く絵の背景である。

彼女は西ヨーロッパの小都市のカフェーでコーヒーを給仕し続けている。しかし彼女は、かつて客を惹《ひ》きつけていた繊細な情愛の輝きを失ってしまった。人々に耳を貸したいという気はもうなくなっていた。

ある日、ビビがやって来てバーの止まり木に座った。ビビの娘が泣きわめきながら地べたをはっていた。タミナは娘の母親が静かにさせるのをしばらく待ったが、やがて我慢できなくなってこう言った。「子供を静かにさせられないの?」

ビビはむっとして言い返した。「なんであんたはそう子供を憎むのよ?」

タミナが子供を憎んでいると言うことはできない。しかし、ビビの声は暗に、まったく予期せぬ敵意を表しており、タミナはそれを見逃さなかった。彼女にはどんないきさつだったのかよくわからなかったが、ふたりは友だちでなくなった。

ある日、タミナが仕事にこなくなった。そんなことはこれまで一度もなかった。女主人が様子を見ようと彼女の家に行った。ドアのベルを鳴らしてみたが、開ける者はいなかった。彼女は翌日もう一度きてみた。再びベルを鳴らしたが、結果は同じだった。彼女は警察を呼んだ。ドアが押し破られたが、住いはきちんと片付けられているだけで、何もなくなっておらず、疑わしいことは何もなかった。

タミナはその後も戻ってこなかった。警察がその事件を捜査し続けたが、新しいことは何も発見できなかった。タミナの失踪《しっそう》は未解決事件として処理された。

5

その運命の日、ひとりのジーンズの青年がきてバーに座った。そのとき、カフェーのなかにはタミナしかいなかった。若い男はコカコーラを注文し、その液体をちびちびとゆっくり飲んでいた。彼はタミナを見ていた。タミナは虚空を見ていた。

しばらくして、彼は、「タミナ」と言った。

もし彼がタミナを驚かせるつもりだったとすれば、それは失敗だった。彼女の名前を調べるのはさほど難しいことではなかった。その界隈ではすべての客が知っていたのだ。

「あなたが悲しんでいらっしゃるのを知っています」と、若い男が続けた。

タミナはその指摘にそれほど心を惹かれはしなかった。女を征服するにはいくつもの方法があるが、自分の肉体にいたる最も確実な道のひとつが悲しみを通る道だということを知っていたからだ。けれども、彼女は少し前よりもずっと興味をもって若い男を見た。

彼らは会話を始めた。タミナの好奇心をそそったのは彼の質問だった。といっても、その内容のせいではなくて、彼が自分に質問をするというたんなる事実によってだった。まったく、人に何もきかれなくなって何て長い時間がたったことだろう！　彼女はそれが永遠だったような気がした。ただ夫だけは絶え間なく質問をしてくれたものだった。というのも、愛とはたえざる問いのことだからだ。そう、私はそれほどよい愛の定義を知らない。

（私の友人ヒューブルなら、そんなことをいうなら、警察よりも私たちを愛してくれる者はだれもいないのだと指摘してくれるかもしれない。それは事実だ。あらゆる上方が下方に釣り合うものをもっているのと同じように、愛の関心の陰画として警察の好奇心があるのだ。ときに下方と上方とが混同されることがあり、自分を一人ぼっちだと感じている人々が、ときどき警察署に連れて行かれ、そこで訊問され、自分のことが話せるようになるのを願う、といったことも私にはとても容易に想像できる）

6

若い男は彼女の眼を見つめ、彼女の話を聞いていたが、やがて、彼女が思い出と称しているものは、実際はまったく別のものなのだと言った。魂を奪われた女のように、忘れる自分というものを見ているのだ、と。

タミナはそれを認めた。

すると若い男は続けて言った、あなたがうしろのほうに投げかける悲しい視線はもう死者にたいする貞節さの表現ではない、死者はあなたの視界から消え去ってしまっているのだから、あなたはただ虚空しか見ていないのだ、と。

虚空を見ている？　しかしそれでは、何がわたしの視線をこんなにも重くするの？

あなたの視線は思い出のために重いのではない、と若い男は説明した。後悔のために重いのであり、あなたは忘れてしまったということを自分に許すことがけっしてできないのだ。

「それでは、わたしは何をすればいいの？」とタミナは尋ねた。

——忘却を忘れることです」と、若い男は言った。

タミナは苦笑して、「どうやってそうしたらいいのか説明してくれない？

——あなたはどこかに行ってしまいたいと思ったことが一度もないのですか？

——あるわよ、とタミナは認めた。わたしは、どこかに行ってしまいたくて仕方がないわ。でも、いったいどこに行けばいいの？

——事物がそよ風のように軽いどこか。事物が重みを失い、後悔というものがないどこかです。

——そうねえ、と夢みるようにタミナは言った。事物が少しも重くないどこかに行ってしまう」

そして、おとぎ話のなかでのように、夢のなかでのように（もちろん、これはおとぎ話なのだ！　もちろん、これは夢なのだ！）、タミナは人生の数年を過ごしたカウンターを捨て、若い男と一緒にカフェーの外に出た。赤いスポーツカーが歩道に接して止めてあった。若い男はハンドルを握り、横に座るようタミナを誘った。

7

私にはタミナがしている後悔が理解できる。父が死んだとき、私もまた後悔をしたからだ。父にあまりにもわずかしか質問しなかったこと、父についてあまりにもわずかしか知らないこと、真の父を取り逃しても平気でいられたことなどで、自分を許せなかった。そしてまさしく、そうした後悔が、開かれたソナタ作品百十一の譜面の前で父がおそらく何を言いたかったのかを、突然私に理解させてくれたのだった。

私はそのことをひとつの比較によって説明してみよう。交響曲は音楽の叙事詩だ。交響曲はひとつの旅に似ており、外界の無限を貫いて、人をある物から別の物へとより遠くへ連れていくと言ってよい。変奏曲もまたひとつの旅だ。しかしこの旅は、人を外界の無限を貫いて行く旅には導かない。人間は極大の無限という深淵と極小の無限という深淵とのあいだに生きている、というパスカルの思想〔『パンセ』第二編断章七十二〕を知っている人もきっといるだろう。変奏曲の旅は、そのもうひとつの無限の内部、あらゆる事物の内に隠されている内的世界の、無限の多様性の内部に人を導くのである。

だから変奏曲におけるベートーヴェンは、探究すべきもうひとつの空間を発見したのだ。彼の変奏曲は新しい「旅への誘い」なのである。

変奏曲という形式は集中が最大限に押しあげられる形式である。そのおかげで作曲家は、本質的なことしか語らなくてもよいし、事物の核心に真っ直ぐに向かうことができる。変奏曲の材料は往々にして十六小節を越えないひとつのテーマだ。ベートーヴェンはさながら土の内部の井戸のなかに降りるように、その十六小節の内部のなかに向かう。

もうひとつの無限のなかへの旅は、叙事詩の旅より冒険が少ないわけではない。物理学者が原子の最深部に奇跡的に入り込むのもそんな具合にしてだ。ひとつの変奏のたびに、ベートーヴェンは最初のテーマから次第に遠去かってゆき、花を顕微鏡に映すと元の花に似なくなるのと同じように、最後のテーマはもはや最初のテーマとは似ても似つかないものになる。

人間は太陽や星々のある宇宙を抱けないことを知っている。だがそれより、もうひとつの無限、ほんの近くにあって手の届きそうなあの無限を、どうしても取り逃さざるをえないことのほうをずっと耐えがたいと思う。タミナは自分の愛の無限を取り逃し、私は父を取り逃し、そして各人はそれぞれ自分のなすべきことを取り逃す。それというのも、人々は完璧を追求しつつ事物の内部に向かうのだが、果てまで行くことがけっしてできないからなのだ。

外界の無限が逃れ去っても、私たちはそれを自然な状態だとして受けいれる。しかし、もうひとつの無限を取り逃したとなると、死ぬまで自分を責めることになるのだ。私たちはこれまで星の無限のことを考えていたが、私の父がなかにもっていたような無限のほうは少しも気にかけなかった。

成熟した大人の年齢になって、変奏曲がベートーヴェンの好みの形式になったのは驚くにあたらない。ベートーヴェンもまた（ちょうどタミナが知り、私が知っているように）、私たちが愛した存在、あの十六小節とその無限の可能性の内的世界を取り逃してしまうほど耐えがたいものは何もない、ということをとてもよく知っていたのである。

8

この本全体が変奏形式の小説である。それぞれの部はひとつの旅のさまざまな行程のように続いている。その旅は、ひとつのテーマの内部、ひとつの思想の内部、私にとってその理解が渺茫《びょうぼう》たる無限のなかに失われる、唯一無二の状況の内部に人を導く旅だ。

これはタミナについての小説だが、しかしタミナが舞台を去ると、タミナのための小説となる。彼女が主要な人物であり、主要な聞き手であって、他の話はすべて彼女自身の話の変奏であり、それらはちょうど鏡のなかに映されるように、彼女の人生のなかで再び落ち合うことになる。

これは笑いと忘却についての、忘却とプラハについての、プラハと天使たちについての小説だ。それに、ハンドルを握っている若い男が、ラファエルという名であるのもぜんぜん偶然ではないのだ。

風景はだんだん寂《さび》れていった。だんだん緑が少なくなり、だんだん黄土色が多くなった。草や樹木が少なくなり、砂やねば土が多くなった。やがて車は車道を捨て、狭い小径に入ったが、その小径は急に切り立った斜面となって終わっていた。若い男は車を止めた。彼らは車を降り、斜面の端に立った。十メートルほど下方に粘土質の細長い岸辺があり、その向こうには見晴らすかぎり褐色の、濁った水面が広がっていた。

「わたしたち、どこにいるの？」喉を詰まらせながら、タミナが尋ねた。彼女はラファエルに、帰りたいと言いたかったが、言い出せなかった。拒まれるのが恐かったし、拒まれればますます不安が募るのがわかっていたからだ。

彼らは斜面の縁にいた。眼の前に水があり、水のまわりにはねば土しか、まるでここでは粘土の採掘をやっているのではないかと思われるくらいに軟らかく、草のないねば土しかなかった。そして事実、もっと遠くのほうには、打ち捨てられた浚渫《しゅんせつ》機が立っていた。

その風景はタミナに、夫が最後の仕事場としていたボヘミアの一角を思い出させた。それまでの仕事を追われた夫は、プラハから百キロほどのその地の、ブルドーザーの運転手の仕事を引き受けたのだった。週日はそこの家馬車に住み、プラハには日曜日にだけタミナに会いに帰ってきた。一度、彼女が彼に会いに行ったことがあった。ふたりは今日の風景にとてもよく似た風景のなかを散歩した。草もなく樹木もない湿った粘土質の土のなかを、下から黄土色や黄色に、上からは灰色の重い雲に圧され、ゴム長靴をはいて泥に沈んだり滑ったりしながら、ふたりは並んで歩いた。彼らは不安、愛、それに互いのための絶望的な心配とで体を一杯にしながら、この世でたったふたりきりだった。

今しがた彼女の体に滲《し》みわたってきたのは、そのときと同じ絶望だったが、彼女は、まるで不意撃ちにでもあったように突然、自分の過去の失われていた断片を見出せたことを嬉しく思った。それはまったく失われてしまっていた思い出であり、それが蘇ったのは、そのとき以来初めてのことだった。これは手帳に書き込まなくちゃ！　正確な年だってやがてわかるにちがいない！

だから彼女は、若い男にたいして戻りたいと言いたくなった。いや、わたしの悲しみが内容のないただの形式だなどと言ったとき、あなたは間違っていた！　いや、とんでもない、わたしの夫はいつもこの悲しみのなかに生きているんです。夫はただいなくなっただけなのだから、わたしは夫を捜しに行かねばならない！　世界中に夫を捜しに行かねばならない！　そう、そうなんだ！　やっとわたしにはわかった！　思い出したいと望む者は同じところにとどまって、思い出がひとりでに自分のところまでやってくるのを待っていてはならないんだ！　思い出は広大な世界のなかに散らばっているので、それをみつけ、隠れ家の外に出してやるために、旅をしなければならないんだ！

彼女はそのことを若い男に言い、連れ帰ってくれるよう頼みたいと思った。しかしそのとき、下の川のほうから、口笛の音がきこえた。

9

ラファエルはタミナの腕を捕らえた。力強いつかみ方で、逃れるなど論外だった。つるつるとして狭い小径が、斜面に沿ってジグザグについていた。彼はそこにタミナを連れて行った。

今し方まで、生きているものの形跡など少しもなかった岸辺に、十二歳ぐらいの男の子が待っていた。男の子は、水際で軽く揺れている小舟を細紐の端で引いていて、タミナを見ると微笑んだ。

彼女はラファエルのほうに振り返った。彼もまた微笑んだ。彼女はふたりを交互に見た。やがてラファエルがワッハッハッと笑うと、男の子も同じようにワッハッハッと笑った。可《お》笑《か》しなことなど何も起こっていなかったのだから、それは突飛な笑いだった。しかし、それでいて、すぐに他人に移るような気持ちのよい笑いでもあった。その笑いは不安を忘れるようにと誘い、何かしら漠然としたあるもの、おそらくは喜び、おそらくは平和に似たあるものを彼女に約束していた。不安を逃れたいと望んでいたタミナは、おとなしく彼らと一緒に笑い始めた。

「ほらね、とラファエルは彼女に言った。あなたは何も恐れることなんかないんですよ」

タミナは小舟に乗った。小舟は彼女の重みで縦揺れした。彼女は後部の座席に座った。座席は湿っていた。軽やかな夏服を着ていた彼女は、尻の下に湿り気を感じた。肌にべたべたとくるその接触が彼女の不安を呼び覚ました。

男の子は岸から離すために小舟を押した。そしてオールを取った。タミナは頭を回した。ラファエルは水際に立って、眼で彼らを追っていた。彼は微笑んだ。タミナはその微笑に何かしら奇妙なところがあると思った。そうだ！　彼はかすかに頭を振って微笑んでいた！彼は微笑み、ほんとうにかすかな動かし方で頭を左右に振っていた。

10

タミナはなぜ、どこに行くのかと尋ねないのか？

目標を気にしない者はどこに行くのかなどとは問わないものだ！

彼女は目の前に座ってオールを漕《こ》いでいる男の子を見た。その子がひよわで、オールが重すぎるのではないかと思った。

「代わってほしくない？」と、彼女は尋ねた。男の子は喜んで同意し、オールを放した。

彼らは席を交代した。彼は後部座席に腰を下ろし、オールを漕ぐタミナを見、それから座席の下に片付けてあった小さなテープレコーダーを取り出した。エレキギターと言葉を伴ったロック音楽がきこえ、男の子は拍子をとって身をくねらせ始めた。タミナは嫌悪感を覚えながら彼を眺めた。その子供は大人のような、しなをつくった動かし方で腰をくねらせていて、彼女はそれを淫《みだ》らだと思ったのだ。

彼女はその子供を見ないように眼を伏せた。そのとき、男の子はヴォリュームを最高にし、歌を口ずさみ始めた。しばらくして彼女が再び眼を上げると、彼は尋ねた。「どうして歌わないの？

——わたし、その歌を知らないの。

——何だって？　この歌を知らないんだって？　みんな知っている歌だぜ」

彼は座席のうえであいかわらず身をくねらせ続けていたが、タミナは疲労を感じて、「ちょっと交代してくれない？

——漕げよ！」と男の子は笑いながら言い返した。

しかしタミナは本当に疲れていた。彼女はオールを小舟のなかに引き上げて休んだ。「そろそろ着くの？」

男の子は体の前でちょっとした仕草をした。タミナは振り返った。もう岸はそんなに遠くはなかった。目に入ったのは、さっき別れたばかりの風景とは違った風景で、草が多く、樹木に覆われて青々とした風景だった。

しばらくして小舟は水底に触れた。子供が十人ほど、岸辺でボール遊びをしていて、物珍しそうに彼らを眺めていた。タミナと男の子は小舟から降りた。男の子は小舟を杭につないだ。砂の多い岸から長いプラタナスの並木道が一本延びていた。彼らはその並木道を歩き、十分もしないうちに低く大きな建物に着いた。前には色付きの何か大きなものが山のように置いてあったが、何に使うものか彼女にはわからなかった。それからバレーボールの網がいくつもあった。その網にどこかしら変なところがあったのでタミナは驚いた。実際、それらはほとんど地上すれすれに張られていたのだ。

男の子が指を二本口にもってゆき、口笛を鳴らした。

11

九歳になったかならないかの女の子がひとり、足を引きずりながら進み出てきた。魅力的なかわいい顔をし、ゴシック絵画の処女のように、コケティッシュに腹を突き出していた。少女はさして関心もなさそうにタミナを見たが、それは、自分の美しさを意識していて、自分以外のあらゆるものに明らさまな無関心を装うことによって、その美しさを強調しようとする女の眼差しだった。

女の子は白い壁の建物のドアを開いた。彼らは直接（廊下も入口もなかった）ベッドが一杯ある部屋に入った。女の子はまるでベッドの数を数えでもするように、部屋を一通り見回してから、ベッドのひとつを示して言った。「あんた、これからここに寝るのよ」

タミナは抗議した。「何ですって！　わたしがこの共同寝室で寝るんですって？

――子供には個室はいらないわ。

――何？　子供ってどういうこと？　わたし、子供じゃないの！

――ここじゃ、みんな子供なの！

――だけど、大人だっているはずでしょう！

――いいえ、ここにはいないわ。

――じゃあ、わたしここで何をするのよ？」とタミナは叫んだ。

女の子は彼女の苛立ちにはかまわず、ドアのほうに向かった。それから敷居のところで立ち止まって、「あんたをリスのところに入れておいたわ」と言った。

タミナは何のことだかわからなかった。

「あんたをリスのところに入れておいたって言ってんのよ、と女の子は不満な女教師の口調で繰り返した。みんなが動物の名の班に分けられるの」

タミナはリスの話をすることなど拒否した。彼女は帰りたかった。ここまで連れてきてくれた男の子はどこにいるの、と尋ねた。

女の子はタミナの言うことがきこえないふりをして、説明を続けた。

「そんなことどうだっていいの！　とタミナは叫んだ。わたしは帰りたいのよ！　あのいたずら小僧はどこにいるの？

――そんなに叫ばないで！」どんな大人だってこのかわいらしい女の子よりけっして尊大になれないだろう。「あんたってわからない人ね、と彼女は頭を振って驚きを表しながら続けた。戻りたいんなら、なんでここにきたのよ？

――ここにきたいなんて言わなかったわ！

――タミナ、嘘はやめなさい。どこに行くかも知らないのに、だれが長い旅に出るものですか。嘘をつく癖はなくしなさい」

タミナはその子に背を向け、プラタナスの並木道のほうに走り出した。岸辺に着くと、一時間足らず前に男の子が杭につないだ小舟を捜した。しかし、小舟もなければ、杭もなかった。

彼女は岸をよく調べてみるために駆け出した。砂浜は間もなく沼地となって終わっていて、遠くから迂回しなければならなかった。それからかなり長いあいだ捜してやっと、再び川が見えた。岸はずっと同じ方向にまわっていたが、(小舟の跡もはしけの跡もみつからず)彼女は一時間ほどして、プラタナスの並木道が砂浜に出ているところに戻った。彼女は自分が島にいるのを知った。

彼女は共同寝室のあるところまで、ゆっくりと並木道を引き返した。そこには、六歳から十二歳までの少年少女が輪になっていた。タミナを見かけると、彼らは「タミナ、みんなのところにきて!」と叫び出した。

彼らは輪を広げて彼女の場所をつくった。

そのとき彼女は、頭を振りながら微笑んだあのラファエルの微笑を思い出した。

恐怖に心が締めつけられた。彼女は冷やかに子供たちの前を通り過ぎ、共同寝室のなかに入ってベッドにうずくまった。

12

彼女の夫は病院で死んだ。彼女はできるだけひんぱんに会いに行ったのだが、夫は夜、ひとりで死んだ。翌朝、病院に来て空のベッドを見出したとき、夫と同室だった年配の男が彼女に言った。「奥さん、あなたは訴えるべきですよ。連中の死者の扱い方ときたら、そりゃ、ひどいものなんですよ！」男の眼には恐怖が刻み込まれていた。彼は、間もなく死ぬのは自分だということを知っていた。「連中は足をつかんで、地べたを引きずってゆくんですよ。わたしが眠っていると思っていたんでしょうね。わたしはご主人の頭が戸口の敷居にぶつかるのをこの眼で見たんですよ」

死には二重の側面がある。死は非＝存在であるが、また屍体《したい》という恐ろしく具体的な状態でもある。

タミナがとても若いころ、死は最初の形態、つまり虚無の側面のもとにしかみえなかった。だから死の恐怖（まだかなり漠然としたものだったが）とは、もう存在しなくなるという恐怖だった。その恐怖は年とともに薄れてゆき、ほとんどなくなってしまった（いつか空や樹木がもう見られなくなってしまうのだと考えてもおびえることはなくなった）。その代わり、彼女はだんだん死のもう一つの側面を考えるようになった。死の物質的な側面のことである。彼女は自分が屍体になると考えるとぞっとした。

屍体になるというのは、耐えがたい侮辱だった。まだほんの一瞬前には羞恥心、裸とか内心などの不可侵性によって保護された人間的存在であったのに、死の瞬間が来さえすれば、私たちの肉体は突然だれの手にでも任され、その人が裸にしようが、腹をえぐろうが、内臓をせんさくしようが、悪臭に鼻をつまもうが、氷室あるいは火のなかに投げ込もうが構わないということになるのだ。彼女が夫を火葬にし、遺骸《いがい》を撒布するよう望んだのもそのため、これから最愛の肉体にどんなことが生ずるのかと考えて苦しまないようにするためだった。

その数カ月後に自殺を考えたとき、彼女は自分の死んだ肉体の醜悪さがただ無言の魚たちにしか知られないように、遠く海の只中《ただなか》で溺死することに決めたのだった。

私はすでにトーマス・マンの短篇小説のことを語った。致命的な病気に罹《かか》った一人の青年が汽車に乗り、見知らぬ町で降りる。部屋のなかには戸棚があり、毎夜その戸棚から痛ましいほど美しい裸の女が出てきて、優しくも悲しい話を長々と物語る。その女、その物語は死である。

それは非＝存在のように優しく青味がかった死だ。それというのも、非＝存在は無限の空白であり、空白の空間は青く、青よりも美しく心鎮まるものは何もないからだ。死の詩人ノヴァーリスが青空を愛し、旅に出ても青空しか求めなかったのは、きっと偶然ではない。死の優しさは青い色をしているのだ。

ただ、トーマス・マンの青年の非＝存在が実に美しいものだったとしても、彼の肉体にはどんなことが生じたのか？　ドアの敷居を越えるのに足をつかんで引きずられたのだろうか？　腹を開かれたのだろうか？　穴のなかに投げ込まれたのか、それとも火のなかに投げ込まれたのか？

マンはそのとき二十六歳だったし、ノヴァーリスも三十歳を越えることはなかった。不幸にして私はそれ以上年をとっており、彼らとは反対に、肉体のことを考えないわけにはいかない。というのは、死は青くはないからで、タミナも私と同じくそのことを知っている。私の父は熱に浮かされながら、何日も続けて断末魔の苦しみにあえいだ。私には彼が仕事をしているのではないかという気がした。父は汗びっしょりになって、全身を苦しみに集中させていた、まるで死が彼の力を越えるものであるかのように。私がベッドのそばに座っていることさえ彼にはわからなかった。私がいることに気がつくことさえできなかった。死という仕事が彼をすっかり疲れ果てさせていたのだ。遠い目的地にたどり着きたいと思うのにもう最後の余力しかない馬上の騎士のように、彼は全身を集中させていた。

そう、彼は馬に乗って駆けていたのだ。

彼はどこに行こうとしていたのか？

肉体を隠すために、どこか遠いところにか？

いや、そうではない。死に関するすべての詩がそれをひとつの旅のように表現しているのは偶然ではない。トーマス・マンの青年は汽車に乗り、タミナは赤いスポーツカーに乗った。人は自分の肉体を隠すために、どこかに出発したいという限りない欲望を覚える。だが、その旅は空しい。馬に乗って駆けても、やはりベッドに戻ることになり、頭をドアの敷居にぶっつけられることになるのだ。

13

タミナはなぜ、子供の島にいるのだろうか？　なぜまさしくそこにいると私は想像するのだろうか？

私にはわからない。

たぶん、父が断末魔の苦しみにあえいでいた日、外は子供たちの声によって歌われる楽しげな歌に溢れていたからだろうか？

エルベ川の東側ではどこでも、子供たちはピオニール協会なる団体に入っている。彼らは首に赤いネッカチーフを巻きつけて、大人たちと同じように会合に行き、ときどき「インターナショナル」を歌う。彼らはときに、すぐれた大人の首に赤いネッカチーフを巻きつけ、名誉ピオニールの称号を与えてやるというよき習慣をもっている。大人たちは大層それが好きで、年をとればとるほど、自分たちの柩《ひつぎ》のためにガキどもから贈られる赤いネッカチーフを受け取ることに快楽を覚える。

彼らはみなひとつずつそれを受け取った、レーニンも、スターリンも、マスツルボフも、ウルブリヒトも、ブレジネフも。そしてフサークはその日、プラハ城で催された大々的な祝祭の折り、彼のネッカチーフを受け取ったのだった。

父の熱は少し下がっていた。それは五月で、私たちは庭に面した窓を開いていた。向かいの家から、花盛りのリンゴの木の枝越しに、その儀式のテレビ中継の音が私たちのほうまで届いてきた。かん高い子供たちの歌声がきこえてきた。

医者が部屋にいた。彼は、もう一言も発することができなくなった父のうえに身を傾けていたが、やがて私のほうに振り返って大きな声でこう言った。「昏睡《こんすい》状態です。脳が解体しているのです」。私は父の大きく青い眼がさらに大きくなるのを見た。

医者が外に出たとき、私はひどく当惑していた。その文句を追い払うのに早く何かを言いたかったのだ。私は窓を開いて言った。「きこえる？　おもしろいでしょう！　今日フサークが名誉ピオニールになったんですって！」

すると父はフフッと笑い出した。彼が笑ったのは、脳がまだ生きており、ずっと話しかけ、冗談を言い続けてもいいと私に示すためだった。

フサークの声がリンゴの木を通して私たちのところまでやってきた。「子供のみなさん！　みなさんは未来です！」

それからしばらくして、「子供のみなさん、けっしてうしろを見てはいけません！」

「あいつの声がきこえないように窓を閉めますよ！」と言って眼くばせすると、父は頭でうなずきながら、ひたすら美しい微笑を浮かべて私を見た。

その数時間後、熱が急に高くなった。彼は馬にまたがり、数日のあいだ疾駆した。そしてもう二度と私を見ることはなかった。

14

しかし子供たちのあいだに迷いこんでしまった今となっては、彼女には何ができるのか？渡し守は小舟とともに消え去って、まわりにはただ無限の水があるばかりなのだ。

彼女は闘おうとするだろう。

しかしそれは何と悲しいことだろうか。西ヨーロッパの小都市にいたときには、何のためであれ何の努力もしなかったというのに、ここの（物事が重みをもたない世界のなかで）、子供たちのあいだにいて闘おうというのだろうか？

そして、彼女はどんなふうに闘いたいと思っているのか？

着いた日、遊ぶことを拒否して、まるでそれが難攻不落の城砦でもあるみたいにベッドに逃げ込んだとき、彼女はあたりに生まれつつある子供たちの敵意を感じて恐くなったものだった。彼女はそんな敵意の先を越してやりたいと思い、彼らの好意を勝ち得ようと心に決めた。そのためには、もちろん彼らに溶けこんで、彼らの言葉を受け入れなければならない。そこで彼女は、自ら進んですべての遊びに加わり、彼らの企てに自分の考えと体力とを加えてやることにした。そうすれば、やがて子供たちも彼女の魅力に征服されることになるだろう。

彼女が彼らに溶けこむには、自分の内奥の部分を断念しなければならない。彼女は最初の日こそ、子供たちの視線を浴びながら身づくろいをするのがいやで一緒に行くのを拒んだものの、結局、彼らとともに浴室に行くことにした。タイル張りの大きな部屋の浴室は、子供たちの生活と子供たちの秘かな思惑との中心地だった。

一方の側には十個の便器があり、もう一方の側には十個の洗面台があった。いつも一方にワイシャツをめくって便器に腰かけている一隊と、他方に裸になって洗面台の前にいる一隊とがいた。座っている者たちは洗面台の前で裸になっている者たちを眺め、洗面台の前にいる者たちは便器のうえにいる者たちを見るために振り返り、部屋には秘かな肉感がみなぎっていた。その肉感がタミナの心に、久しく忘れていたあるものの漠然とした思い出を呼び醒ました。

タミナが寝間着を着て便器のうえに座っていると、洗面台の前で裸になっているトラ班の子供たちはひたすら彼女のほうにしか眼が行かなかった。やがてジャーという排水の音がして、リス班の子供たちが便器から立ち上がり、それぞれの長い寝間着を脱ぐと、トラ班の子供たちが洗面台を離れて共同寝室のほうに向かう。すると、寝室からネコ班の子供たちが出てきて、空いた便器のうえに座って、黒い下腹部と大きな胸のタミナがリス班の子供たちにまじって体を洗うのを眺めるのだった。

彼女は恥ずかしくなかった。大人の成熟した肉感のおかげで、自分はなめらかな下腹部をした者たちを支配する女王になるのだと感じていた。

15

だから、島への旅は、彼女が自分のベッドがある共同寝室を初めて見たときに思ったような、悪だくみなどではなかったようにみえる。それどころか、彼女はとうとう、できたら行ってみたいと思っていたところにいるのだ。思い出のなかにも欲望のなかにも夫が存在せず、重みも後悔もない時間という、はるか後方の時間のなかに戻ったのだから。

それまではずっと、きわめて羞恥心が強かった（羞恥心は愛の忠実な影だった）というのに、今や彼女は裸の姿を何十もの他人の眼にさらしている。最初は意外で不愉快なことだったが、じきに慣れてしまった。裸は淫らなものではなく、意味を失い、無表情で、無言の、死者の裸になったというにすぎなかったからだ。各部分に愛の歴史が書かれているその肉体は、つまらないもののなかに沈み込んだのだが、そのつまらなさが安堵《あんど》となり、休息となった。

大人の肉感が消えつつあったのとは逆に、別の興奮からなるひとつの世界が、遠い過去からゆっくりと出現し始めた。埋れてしまっていた多くの思い出が蘇ってきた。たとえばこんな思い出だ（タミナが長い間それを忘れていたとしても驚くにあたらない。大人のタミナはそれを耐えがたいくらい突飛でグロテスクなことだと思ったにちがいないからだ）。公立小学校の第十一学年にいたころ、彼女は若くて美しい女の先生に憧れていて、何カ月ものあいだずっと、トイレで先生とふたりきりになるのを夢みていたということだ。

今、彼女は便器のうえにいて、微笑みながら半ば眼を閉じている。自分があの女の先生となり、となりの便器に腰かけ、横目で好奇の眼差しを注いでいる、そばかすだらけの女の子が昔の自分だと想像する。彼女はそのそばかすだらけの頬をした小娘の肉感的な眼に同化する。同化が完璧なものになって、深く遠い記憶のどこかで、半ば目覚めた古い興奮が震えるのを感じる。

16

タミナのおかげで、リス班はほとんどすべてのゲームに勝った。そこで彼らは、厳粛に彼女の労に報いることに決めた。子供たちがどんな罰を実行するのも、どんな褒美を与え合うのも浴室のなかだった。タミナの褒美は、その晩みなに奉仕してもらうということだった。つまり、その晩の彼女には自分の手で体に触れる権利はなく、リス班の子供たちが完全に献身的な召使となって何でも代わりに熱心にするというものである。

そこで、彼らの奉仕が始まった。彼らはまず、便器のうえに座ったタミナを念入りに拭ってやることから始め、それから彼女を持ち上げ、水を流し、寝間着を取ってやり、洗面台の前まで押して行った。それから彼らはみな、タミナの胸と腹とを洗いたがった。全員が貪るように彼女の脚のあいだがどうなっているのか、そこに触れるとどんな気がするのか知りたがった。彼女はときどき彼らを押しのけたくなったが、とてもできなかった。子供たちがその遊びを見事な真面目さで行い、彼女の労に報いるために奉仕することしかしていないというったふうを装っているだけに、よけい邪慳《じゃけん》にすることができなかったのだ。

最後に彼らは、夜眠るために彼女をベッドに連れていった。そこでもまた、彼らは彼女に体を押しつけ、彼女の体中を愛撫する幾多のかわいらしい口実を新たにみつけた。口実があまりに多すぎて、この手がだれのもので、この口がだれのものか見分けがつかなくなるほどだった。全身に圧力を感じたが、とりわけ体が彼らのようにはなっていないところに強く感じた。眼を閉じると、体が揺れ、まるで揺りかごのなかにでもいるように、ゆっくりと揺れる感じがすると思った。彼女は静かで奇妙な快感を覚えた。

その快感が口角をぴくっとさせるのを感じて、彼女は眼を開いた。彼女の口を窺っていた子供らしい顔がもうひとつの子供らしい顔に、「見て！　見て！」と言っているのがみえた。今やふたつの子供らしい顔が彼女のうえにかがみ込み、解体した時計の内部、あるいは羽をもぎ取られた蠅でも眺めるように、震える彼女の口角をしげしげと観察していた。

しかしタミナは、自分の眼が体が感じているのとは別のものを見ているような気がしていた、まるで自分のうえに身をかがめている子供たちと、自分に侵入してくるその物言わぬ、心の和む快楽のあいだには関係がないとでもいうように。改めて彼女は眼を閉じて自分の体の快楽を享受した。というのも、生まれて初めて、彼女の体が魂のあるところから遠く離れて歓びを得たのだから。そして魂のほうは何も想像せず、何も思い出さず、音もなく部屋の外に出て行った。

17

私が五歳のとき、父がこう語ってくれた。調性はそれぞれ小さな宮廷であり、そこでは権力は王（第一度の音）によって行使される。王は二人の代理官（第五度と第四度の音）に付き添われている。彼らは配下に他の四人の高官を従えており、それぞれの高官は王それに王の代理官と特別の関係を保っている。そのうえ、この宮殿には半音階《クロマティック》と呼ばれる五つの別の音が収容されている。それらの音は別の調性のなかではたしかに前面の場所を占めることもあるが、ここでは客としているだけだ。

十二音のそれぞれが固有の立場、称号、役割をもっているので、私たちが聞く作品は単なる音の集塊以上のものとなる。それは私たちの前でひとつの行動を展開するのだ。ときには（たとえばマーラーとか、あるいはもっとはなはだしい場合にはバルトーク、もしくはストラヴィンスキーにおけるように）出来事が恐ろしく紛糾することがあって、いくつもの宮廷の王族たちが介入してくる。人は突然、どの音がどの宮廷に仕えているのかわからなくなり、これはいく人もの王に仕える二重スパイではなかろうかなどと思ったりする。だが、そんなときでさえ、どんなに素朴な聴衆でも大まかにどういう事態になっているのか見抜くことがまだできる。どんな複雑な音楽でも、まだひとつの言語なのだ。

以上が昔、父が私に言ったことだが、以下は私による続きである。ある日、ある偉大な男が音楽の言語は千年のあいだに使い尽くされ、ひとつの同じメッセージをたえずくどくど繰り返すことしかできなくなっていると確認した。彼はひとつの革命令によって音の階級性を廃止し、それぞれの音をみな平等にした。音に厳格な規律を課し、楽譜のなかでどの音も他の音よりひんぱんに登場し、その結果、旧《ふる》い封建的な特権をわが物とするといったことがないようにした。さまざまな宮廷が最終的に廃され、十二音技法《ドデカフォニー》と呼ばれる、平等性に基礎を置いた唯一の帝国に取って代わられた。

それでたぶん、音楽の響きは以前より興味深いものになったかもしれない。しかし人々は、千年来、宮廷内で展開される筋立てのような調性を辿ることに慣れていたので、それを聞いても理解できなかった。とはいえ、ドデカフォニーの帝国は慌ただしく消え去った。シェーンベルクのあとに、ヴァレーズが登場し、彼はただ調性だけでなく、楽音（人声と楽器の音）そのものさえ廃止し、それを音の洗練された編成に代えてしまった。それはたぶん、すばらしいものかもしれないが、すでに音楽とは別の原則と別の言語に基礎を置いた別のものの歴史を開始するものだった。

　ミラン・ヒューブルが私のプラハのワンルーム・アパートのなかで、チェコ国民が場合によってはロシア帝国のなかに消え去ってしまうといった省察を展開したとき、私たちはふたりとも、そうした考えはたぶん正当化されるかもしれないが、それは私たちを越える問題であり、私たちは思考しがたいものについて語っているのだということを知っていた。人間は、それ自体必ず死ぬものだとはいえ、空間の終わりも、時間の終わりも、歴史の終わりも、国民の終わりも想像することはできない。人間はいつも偽りの無限のなかで生きているのだ。

　進歩の観念に心を奪われる者たちは、前方へのあらゆる進行は同時に、終わりをより近いものにするのであり、もっと遠くへとかもっと前へといった陽気な合言葉は、私たちに急ぐようにそそのかす死の煽情的な声をきかせるものだなどとは思ってもみない。

（もし前へという言葉の魅惑が普遍的なものになったのだとするなら、それはもうすでに、死がほんの間近から私たちに語りかけているからではなかろうか?)

アルノルト・シェーンベルクがドデカフォニー帝国を創設した時期、音楽はこれまでになく豊かで、おのれの自由に酔いしれていた。終わりがほんの近くにあるかもしれないといった考えはだれの心も掠《かす》めなかった。どんな疲労もなければ、どんな黄昏《たそがれ》もみえない! シェーンベルクはこのうえなく若々しい大胆さの精神に活気を与えられていた。前方への唯一可能な道を選んだということが、彼を正当な誇りで充たしていた。音楽の歴史は、大胆さと欲望の真っ盛りのなかで終わりを遂げたのだった。

18

もし音楽の歴史が終わったのが事実だとすれば、音楽の何が残されているのだろうか? 沈黙だろうか?

まさか! 音楽は次第に増え、音楽の最盛期よりも数十倍も、数百倍も多くなった。家々の壁にかけられたスピーカーから、さまざまなアパートやレストランに据えつけられた恐るべき音響装置から、人々が街路で手にしている小さなトランジスターから、音楽が出てくる。シェーンベルクが死に、エリントンも死んだが、ギターは永遠だ。紋切型のハーモニー、凡庸なメロディー、単調であるだけによけいうるさくなるリズム、以上が音楽に残されたものであり、音楽の永遠性というやつだ。そうした音の単純な組合せに合わせて、みんなが仲よしになることができる。というのも、そうした組合せのなかで大喜びしながら、私はここにいる！　と叫ぶのが人間存在そのものだからである。存在との単なる一体化くらい騒々しく、異議のない一体化はまたとない。この点についてはアラブ人がユダヤ人と、チェコ人がロシア人と出会う。存在しているという意識に酔った体が、音のリズムに合わせて動く。ベートーヴェンのただ一つの作品も、一様にギターを掻き鳴らして繰り返し歌われるときほどの集団的情熱をもって体験されたことはなかった。

父の死のほぼ一年前、私は一ブロックの家々の周囲をまわるいつもの散歩に彼を連れ出した。すると、いたるところから私たちのほうに歌が聞こえてきた。人々が悲しくなればなるほど、スピーカーが人々に代わって演奏するのだ。スピーカーは歴史の苦さを忘れ、生きる喜びに身を任せるよう、占領下の人々を誘っていた。父は立ち止まって、その騒音が聞こえてくる機械の方に眼を上げた。彼が何かとても大切なことを打ち明けたがっているのを私は感じた。彼は自己を集中させて自分の考えが表現できるように大変な努力をしてから、辛そうにゆっくりと「音楽の馬鹿馬鹿しさだよ！」と言った。

彼はそれで何を言いたかったのか？　一生の情熱であった音楽を侮辱したかったのだろうか？　いや、そうではない。音楽の原初の状態というものが、音楽の歴史に先立つ状態というものが、初めての問い、初めての省察、ひとつのテーマとひとつのモチーフとの戯れという考え以前の状態というものがあると言いたかったのだと私は思う。音楽のそうした原初形態（思想のない音楽）のなかに、人間の実体と不可分の馬鹿馬鹿しさが反映される。音楽がそうした原初的な馬鹿馬鹿しさの上にまで高められるためには、精神と心情との測り知れない努力が必要だった。それなのに、数世紀にわたってヨーロッパの歴史に張り出していたその素晴らしい曲線が、ちょうど打上げ花火のように軌道の頂点で消えてしまったのだ。

音楽の歴史は死を免れないが、ギターの愚かしさのほうは永遠だ。今日、音楽は元々の状態に立ち戻った。それは最後の問いと最後の省察のあとにきた状態、歴史のあとにきた状態なのだ。

一九七二年、チェコのポップ・ミュージック歌手カレル・ゴットがもっと金を稼ぐために外国に行ってしまったとき、フサークは恐ろしくなった。彼はただちにフランクフルトのゴット宛に個人的な手紙を書いた（それは一九七二年八月のことだ）。私は何ひとつでっちあげずに文字通りその一節を引用する。「親愛なるカレル、私たちはあなたを恨んでなんかいません。お願いですから、戻ってきてください。あなたの願うことなら何でもしてあげましょう。私たちはあなたを助けましょう。あなたも私たちを助けてください……」

しばらく次のことをよく考えてもらいたい。フサークは医者、科学者、天文学者、スポーツマン、演出家、カメラマン、労働者、技師、建築家、ジャーナリスト、歴史家、作家、画家などは眉ひとつ動かさずに国外に移住させた。しかし、カレル・ゴットが国を去ると考えると我慢ができなかった。なぜなら、カレル・ゴットは記憶のない音楽、ベートーヴェンとエリントンの遺骨、パレストリーナとシェーンベルクの遺灰が永久に埋められたあの音楽の代表者だったからである。

忘却の大統領と音楽の愚者とが一対になり、同じ仕事のために働いた。私たち、私たちはあなたを助けましょう。あなたも私たちを助けてください。彼らは互いに相手なしにすますことができなかったのだった。

19

しかし、音楽の英知が支配する塔のなかにいても、外から私たちのところに届き、すべての人間を兄弟にする、魂なき叫びの単調なリズムが、ときに私たちに懐かしさを与えることがある。すべての時間をベートーヴェンとともに過ごすのは、あらゆる特権的立場が危険であるように危ないことなのである。

タミナはいつも、夫といたとき幸せだったと人に言うのが少し恥ずかしかった。そんなことを言って他人に憎まれる理由を与えるのを恐れたのだ。

今の彼女は、二重の感情に二分されている。愛とはひとつの特権のことだが、あらゆる特権は身に余るものだ。だから不当に恵まれていた分の支払いをしなければならない。子供の島にいるのも、自分を罰するためなのだ。

しかし、そうした感情はたちまち別の感情に席を譲ってしまう。愛の特権といってもそれがただ天国だけだとはかぎらない。それはまた、地獄でもあったのだ。愛のなかでの生活はたえざる緊張のうちに、安息ではなくて恐怖のなかで展開していたのだ。ここで子供たちのあいだにいるのは、やっとその償いとして静けさと安らぎとを見出すためなのだ。

これまで彼女の性は愛によって占領されていた（私が占領されていたというのは、性とは愛ではなくて、愛がわが物にする一領域でしかないからだ）。だから性は何か劇的で、責任ある、重大なものにかかわっていた。ここ、この子供たちのあいだの、無意味さの王国に来て、性は再びついに初めにそうであったもの、すなわち肉体的享楽を産み出す小さなおもちゃになったのである。

あるいは、もっと別の言い方をすれば、愛との悪魔的な関係から解放された性が天使的な単純さの喜びに変じたのである。

20

子供たちによるタミナの最初のレイプが、そんな意表をつく意味をはらんだものだったとしても、同じ状況が繰り返されてゆくうちに、たちまちメッセージとしての性格を失い、だんだん密度が薄く、ますます汚らしい慣例になっていった。

程なく、子供たち同士の喧嘩も生じるようになった。愛の戯れに熱心な者たちが、それには無関心な者たちを憎み始めた。また、タミナの愛人になった者たちのあいだでも、かわいがられている者たちといやがられている者たちとのあいだの敵意が大きくなっていった。そして、そうした怨恨《えんこん》がすべて、タミナに振り向けられることになり、重くのしかかってきた。

子供たちが彼女の裸の肉体のうえにかがみ込んでいた(彼らはベッドにのって跪いていたり、脇に立っていたり、彼女の体に馬乗りになっていたり、あるいは頭のそばや脚のあいだにしゃがんでいたりしていた)ある日、彼女は突然灼《や》けるような痛みを感じた。一人の子供に激しく乳房の先端をつねられたのだ。彼女は叫び声をあげた。そしてもう我慢ができなくなって、子供たち全員をベッドから追い払い、空中で腕をバタバタさせた。

その痛みが偶然の仕業でも性的な効果でもないことがわかっていた。小娘の一人が彼女を憎んで痛い目にあわせてやろうとしたのだ。彼女は子供たちとの愛の接触に終止符を打つことにした。

21

すると突然、事物がそよ風のように軽やかなその王国には、平和がなくなってしまった。

彼らは石蹴り遊びをして、まず右足で、それから左足で、最後に両足を合わせて、仕切りから仕切りへと跳《と》んでいた。タミナも跳んだ（私には子供たちの小さなシルエットのなかにある彼女の大きな体がみえる。彼女は髪を顔のまわりになびかせながら跳ぶ、心に測り知れない嫌悪を抱きながら）。そのときカナリア班の子供たちが仕切り線に触れたと言って叫び出した。

もちろん、リス班の子供たちは抗議した。彼女は線に触れてなんかいない、と。それぞれの班の子供たちは線のうえにかがみ込んで、タミナの足跡を捜した。しかし、砂のうえに引かれていた線の輪郭がはっきりせず、タミナの足の裏の輪郭もはっきりしていなかった。その事態には議論の余地があり、子供たちは盛んにわめいて、それがもう十五分も続いていた。彼らはだんだん喧嘩に呑み込まれていった。

そのとき、タミナは取り返しのつかない動作をした。腕をあげてこう言ったのだ。「いいわ、わかったわ、わたしが触れたんだわ」

リス班の子供たちは、そうじゃない、あんたはどうかしてるんだ、嘘をついているんだ、触れてなんかいないよ、とタミナに叫び始めた。しかし、彼らはこの争い事に負けた。彼らの言い分がタミナに打ち消されたので、弱くなり、その結果カナリア班の子供が凱歌をあげた。

リス班の子供たちは怒り出して、あんたは裏切り者だと叫んだ。一人の男の子が乱暴に押したので、彼女は倒れそうになった。彼女は全員をぶってやりたいと思ったが、それが逆に彼らにとっての合図となり、彼女めがけていっせいに押し寄せてきた。タミナは身を護った。彼女は大人で、強かった（それに、そう、憎しみで一杯になっていたので、彼女はまるでこれまでの人生で憎んできたすべてのものを叩くように、その子供たちを叩いた）。子供たちは鼻血を出したが、そのとき石が一個飛んできて彼女の額にあたった。彼女はよろめいて、頭に手をやった。血が流れていた。子供たちは後ずさりした。にわかにしーんとなった。タミナはゆっくりと共同寝室に戻り、もう二度と遊びには加わらないと心に決めて、ベッドに横たわった。

22

寝ている子供たちで一杯の共同寝室の中央に立っているタミナが私には見える。彼女は注目の的だ。片隅で誰かが「おっぱい！　おっぱい！」と叫ぶと、あらゆる声がコーラスとなってそれを受け、タミナは「おっぱい、おっぱい、おっぱい……」と拍子をつけて発せられる叫び声を聞くことになる。

最近まで彼女の誇りと武器であったもの、すなわちあの下腹部の黒い毛と立派な胸は侮辱の的になった。子供たちの眼には、彼女の大人らしさがにわかに何か怪物じみたものに変じた。胸は腫物《はれもの》のように馬鹿げて見えたし、毛のために非人間的に見える下腹部は動物を思わせるのだった。

彼女は今や、追いつめられた。彼らは島中彼女を追い回し、木の端くれや石を投げた。彼女は隠れ、逃げたが、方々から「おっぱい、おっぱい」という自分の名前が聞こえた。

弱者の前で逃げる強者、それほど見下げたこともまたとない。しかし、彼らはじつに多数だった。彼女は逃げ、そして逃げることを恥じた。

ある日、彼女は彼らを待ち伏せた。彼らは三人だった。彼女はそのうちの一人を倒れるまでぶった。他の二人は一目散に逃げた。しかし彼女がそれよりもずっと速かったので、彼らの髪の毛を捕らえた。

そのとき、上から網がひとつ落ち、それからまた別の網が落ちてきた。そう、共同寝室の前に地上すれすれに張ってあったあのバレーボールの網がいっせいに落ちてきたのだ。彼らはそこで彼女を待っていたのだった。彼女が殴りつけた三人の子供たちは囮《おとり》だったのだ。今や彼女は、もつれた網のなかに閉じ込められ、身を捩り、もがいた。子供たちは大声で何やらわめきながら、彼女を引きずって行った。

23

この子供たちは、なぜこんなにも意地が悪いのか？

まさか！　彼らは全然意地悪ではないのだ。それどころか、善良な心をしており、たえず互いに友情の証しを立て合っているのだ。だれひとりタミナを一人占めにしたがらない。いつも彼らの「見て！　見て！」という声が聞こえる。タミナはもつれた網のなかで囚人となり、その紐に皮膚を切り裂かれている。子供たちは互いに彼女の血、涙、苦痛にゆがむ顔などを示し合う。彼らは気前よくお互いに彼女を提供し合う。彼女は彼らの友愛の絆になったのだ。

彼女の不幸は、子供たちが意地悪だということではなく、彼らの世界の境界の向こう側にいたということだったのだ。食肉処理場で仔牛が殺されたからといって、人は反抗に駆り立てられるわけではない。仔牛は人間にとって法律の保護の外にあるからだ。同じように子供たちにとってタミナは、法律の保護外にあったのだ。

もしだれかひどい憎悪に充ちみちていた者がいたとすれば、それはタミナであって、子供たちではなかった。人を痛めつけたいという彼らの気持ちは、積極的で陽気な気持ちであり、それは当然喜びと呼んでいいものだった。彼らが自分たちの世界の境界の向こう側にいる者を痛めつけたがるのは、ただ彼ら自身の世界と彼らの法律を顕揚するためだけだったのである。

24

時間がその仕事をして、あらゆる喜び、あらゆる気晴らしも繰り返されることによって、魅力を失う。それはタミナ狩りだって同じことだ。それに、子供たちが意地悪くはないというのは本当だ。彼女がバレーボールの網のなかに捕らえられて、下に横たわっていたときに小便をかけた男の子も、その数日後にはあどけなく、無邪気な美しい微笑で彼女に微笑んだ。

タミナは再び遊びに加わるようになったが、押し黙ったままだった。再び、まず一方の足、それから別の足で、最後に両方の足を合わせて、ひとつの仕切りから別の仕切りへと跳んだ。彼女はもう二度と彼らの世界のなかに入ろうとはしないが、しかしその世界の外に出ないようにもしなければならなかった。彼女はちょうど境界のうえにいるために努力した。

しかし妥協に基づいたそうした小康状態、そうした正常状態、そうした和解の状態のなかには、ずっと持続されるもののもつ恐ろしさがそっくりはらまれていた。しばらく前には、追いつめられた動物のような生活が時間と時間の限りなさのことをタミナに忘れさせていたのに、攻撃の激しさが止《や》んだ今となっては、時間の無が、永遠にも似た恐ろしく重苦しい薄明りから出現するのだった。

もう一度次のイメージを記憶に刻んでもらいたい。タミナは片方の足で、次にもう一方の足で、それから両方の足を合わせて、仕切りから仕切りへと跳ばねばならず、線に触れるか触れないかを知るのは大事なことだと思い出さねばならない。彼女は毎日毎日そんなふうに跳ばねばならず、跳びながら日に日に重くなってゆく十字架のように、肩に時間の重みを支えなければならない。

彼女はまだうしろを見ているのだろうか？　夫とプラハのことを考えているのだろうか？

いや、今ではもうそんなことはない。

25

引っくり返された記念碑の亡霊が演壇のまわりを徘徊し、忘却の大統領が首に赤いネッカチーフを巻いて演壇に立っていた。子供たちが拍手喝采し、彼の名を呼んでいた。

それ以来八年たった、私の頭のなかにはまだ、花盛りのリンゴの木の枝越しに届いたままの彼の言葉が残っている。

彼は言っていた。子供のみなさん、みなさんは未来です、と。しかし今の私には、その言葉が当初そう思えたのとは別の意味だったことがわかる。子供たちは、いつの日にか大人になるから未来なのではない。人類がだんだん子供に近づいてゆくから、幼児期が未来のイメージだからこそ、未来なのだ。

彼は叫んでいた。子供のみなさん、けっしてうしろを見てはいけません、と。それは、記憶の重みの下で未来が譲歩するのをわれわれはけっして許してはならない、ということだったのである。というのも、子供たちもまた過去のない者たちであり、それが彼らの微笑の魔術的な無垢の一切の秘密だからだ。

〈歴史〉とは一連のかりそめの出来事だが、永遠の諸価値は〈歴史〉の外で永く生き続け、不変であり、記憶を必要としない。フサークは永遠なるものを統《す》べるが、かりそめのものは統べない。彼は子供たちの側に立つのだが、子供たちとは生である。そして生きるとは、「見る、聞く、食べる、飲む、小便する、排便する、水に潜り空を眺める、笑う、そして泣く」ことだ。

フサークが子供たちへの演説を終えたとき（私はもうすでに窓を閉めていたし、父は再び例の馬に乗ろうとしていた）、カレル・ゴットが演壇に進み出て歌い始めたという。フサークは感動のあまり頰に涙し、その涙のなかで、いたるところに光り輝く晴れやかな微笑が屈折していた。ちょうどそのとき、大奇跡のような虹がプラハの街の上空に弧を描いた。

子供たちは顔を上げ、その虹を見た。そしてアハハッと笑い、拍手し始めた。

音楽の愚者が歌い終え、忘却の大統領が腕を広げてこう叫び始めた。「子供のみなさん、いい、い、い、い、い、い、生きること、それが幸福なのであります！」

26

島には歌う叫び声と、エレキギターの騒音とが鳴り響いた。テープレコーダーが共同寝室前の遊び場の土のうえに置かれ、その横に一人の少年が立っていた。タミナはその少年が、かつて一緒にこの島にきた渡し守の少年だということに気がついた。彼女は警戒した。もしあれが渡し守なら、小舟はきっとこのあたりにあるにちがいない。この機会を逃してはならないのはわかっていた。胸のなかで心臓がとても強く鳴り、それ以後、彼女はもう逃げることしか考えなくなった。

その少年は眼をじっとテープレコーダーのほうにやって、腰を回していた。子供たちが遊び場に走ってきて、彼と一緒になった。彼らは一方、それからまた一方と腕を前に投げ出し、頭をひっくり返し、まるでだれかを脅迫するみたいに人差し指を突き出しながら手を動かし、テープレコーダーから出てくる歌に叫び声を混ぜ合わせた。

タミナはプラタナスのずんぐりした幹の陰に隠れた。見られたくなかったが、彼らから眼を離すことができなかった。彼らは大人のような挑発的な媚態《びたい》を示しながら、まるで性交を真似るみたいに腰を前に、それからうしろにと動かしていた。子供の体に取ってつけられたその運動の淫らさは、淫らなものと無垢なもの、純粋なものと汚れたものとの対立をなくしてしまう。肉感が馬鹿げたものになり、無垢が馬鹿げたものになって、語彙《ごい》が解体する。まるで胃が空っぽになったように、タミナは気持ち悪くなった。

ギターが愚かしく鳴り響き、子供たちが踊っている。彼らはコケティッシュに腹を前に突き出している。彼女は重みのない事物から発してくる不快感を感じた。胃のなかのこの空っぽこそまさしく、あの耐えがたい重力の不在なのだ。ひとつの極端があらゆるときにその逆のものに変じてしまうことがあるように、最大限まで高められた軽さは恐るべき軽さの重力になった。タミナには、もうそれ以上一秒でも我慢することができないことがわかった。彼女はくるりと後方を向いて、駆け出した。

彼女は川の方向に並木道を走った。

彼女は岸辺まで来て、あたりを見回した。しかし、小舟はなかった。

最初の日と同じように、彼女は小舟をみつけるために、水際を走りながら島を一周した。けれども小舟はどこにもなかった。とうとう、彼女はプラタナスの並木道が岸辺に出合う場所に再び戻った。その方角から興奮した子供たちが走ってくるのが見えた。

彼女は立ち止まった。

子供たちは彼女の姿をみつけ、大声で何かわめきながら突進してきた。

27

彼女は水のなかに飛んだ。

恐かったからではない。彼女は何日も前からそのことを考えていたのだ。島まで小舟でくるのはさして時間がかからなかった。たしかに対岸こそみえないが、そこまで泳いでゆくのに別に超人的な力が必要になるわけでもあるまいし！

ガキどもは叫びながら、タミナが今しがた岸を離れたばかりの場所に突進してきた。彼女のまわりに石がいくつか落ちてきた。しかし彼女の泳ぎは速く、間もなく、彼らのひよわな腕の射程の外に出た。

彼女は泳いだ。気持ちよく感じたのは、ずいぶん久しぶりだった。彼女は自分の肉体を感じ、自分の元の力を感じた。もともと泳ぎがうまかった。体の動きが喜びを与えてくれた。水は冷たかったが、その冷たさが心地よかった。肌から子供の垢《あか》のすべて、唾液のすべて、ガキどもの視線のすべてが洗いおとされるようだった。

彼女はずいぶん長く泳いでいた。太陽がゆっくりと水のなかに落ち始めた。

やがて、闇が濃くなって、間もなくすっかり暗くなった。月も星もなかった。タミナはずっと同じ方向に進もうと努めた。

28

彼女はいったいどこに戻りたがっていたのか？　プラハだろうか？

彼女はもはや、そんな街があるということも知らなかった。

西ヨーロッパのあの小都市だろうか？

いや、そうではない、彼女はただどこかに行ってしまいたかったのだ。

それは彼女が死を願っていたということだろうか？

いや、いや、そうではない。それどころか彼女はひどく、生きたいという気がしていたのだ。

しかしそれでも、どんな世界に生きたいのかぐらいの考えはあったはずだ！

彼女にはそんな考えはひとつもなかった。何もかもすべてをあわせても、彼女にはただ生きたいという、すさまじい渇望と自分の肉体だけしか残されていなかった。そのふたつのものだけで、それ以上は何もなかった。彼女はそれを島からもぎ取って救いたかった、自分の肉体とその生への渇望とを。

29

夜が明け始めた。彼女は眼に皺を寄せて、前方の岸を見ようとした。

しかし、前には何もなく、ただ水だけがあった。彼女はうしろを振り返った。さして遠くはない、ほぼ百メートルのあたりに緑の島の岸が見えた。

どうしたの！　わたし夜じゅう、同じところを泳いでいたのかしら？　無力感が体に押し寄せ、希望を失うと同時に、彼女は四肢が弱まり、水が耐えがたいほど冷たくなるのを感じた。彼女は眼を閉じ、もっと泳ぎ続けるよう努力した。もう向こう岸にたどり着くことは期待しなくなった。もう自分の死しか考えなくなった。彼女はただ魚たちとの接触のほかは、どんな接触からも遠く、水の只中のどこかしらで死にたいと思った。自然に眼が閉じ、一瞬うとうととした。肺に水が入り、咳き込んで、喉がつまった。咳をしながら、彼女は突然、子供の声を聞いた。

彼女はその場でじっとし、咳をして、まわりを見回した。ほんの数掻きのところに、ガキどもが乗っている小舟がいた。彼女に見られたことに気づくと、彼らは黙った。彼らは叫んでいた。彼らは彼女から眼を離さずに近づいてきた。彼女は彼らの限度のない興奮に気づいた。

彼女は、彼らに救われ、以前と同じように一緒に遊ぶ羽目になるのを恐れた。彼女は体から力が抜け、四肢が硬くなるのを感じた。小舟はすぐそばまで来て、子供の顔が五つ貪欲そうにかがんでいた。

タミナは、わたしを死なせて、救わないで、とでも言うように絶望的に頭を振った。

しかし、それは無駄な恐怖だった。子供たちは何の動作もせず、オールや手を差し延べる者などひとりもいなかった。彼女を救いたいと思う者などひとりもいなかった。彼らはただ、貪欲に大きく見開いた眼で彼女を眺めているだけだった。彼女を観察していたのだ。ひとりの男の子がオールをひと掻きして、さらに一層小舟をタミナに近づけた。

彼女は再び水を肺に入れて咳き込み、もうこれ以上水面にいることができないと感じながら、腕をバタバタ動かした。脚がだんだん重くなった。脚が重りのように彼女を底に引き込んだ。

頭が水面の下に沈んだ。彼女は激しく体を動かし、そして何度か水面まで昇ることができた。そのたびに、小舟と、じっと自分を観察している子供の眼とが見えた。

それから、彼女は水面の下に消えた。

第七部 境界

1

セックスの最中の女で最も興味深いのは顔だと、彼はいつも思っていた。まるでテレビ画面上のように、肉体の動きが女の顔のうえに長い映画フィルムを映し出し、繰り広げるようだ。それは、不安、期待、爆発、叫び、情動、それに憎悪にみちた感動的な映画だ。ただ、エドヴィッジの顔はコントラストのうすい画面で、ヤンはさまざまな疑問に苦しめられながら、その顔をじっと見つめるのだが、答えが見つからないのだった。おれに飽きているんだろうか？　彼女、疲れているのかな？　いやいやセックスしているんだろうか？　もっと上手な相手に慣れているのかな？　それとも、この顔の不動の表面の下に、おれには見当もつかない興奮が隠されているのか？

もちろん彼は、彼女に尋ねることもできた。しかし、彼らには何とも奇妙なことが生じた。それは、ふたりともおしゃべりで、互いに何も隠し合わないのに、全裸の肉体で抱き合うやいなや、言葉の用法をうしなってしまうことだ。

彼は一度も、どうしてふたりともそんなに無口になってしまうのか理解できなかった。それはたぶん、肉体関係をもつとき以外のエドヴィッジが、いつも彼より積極的だったからかもしれない。彼女のほうが年下だったけれども、これまでの人生で、少なくとも彼より三倍以上の言葉を発し、十倍以上の教訓を垂れ、忠告を重ねてきた。彼女は優しい賢母のように彼に手を貸し、世渡りの案内をしてきたのだった。

彼はよく、セックスのあいだに、彼女の耳に淫猥《いんわい》な言葉を囁《ささや》いてやろうかと考えた。しかしそんな空想のなかでさえ、その試みは失敗に終わった。彼女の顔にはきっと、非難と寛大な好意のこもった静かな微笑が、禁じられたビスケットを戸棚から盗もうとしている子供をじっと見守っている母親のようなあの微笑が、ちらりと見られるだけだと思ってしまうのだ。

彼はまた、世にも平凡に、「コレ、好きなの?」とそっと言ってみようかと思った。他の女たちが相手だと、その単純な問いかけがいつも、質の悪い反響を招いたものだった。愛の行為を穏当にコレと呼ぶだけでたちまち、肉体の愛が鏡の戯れのなかに反映されるような、別の言葉を口にしたいという欲望が呼び起こされるのだ。だが彼にはあらかじめ、エドヴィッジの答えがわかるような気がした。もちろん、コレ、好きよ、と彼女は根気よく説明するだろう。好きでもないことを、わたしが自分からするとでも思っているの? ちょっと考えてみてよ、ヤン!

だから彼は、彼女に淫猥な言葉を言わず、アレが好きかとも尋ねなかった。彼が黙り込んだまま、ふたりの肉体が激しく延々と動いて、フィルムのない空のスプールが繰り出されるのだった。

よく彼は、そんな沈黙の夜の過失が自分のほうにあるんじゃないか、と思ってみた。おれが愛人エドヴィッジを戯画的なイメージにしてしまって、そのイメージが今や、彼女とおれのあいだに立ちはだかり、それを跨《また》いで真のエドヴィッジに、彼女の官能と淫猥な暗闇に近づこうとしても近づけないのかなあ。ともかく、無言の夜が終わるたびに、彼はもう二度と彼女とセックスすまいと心に決めた。彼は愛人としてではなく、利発で、忠実で、かけがえのない友人として彼女を愛していた。けれども、愛人と友人を区別することは不可能だった。彼が彼女と会うたびに、ふたりは夜遅くまで議論した。エドヴィッジが飲み、さまざまな議論を展開し、いろいろな教訓を垂れて、結局ヤンが疲れ果てて精根尽きると、彼女が突然黙り込み、その顔に静かで屈託のない微笑があらわれる。すると、まるで抵抗できない暗示にかかったみたいにヤンが彼女の胸に触れるや、彼女は立ち上がって服を脱ぎ始める。

彼女、なんでおれと寝たがるのかな？　と彼はよく疑問に思う。しかし、答えが見つからなかった。彼には、ただひとつのことしかわからなかった。つまり、国歌がきこえると、ひとりの市民が自分も自分の祖国もそれによってどんな楽しみを得るわけでもないのに、思わず「気をつけ！」の姿勢になってしまうのが避けがたいのと同じく、ふたりの無言の性交は避けがたいのだということだ。

2

この二百年のあいだに、黒歌鳥《くろうたどり》は森を捨て、街の鳥になってしまった。まず十八世紀の終わりからイギリスで、その数十年後にはパリとルール地方で。そして十九世紀の間中、黒歌鳥はヨーロッパの街をひとつひとつ征服していった。一九〇〇年頃にウィーンとプラハに定住し、やがてブダペスト、ベオグラード、イスタンブールと、黒歌鳥は東の方に進んでいった。

地球の眼から見れば、人間世界への黒歌鳥のこの侵入は、疑いもなくスペイン人による南アメリカ進出や、ユダヤ人のパレスチナ帰還よりずっと重要である。世界のさまざまな種（魚、鳥、人間、植物）の関係の変更は、同じ種のさまざまなグループ間の関係の変化よりも高い次元の変更なのだ。ボヘミアにケルト人あるいはスラブ人が住もうが、ベッサラビアがルーマニア人によって征服されようがロシア人によって征服されようが、そんなことを大地は歯牙にもかけない。しかし、黒歌鳥が自然を裏切り、自然に反する人工的な空間にまで人間を追ってゆく、これこそ地球の組成のなにかを変えることなのだ。

けれども、この二世紀をだれひとり、黒歌鳥の人間の街への侵入の歴史と解釈しようとはしない。私たちはみな、重要なものと重要ではないものについて、固定した観念に囚われているのだ。私たちが不安にみちたさまざまな視線を、重要なものにじっと注いでいるあいだに、私たちの背後ではこっそりと、取るに足らぬものがゲリラ活動を行い、ついには世界をひそかに変え、私たちを奇襲することになるだろう。

もしだれかがヤンの伝記を書くなら、私が語っている時期のことをほぼ次のように要約するかもしれない。エドヴィッジとの関係は、ヤンの人生の新たな行程を画するものとなった。当時、ヤンは四十五歳だった。彼はついに、支離滅裂で空疎な生活をやめ、東欧の町を去ってアメリカに行き、新たなエネルギーを得て重要な仕事に没頭し、その後、この分野で成功……云々《うんぬん》。

　しかし、ヤンの架空の伝記作家に説明してもらいたいものだ、まさにその時期のヤンの愛読書が、どうして古代小説『ダフニスとクロエーの物語』［三世紀頃のギリシヤのロンゴス作］だったのかを！　肉体の愛がどういうものなのかを知らない、まだほとんど子供といっていいほどの若者たちの愛。牡羊のメーと鳴く声が海の騒《ざわ》めきにまじり、羊がオリーブの木陰で草を食《は》む。ふたりの若人は、全裸の肉体にもやもやした欲望をかぎりなく充満させ、並んで横たわっている。ふたりは抱き合い、身を寄せ、体をぴったり絡ませる。そしてそのまま、大変、大変長いあいだじっとしている。というのも、それ以上なにをしたらいいのか、ふたりはわからないからだ。ふたりは、そんなふうに抱き合っていることだけが、愛の楽しみのすべての目的だと思っている。ふたりは興奮し、心臓がどきどきするのに、愛の行為がどういうものかを知らない。

そう、まさしくその一節にヤンが魅了されるのだ。

3

女優のハナは、世界のどこの骨董品屋でも売られている仏像に見られるように、胡座《あぐら》をかいていた。彼女は、ソファのそばに置かれた小型の円卓の縁をゆっくり往復する自分の親指を見つめながら、絶えまなくしゃべっていた。

それは足で拍子を取ったり、頭をガリガリ掻いたりする癖のある、神経質なひとの無意識の動作ではなかった。意識的で意図的な、しなやかで優雅な動作であり、自分のまわりに魔法の輪を描き、その輪のなかで彼女が全身自分自身に集中し、他の者たちの注意も自分に集中させるはずの動作だった。

彼女は歓喜に浸って自分の親指の動きのあとを追い、ときどき、正面に座っているヤンに眼を向けた。彼女は、元の夫と一緒に住んでいる息子が、数日前に家出したまま戻っていないので、神経がまいっているのだという話をしていた。息子の父親はとんでもない馬鹿者で、それを開演の三十分前に電話で知らせてきた。ハナは熱を出し、頭痛がし、鼻風邪をひいていた。「わたし、鼻が痛くて痛くて、ハナもかめなかったのよ！」とハナは言って、大きな美しい眼でヤンをじっと見た。「鼻が花キャベツみたいだったの！」

ハナは、自分なら風邪で鼻が赤くなっていても、鼻に掛けている魅力を失いはしない、と知っている女だけにできる微笑を浮かべた。彼女はあるがままの自分と完全に調和して生きていた。ハナは自分の鼻を愛し、風邪を風邪と呼び、鼻を花キャベツと呼ぶ自分の大胆さを愛していた。赤らんだ鼻の美しさは知的な大胆さによって補完され、そのふたつの魅力を、親指の環状の動きが魔法の円環のなかでない混ぜにして、彼女の人格の分割しがたい一体性を表現していた。

「わたし、熱が高かったので、不安だったわ。あなた、お医者さんがわたしになんて話したか知ってる？　ハナ、あなたにはたったひとつの忠告しかしてさしあげられません。体温計を放しなさい、ですって！」

ハナはけたたましく長々と、主治医のそんな冗談にハッハハッハハと笑いこけてからこう言った。「あなた、わたしがだれと知り合いになったのかご存じ？　パセールなのよ！」

パセールはヤンの旧友だった。数カ月前だが、ヤンが最後に会ったとき、パセールは手術を受けることになっていた。みんなは彼が癌《がん》だと知っていたのに、信じられないほどの活力と信じやすさに溢れていたパセールだけが、医者たちの嘘を信じていた。彼を待っていた手術はどのみちきわめて重大な手術だった。そこで、ふたりきりになったとき、パセールがヤンに言った。「この手術のあとでは、おれはもう男じゃなくなるんだろうな。なあきみ、男としてのおれの人生は、これで終わりなんだなあ」

「先週、わたし、クレヴィス家の別荘で彼に会ったの」とハナが続けた。「すごいひとね！　あのひと、わたしたちみんなよりずっと若いのよね！　わたし、憧れちゃう！」

友人が花形女優に憧れられているのを知って、ヤンは喜んでいいはずだった。しかし彼はさほど驚かなかった。というのも、パセールはみんなに好かれていたからだ。ここ数年来、社交界の人気という非理性的な株式市場で彼の株が高騰していた。外で夕食をして支離滅裂なおしゃべりをするあいだ、パセールについて感嘆の言葉をいくつか発することが、ほとんどひとつの儀式のようになっていたのだ。

「クレヴィス家の別荘を取り巻いている、きれいな森をご存じでしょ。あそこにきのこが生えているの。そしてわたしときたら、きのこ狩りに行くのが大好きなのよ！　わたし言ったわ、わたしと一緒にきのこ狩りに行きたいひと、だれかいる？　だれひとりそんな気がなかったんだけど、でもパセールがこう言ってくれたの、この私がご一緒しよう！　あなた、思ってもみて、あの病気の男パセールそのひとがそう言ったのよ！　いいこと、あのひと、わたしたちみんなのなかで最も若いんだわ！」

彼女は、円卓の縁に輪を描くのを一瞬もやめない自分の親指を眺め、そして言った。「だから、わたしパセールと一緒にきのこ狩りに行ったの。すばらしかった！　わたしたち森のなかで道に迷ってしまい、それから、カフェーを見つけた。田舎の汚い小さなカフェー。わたしって、そういうの大好きなのよね！　あの手のビストロで、建築会社のお兄ちゃんたちが飲むみたいに、安物の赤ワインを飲むの。パセールはまぶしかったわ。わたし、彼が大好き！」

4

私が話している時期の夏、西欧の海岸はビキニのブラをつけない女性たちでいっぱいになり、人々はトップレスの賛成者と反対者とに分かれていた。クレヴィス一家——父親、母親、それに十四歳の娘——はテレビの前に座って、当時のすべての知的潮流を代表する参加者たちが、トップレス賛成、反対の議論を展開する討論を聞いていた。精神分析学者は熱烈にトップレスを擁護し、エロティックな幻想から私たちを解放する風俗の自由化について話した。マルクス主義者は、ビキニのブラに関しては態度を明らかにせず（共産党員のなかには、ピューリタンとリベルタンたちもいたので、その両派を対立させるのは得策でなかったのだ）、ダメなものはダメと決まっているブルジョワ社会の偽善的道徳というより根本的な問題のほうに、議論の方向を巧みにねじ曲げた。キリスト教思想の代表者は、ビキニのブラを擁護しなければならないとは感じていたが、たいへん遠慮がちにしか擁護しなかった。というのも、彼もやはり当時の遍在的な精神を免れられなかったからだ。そこで彼は、ビキニのブラ擁護の論拠としてただひとつ、子供たちの無垢ということしか見つけられなかった。彼の言うことによれば、私たちはみな、その子供たちの無垢を尊重し、保護する義務があるのだという。その彼が、ひとりのエネルギッシュな女性の攻撃を受けた。彼女は、裸についての偽善的なタブーとは幼児期からオサラバしなければならないと断言し、世の親たちにたいして家庭では全裸で歩き回るよう勧めた。

ヤンがクレヴィス家に着いたのは、ちょうど女性アナウンサーが討論の終了を告げたときだった。それでもアパルトマンには、まだしばらく討論の活気が残っていた。クレヴィス一家は全員、進んだ人たちであり、したがってビキニのブラに反対だった。まるで何かの命令にたいする返答のように、衣服のその不名誉な部分を遠くに投げ捨てる何百万の女性たちの壮大な身振りは、奴隷制を払いのける人類の象徴に見えた。トップレスの女たちが、まるで眼に見えない解放者たちの女大隊のように、クレヴィス家のアパルトマンのなかを行進していた。

前にも言ったように、クレヴィス一家は進んだ人たちだから、進歩的思想をもっていた。進歩的思想といってもいろいろあるが、クレヴィス一家はそのうちの可能な最良のものを擁護していた。進歩的思想の可能な最良のものとは、その信奉者みずからが独創的であることを誇りに感じるのに充分な程度の挑発をふくんでいて、しかしそれと同時に、相当多数の好敵手を集めるので、単独の例外者だという危険がたちまち、意気揚々とした群集の姦《かしま》しい賛意によって掻き消されるものでなければならない。たとえば、クレヴィス一家がビキニのブラに反対するのではなく、着衣そのものに反対して、人間は町の通りを全裸で散歩しなければならないなどと断言したのだったら、たぶん彼らはそれでもひとつの進歩的な思想を擁護したことになるのだろうが、しかしきっと、可能な最良の進歩的思想を擁護したことにはならないだろう。そんな思想は、その極端さによって厄介なものになっただろう。そんな思想を擁護するには、(可能な最良の進歩的思想は、いわば自然に擁護されるのに反して)きっと無駄なエネルギーが必要になっただろうし、その信奉者たちも、自分たちの絶対的な非順応主義的態度が突如として全員の態度になるのを見て、けっして満足感を覚えなかっただろう。

口々にビキニのブラに非難の言葉を浴びせている彼らの話を聞きながら、ヤンは気泡水準器と呼ばれる、木製のちいさな道具を思い出した。それは、石工をしていた祖父が建築中の壁の上面に置いていた道具で、その道具の中央の、板硝子の下に水と気泡がひとつあり、その気泡の位置によって煉瓦《れんが》の列が水平であるかどうかが示される。クレヴィス一家は、知的な気泡水準器として役に立つのかもしれないな。ある思想のうえに置いてやると、それが可能な最良の進歩的思想かどうかが示されるんだから。

全員いっせいに話していたクレヴィス一家が、テレビで行われたばかりの討論全体をヤンに繰り返すと、クレヴィス・パパが彼のほうに身をかがめ、おどけた調子でこう言った。

「きみ、美しいおっぱいなら、こりゃ率直に認めていい改革だと思わないかい？」

なぜクレヴィス・パパが、そんな言い方で自分の思想を表現したのか？　それは、彼が一家の模範的な主人であり、いつも居合わせる者たち全員に受け入れられる文句を見つけるからだ。ヤンが大変な女好きだという評判だったので、クレヴィスはトップレスにたいする賛意を、正しく深い意味で、すなわちきわめて古くからある奴隷制の廃止を前にした「倫理的な」感激としてではなく、（想定されるヤンの好みを考慮し、そして、みずからの信念に逆らって）妥協の形で、つまり胸の美しさへの「美的」な同意として言い表したのだった。

それでいながら彼は、外交官のように厳密で慎重でありたかった。醜い乳房は隠しておかねばならないと、きっぱり言い切るだけの勇気が彼にはなかったからである。けれども、そうと口にしなくても、そんな絶対受けいれられない考えがいたって明瞭に出てくるのは当然であり、それが十四歳の思春期の娘の格好の餌食とされた。

「じゃあ、パパたちのおなかはどうなの？　むかしから海岸で、ちっとも恥だと思わずに見せて回っている、パパたちのあの出っ張った腹は！」

クレヴィス・ママはアハハッと笑いこけ、娘に拍手して、「ブラヴォー！」

クレヴィス・パパはママの拍手に加わった。彼はただちに娘の言い分がもっともであり、またしても自分がいつも妻や娘に非難されている、あの困った妥協的な性癖の犠牲者になったのを理解した。彼は心から協調的な男だったので、穏健な自分の意見をきわめて穏健にしか擁護せず、たちまち譲歩して子供の過激な言い分を認めてしまったのだ。しかも、糾弾された文句は彼自身の思想を表現したものではなく、ヤンの見方を想定して言ったものにすぎなかった。だから彼はためらいもなく、父親らしい満足感を覚えながら、進んで娘の側につくことができたのである。

両親の拍手に勇気を得た思春期の娘は、さらに続けた。「あたしたち、男を喜ばせるために、ビキニのブラをとるとでも思っているの？　あたしたち、自分のためにブラをとるのよ。理由は、あたしたちそれが好きだから、そのほうがずっと気持ちいいから、そのほうがずっと太陽に近くなれるからなのよ！　男って、セックスの対象としてしかあたしたちを見れないのよ！」

クレヴィス・パパ・ママはまた拍手したが、しかし今度の喝采はすこし調子が違っていた。娘の言葉は、たしかに正しいには正しかったが、しかしまた十四歳にしてはやや調子はずれだったのだ。それはまるで、八歳の小僧っ子がこう言うみたいだった、強盗がきたら、ぼく、ママを護ってやるよ。この場合でも両親はやはり拍手する。ふたりの息子の断言は疑いもなく、称賛に値するからだ。しかしその断言はまた、過剰な自信をしめしているので、その称賛も当然ある種の微笑でやわらげられる。クレヴィス・パパ・ママが二度目の喝采ににじませたのは、そんな微笑だった。その微笑を理解した思春期の娘は、苛立ち、意地になって繰り返した。

「そんなこと、もうとっくにお終《しま》いなのよ。あたし、だれのセックスの対象にもならないわ」

両親は、娘がまたなにか新しいことを言いだすようけしかけないために、ただ頷いただけだった。

けれどもヤンは、こう言わずにはいられなかった。

「おじょうちゃん、セックスの対象にならないってことが、どんなにやさしいものか、わかってておられたらねえ」

彼はその文句をそっと口にしたのだが、しかし、あまりにも率直な悲しみがこもっていたので、部屋中に長々と響いた。それは沈黙によって処理するのが困難な文句であり、しかしだからといって、それに答えないことも不可能な文句だった。その文句は、進歩的ではなかったので認めるに値せず、はっきりと進歩に逆行するわけでもなかったから論争にも値しないものだった。それは可能な文句のなかでも最悪の文句だった。なぜならそれは、善悪の彼方の文句、完璧に場違いな文句だったから。

ややあって、ヤンがいま口にしたことを弁解するように、きまりわるそうな微笑を浮かべると、クレヴィス・パパは同類間の架橋術の名人に戻り、ふたりの共通の友人パセールの話をしだした。ふたりはパセールへの敬愛によって結ばれていた。つまり、それは安全地帯だったのだ。クレヴィスは、パセールの楽観主義、どんな医療法を施されても息の根が止められない、彼の確固とした生への愛を讃《たた》えた。しかしパセールの生活は今や、女なし、料理なし、アルコールなし、運動なし、未来なしといった、ないない尽くしの狭い帯に限定されているんだな。先だって彼、女優のハナもきていた日に、ぼくらに会いにうちの別荘にきてくれたんだけどね。

ヤンは、ほとんど耐えがたいまでの自己中心主義症候群を確認したあの女優ハナのうえに置かれた気泡水準器が、いったい何を指示しているのか非常な好奇心をそそられた。しかし気泡水準器は、ヤンの間違いを指示していた。クレヴィスはなんの留保もなしに、女優のパセールにたいする振る舞い方を称賛したのだ。彼女、ひたすら彼だけに尽くすんだな。ハナにしてみれば、ありゃ、はなはだ無私な話だよ。だけどみんな、彼女がどんな悲劇を生きていたか、知っていたんだぜ。

「悲劇、というと?」と、粗忽者《そこつ》のヤンが、びっくりして尋ねた。

なに、ヤン、知らないのかい?　ハナの息子が家出して、何日も何日も戻って来なかったんだよ!　それで彼女、神経がまいっていたんだぜ!　それでも、死を宣告されているパセールの前では、ぜんぜん自分のことなど考えなかった。彼女、彼を心配ごとから引き離してやりたいと思い、快活に叫び出したんだ。「きのこ狩りに行ったら、とっても楽しいんだけどなあ!　わたしと一緒に行きたいひと、だれかいる?」パセールが彼女と一緒に行ったが、他の者たちは断った。というのも、みんなは彼が彼女とふたりきりになりたいんじゃないかと思っていたからなんだ。ふたりは森を三時間歩き、カフェーでひと休みして赤ワインを飲んだんだ。パセールは散歩することも、アルコールを飲むことも禁じられていた。彼はくたくたになって、しかし幸福そうに帰ってきた。その翌日、彼を病院に運んでやらねばならなかったがね。

「相当深刻な状態だと思うね」とクレヴィス・パパが、まるでヤンを非難するように言ってから、こうつけ加えた。「きみも、会いに行ってやったほうがいいんじゃないの」

5

ヤンは考える、人間のエロス生活の始まりには、官能の喜びのない興奮があり、終わりには興奮のない官能の喜びがあるのだ、と。

官能の喜びのない興奮とは、ダフニスのことだ。興奮のない官能の喜びとは、レンタル・スポーツ用品店の、あの女店員のことだ。

一年前、彼がその女店員と知り合って自宅に招待したとき、彼女は忘れがたい文句をひとつ口にした。「ふたりが一緒に寝ると、テクニックの点ではきっと、とってもいいんだろうけど、感情の面ではどうかしら」

彼が自分に限っては感情の面は絶対大丈夫だと言うと、彼女はまるで店でレンタル・スキーの保証金を受け取るようにその保証を受け入れて、二度と感情のことは口にしなかった。逆にテクニックに関しては、彼女は彼を文字どおり疲労困憊《こんぱい》させた。

彼女は、オルガスムスマニアとでもいうべき女だった。彼女にとってオルガスムスは、宗教であり、目的であり、衛生の至上命令であり、健康の象徴だったが、またたとえばヨットや有名なフィアンセのように、自分より不運な女たちと自分とを区別する自負でもあった。だから彼女に快感をあたえるのは、やさしくなかった。彼女は彼に、「もっとはやく、もっとはやく」と叫び、やがて反対に「ゆっくりと、ゆっくり」と叫び、そして再び「もっとつよく、もっとつよく」と叫んで、まるでコーチがエイトの漕手《こぎて》に指令を発するようだった。彼女は、全身を自分の皮膚の敏感な地点に集中させ、いい時にいい所に置くように彼の手をみちびいた。汗まみれになった彼の眼には、若い女のじりじりとした眼差し、それに肉体の、あらゆるものの意味と目標である小さな爆発を産み出すその動く器械の、熱っぽい仕草が見えた。

最後に彼女の家から出たとき、幼年時代を過ごした中央ヨーロッパのオペラ座の演出家をしているヘルツのことを彼は考えた。ヘルツは舞台演技つきの特別稽古のさい、女歌手たちに役のすべてを自分の眼の前で全裸で演ずるように強制した。彼は、女歌手たちの体の姿勢を確認するために、直腸に無理やり鉛筆を固定させた。鉛筆は脊柱《せきちゅう》の延長上の下のほうに突き出していた。そのために、この細心の演出家は女歌手の歩き方、動き、歩幅、物腰などを科学的な正確さでチェックすることができたのだ。

ある日、若いソプラノが彼と口論になり、彼を経営陣に密告した。ヘルツは、女歌手たちに言い寄ったことは一度もないし、どの女歌手の裸に触ったこともないと言って、自分の無実を主張した。それは事実だったが、だからこそよけい、鉛筆の一件が変態的に見えたので、ヘルツはスキャンダルを背負いこんでヤンの故郷の町を立ち去らねばならなかった。

ヘルツの災難が有名になり、そのおかげでヤンは、ごく若い頃から歌劇の興行を見物するようになった。彼は悲壮な身振りをしたり、頭をのけぞらせたり、口を大きく開けたりしている女歌手たち全員の裸体を想像した。オーケストラが呻き、女歌手が自分の胸の左側を摑むと、彼には裸の尻から飛び出している鉛筆が思い浮かんで、心臓がどきどきした。つまり彼は、ヘルツの興奮に興奮していたのだ！（今日でもまだ、彼は別なふうに歌劇の興行を見られない。今日でもまだ、オペラに行くと、こっそりポルノ劇場に忍び込むごく若い男性のような気持ちになるのだ）

ヤンは思っていた、臀部に嵌《は》め込んだ鉛筆のなかに興奮の魔術的な手法を見つけたヘルツこそ、悪徳の至高の錬金術師なのだと。だからヤンは、彼にたいして恥ずかしかった。なぜなら、ヘルツだったら、従順にも彼が今し方レンタル・スポーツ用品店の女店員の肉体のうえでやらかしたばかりの、苦心惨憺《さんたん》たる活動をさせられるような真似は決してしなかっただろうから。

6

黒歌鳥の侵入がヨーロッパ史の裏面で生じたのと同じく、私の物語もヤンの人生の裏面で展開する。私はこの物語を、たぶんヤンがあまり注意を払わなかったにちがいないいくつかの個別の出来事から構成している。というのも当時、彼の人生の前面は別の出来事と別の配慮によって占められていたからだ。たとえば、アメリカでの新しいポストの申し出、高揚した職業活動、旅立ちの準備など。

彼は最近、通りでバルバラに出会った。彼女は非難するような口調で、家に客を迎えるときにどうして一度も来てくれないのかと彼に尋ねた。バルバラの家は、彼女が主催するエロティックな集団的余興で有名だった。ヤンは中傷をおそれ、何年もその招待を断ってきた。しかし今度ばかりは、にっこりと笑って言った。「いいですよ、喜んで伺います」彼には自分がもう二度とこの街に戻らないことがわかっていた。だから慎みなど糞食らえだったのだ。彼は陽気な裸の人々で沸き返っているバルバラの家をひとり勝手に想像し、とどのつまりそんなふうに自分の出発を祝うのも悪くないな、と思った。

というのも、彼は出発を目前にしていたからだ。数カ月後に境界を越える。そしてそんな考えが思い浮かぶやいなや、ありきたりの地理的な意味で使われていた「境界」という言葉が、無形で不可侵の、もうひとつの境界を思い出させ、彼はしばらく前から、だんだんその境界のことを考えるようになってきたのだった。

それは、どんな境界なのか？

彼がこの世でいちばん愛した女性（当時彼は三十歳だった）が、彼にこう言った（それを聞いた彼は、ほとんど絶望したものだった）、わたしはとても細い糸でしか、生とつながっていないの、と。もちろん、わたしは生きていたいし、生きていることが大きな喜びをあたえてくれるわ。でも、それでいて、その「わたしは生きたい」ということが、蜘蛛《く も》の巣の糸で織られているのを、わたしは知っているの。ほんのちょっとしたこと、ごくごくささいなことで境界の向こう側に行ってしまい、その向こう側では、愛も、信念も、信仰も、〈歴史〉も、もうなにもかも意味がなくなってしまう。人間の生活の謎のすべては、それがその境界すれすれのところで、そしてその境界とじかに接したところでさえ繰り広げられているのだという事実、それから人間の生活はその境界と何キロも離れているんではなくて、ほんの一ミリかどうかってところで営まれるという事実にあるんだわ。

7

どんな男にも、エロスの自伝がふたつある。一般に話されるのは、一連の恋愛関係や出会いで構成される第一の自伝である。

それより興味深いのはたぶん、第二の自伝、つまり私たちがものにしたかったのに逃げられてしまった一群の女たちの、未完遂の潜在性の痛ましい歴史のほうかもしれない。

しかし、さらに第三の、謎めき不安をかき立てる部類の女たちがいる。私たちは彼女たちが好きで、彼女たちも私たちが好きなのだが、それでも私たちにはたちまち、そんな彼女たちをものにできないとわかってしまう。それというのも、彼女たちと私たちの関係においては、私たちが「境界の向こう側に」いたからなのだ。

ヤンは汽車に乗って、読書していた。若く美しい未知の女性が来て、彼のコンパートメントのなかに座り（たったひとつだけ空いていた席が、ちょうど彼の真ん前だった）、彼に頷いた。彼も会釈してから、さていったい、この女性をどこで知ったんだろうか、と思い出そうとした。それから彼は、眼を再び本のページに沈めたが、読むに読めない。ずっと自分を見据える好奇心と期待にみちた視線を感じていたのだ。

彼は本を閉じて、「どこでお知り合いになったんでしょうか？」

別に珍しいことでも何でもないんです。わたしたち、と彼女は言った。五年前に何でもない人たちのあいだで出会ったんですから。彼はその時期を思い出して、いくつか質問した。当時のあなたは正確には何をなさっていたんです？　どんな人に会っていらっしゃいました？　いまはどこで仕事しているんですか？　で、それは面白い仕事ですか？

彼は手慣れていた。彼はどんな女性を相手にしても、たちまち火花を噴出させることができた。だが今度ばかりは、まるで人事課の職員にでもなって、働き口を求めている女性にいろいろ質問しているような、耐えがたい印象を抱いた。

彼は黙ってしまった。再び本を開いて読もうと努力したが、目に見えない試験官に観察されているような気がした。その試験官は、彼に関するいっさいの情報を握っていて、彼から眼を離さない。彼はしぶしぶ、なかに何が書いてあるのかわからないまま、何ページも本を眺めていたが、試験官が最終成績の計算の参考にすべく忍耐強く沈黙の時間を計っていることが頭から離れなかった。

彼は再び本を閉じてもう一度、軽い調子でその若い女性と会話を始めようとしたが、再びどうにもならないことを確認した。

そこで彼は、うまくゆかないのは人の多すぎるコンパートメントで話しているからだと考え、若い女性を食堂車に誘った。二人用のテーブルが見つかったので、彼は前より気楽に話した。だがそこでもやはり、火花を噴出させられなかった。

ふたりはコンパートメントに戻った。彼はまた本を開いたが、さきほどと同じように何が書いてあるのかわからなかった。

若い女性はしばらく彼の正面に座っていたが、やがて席を立って廊下に出て、車窓から外を眺めた。

彼はひどく不満だった。彼はその若い女性が気に入り、彼女が外に出たのも暗黙の呼びかけだと決まっていた。

土壇場になってもう一度、彼は状況を打開しようと廊下に出て彼女の横に並んだ。さきほどあなただと気づかなかったのは、きっとあなたが髪型をお変えになったからですよと言って、彼女の額の髪を掻き分け、突然変貌した彼女の顔を見た。

「そう、これであなただったとわかるんです」と彼は言ったが、もちろん見覚えがあったわけではない。もっともそんなことはたいして重要ではなく、彼が望んでいたのはただ、彼女の頭蓋の頂部にしっかり手を押し当ててゆっくりと頭をのけぞらせ、そんな状態で彼女の眼をじっと見ることだった。

彼はこれまでの人生で何度、女性の頭に手を置いて、「こうすれば、あなたがどんなふうになるか見せなさい」と求めたことだろう。尊大なその接触と威厳のあるその眼差しが一挙に、状況をすっかり逆転させたものだった。まるで、その接触と眼差しが大舞台の萌芽《ほうが》となり、（そして彼が未来から引き出してくる）その大舞台で、彼が彼女のすべてを奪ってしまうとでもいうように。

しかし今度ばかりはそんな身振りもなんの効果も発揮しなかった。彼自身の眼差しが、彼が身に感じている眼差し、つまり彼が同じことを繰り返しているのをよく知っていて、どんな繰り返しも模倣にすぎず、そしてどんな模倣もなんの価値もないのだと彼にわからせる試験官の、疑わしげな眼差しよりずっと弱かった。ヤンは突然、その若い女性の眼で自分を見るようになった。彼に見えたのは自分の眼差しと身振りの哀れなパントマイム、何年もずっと繰り返されているうちにすっかり意味がなくなってしまう、あの紋切り型の舞踏だった。本来の率直さ、即興の自然な意味を失ってしまったために、彼の身振りが突如、まるで手首に十キロの重りをつけられたみたいに、耐えがたい疲労をもたらした。若い女性の眼差しが、彼のまわりに重力を十倍にする不思議な環境を創りだしたのだ。

もはやそれ以上続けようにも、続けられなかった。彼は若い女性の頭を放し、次々に現れては消えてゆく庭園を車窓から見ていた。

汽車が目的地に着いた。駅から出ると、彼女はヤンに、近くに住んでいるので家に招待したいと言った。

彼は断った。

それから何週間もずっと、彼はそのことを考えた。どうしてまた、好きな女を拒めたのだろうか？

彼と彼女との関係においては、彼は境界の向こう側にいたのである。

8

男の眼差しはすでに、よく描かれてきた。この眼差しは、まるで女の背丈を測り、体重を量り、値打ちを定め、女を選ぶ、言い換えればまるで女を物に変えるように、冷たく女のうえに止まるものらしい。

あまり知られていないのは、女がその眼差しにたいしてまったく無防備だというわけではないということだ。もし女が物に変えられるなら、それは女が物の眼で男を見るということにほかならない。それはまるで金槌《かなづち》が突然眼をもち、自分を使って釘を打ち込んでいる石工をじっと見つめるようなものだ。石工には金槌の不愉快な眼差しが見えて自信を失い、自分の親指を一撃してしまう。

石工は金槌の主人だが、しかし金槌のほうが石工より優位に立つ。というのも、道具は自分がどう扱われねばならないかを正確に知っているのに、道具を扱う者はそのおよそのところを知りうるにすぎないからだ。

見る力が金槌を生き物に変え、律儀な石工はその不遜《ふそん》な眼差しに耐えて、がっしりした手で、再びそれを物に変えてやらねばならない。女性はそんなふうに上方へ、そして下方へといった宇宙的な運動、つまり物から人に生まれ変わる飛躍と人から物に生まれ変わる転落とを経験するといわれている。

しかしヤンにはだんだん頻繁に、石工と金槌のゲームはもうやっていられない、といった事態が生じてきた。女たちの見方が掛く、ゲームを台無しにしてしまうのだ。それは、ちょうどその時期に女たちが自己組織を始め、古来の女性の条件を変えようと決めたからだろうか？　それとも、ヤンが年を取って、女たちと女性の眼差しの見方が変わってしまったからなのだろうか？　変わったのは世の中なのか、それとも彼なのか？

それは何ともいい難い。いずれにしろ、例の汽車の女性が疑いにみちた不信の眼で彼をまじまじと見ているのに、彼が金槌を放したきり、再びそれを持ち上げる時間がなかったのは事実なのである。

最近彼がパスカルに出会ったとき、パスカルはバルバラのことで彼に不平を言った。バルバラが彼を自宅に招いた。行ってみると、パスカルの知らないふたりの娘がいた。彼はしばらくおしゃべりをしたが、やがてバルバラが予告もなしに、昔あったようなブリキ製の大きな目覚まし時計を取りに台所に行った。彼女が一言もいわずに服を脱ぎ出すと、ふたりの娘もそれにならった。

パスカルは嘆いた。「ねえ、いいですか、彼女たち、ぼくのことをまるで犬か花瓶だとでもいうみたいに、無関心に、無頓着に、脱いでしまったんですからね」

それから、バルバラが彼にも脱ぐように命じた。見知らぬふたりの娘とセックスする機会を逃したくなかったので彼は従った。彼が全裸になると、バルバラが目覚まし時計を指差し、「この秒針をよく見て。もしあんたが一分で立たなかったら、出ていって！」

「彼女たち、ぼくの股から眼を離さないんですよ。そして一秒一秒が矢のように過ぎていったので、彼女たち、アハハッと笑ったんです！　そのあと、ぼくは外に放り出されたんですよ！」

以上が、金槌が石工を去勢することに決めた一例である。

「まあね、パスカルは不作法な奴だから、ぼくは密かにバルバラの懲治部隊に共感するがね、とヤンがエドヴィッジに言った。それに、パスカルとその仲間たちは、彼がバルバラに食わされたのによく似た悪ふざけを娘たちにしたことがあるんだよ。娘がやって来てセックスしたがると、奴らは娘の服を脱がせてソファに縛りつけたんだ。縛られようが何をされようが、娘にはどうでもよかった。それもゲームのうちだったんだから。スキャンダラスなのは、奴らが娘になにもせず、触りもしないで、その体をためつすがめつ入念に調べ回したことなんだ。娘はレイプされたような気がした。

――それ、わかるわ、とエドヴィッジが言った。

――だけど、縛りつけられてじろじろ見られたその娘たちが、本当に興奮していたってことも、ぼくには充分想像できるんだよな。似たような状況で、パスカルは興奮していなかった。彼は去勢されていた」

夜も相当遅く、ふたりはエドヴィッジの家にいた。半分空になったウィスキー瓶がふたりの前の低いテーブルのうえに置かれていた。「それで、なにが言いたいわけ？　と彼女が尋ねた。

——ぼくが言いたいのは、とヤンが答えた。ひとりの男とひとりの女が同じことをするんでも、それは同じじゃないということなんだ。男はレイプし、女は去勢する。

——あなたが言いたいのは、ひとりの男を去勢するのは汚らわしいけど、ひとりの女をレイプするのは立派だっていうことだわ。

——ぼくが言いたいのはただ、とヤンが反論した。レイプはエロチスムのうちに含まれるが、去勢はエロチスムの否定だということだけだよ」

エドヴィッジは自分のグラスを一気に飲み干してから、怒って答えた。「かりにレイプがエロチスムのうちに含まれるのなら、エロチスムは反女性的に進められるものであり、だから別のエロチスムを創り出さねばならない、ということになるわね」

ヤンはひと口飲んでからしばらく間を置き、言葉をついだ。「何年も前になるが、ぼくの前の国で、ぼくらの愛人たちがセックスのあいだに発する言葉のアンソロジーを仲間同士でつくったことがある。最も頻繁に、繰り返し繰り返し現れる言葉が、何だか知っている？」

エドヴィッジには見当がつかなかった。

「〈いや〉という言葉なんだ。何度も立て続けに繰り返される〈いや、いや、いや、いや、いや、いや、いや……〉の〈いや〉という言葉。娘がセックスをしにやってきた。男が彼女を腕に抱くと、娘は〈いや〉と言って男を押し返した。その結果、あらゆる言葉のなかで最も美しいその言葉の赤い閃光に照らされて、愛の行為はレイプの小さな模倣になってしまった。官能の絶頂に近づくときでさえ、彼女たちは〈いや、いや、いや、いや、いや〉と言っていた。それに、〈いや〉と叫びながら絶頂に達する女性だってたくさんいた。そのとき以来、〈いや〉という言葉は、ぼくにとっては豪勢な言葉になっているんだ。きみにも、いや、と言う習慣がなかったの？」

エドヴィッジは、いや、わたし一度もいやなんて言ったことがないもの、と答えた。自分が思ってもいないことを、言うわけがないじゃないの。

「ある女が、いやと言ったら、いいと言いたいんだ。そんな男性の格言にわたしはいつも反発してきたわ。それは人類の歴史と同じように馬鹿げた文句よ。

——だけど、その歴史はぼくらのなかにあるんだから、だれもそれから逃れられっこないんだよ、とヤンが反論した。逃げ、身を護る女。身を任せる女、奪う男。身を覆い隠す女、女の身に纏《まと》っているものを剝ぎ取る男。それらは、ぼくらが心に抱いている古来のイメージなんだよ！

──古来の、そして馬鹿みたいな！　敬虔《けいけん》なイメージと同じくらい馬鹿みたいなイメージよ！　だけどもし女たちがそんなモデルに従って振る舞うのに、うんざりし出したんだとしたら？　もしそんなことが、そんな永遠の反復が、女たちに反吐《へど》を催させるんだとしたら？　もし女たちが、別のイメージと別のゲームを創り出したがっているんだとしたら？

──そうだね、それは愚かしく反復される、愚かなイメージだ。きみの言うことはもっともだよ。だが、もし女体にたいするぼくらの欲望がまさしくそんな愚かなイメージに、そしてそんな愚かなイメージだけに従属しているんだとしたら？　それが、そんな古くさく愚かなイメージが、ぼくらの心のなかで破壊されるとき、それでもまだ、ひとりの男がひとりの女とセックスできるだろうか？」

エドヴィッジはアハハッと笑って、「あなた、つまらないことに気を回しているんだって、わたし思う」

そして彼女は母親のような眼差しで彼をじっと見た。「それから、すべての男があなたみたいだって考えないことね。男たちがひとりの女と向き合うとき、どんなふうになるものか？　あなた、それについてなにを知っているの？」

ヤンは、男たちがひとりの女と向き合うときにどんなふうになるものか本当に知らなかった。しばらく沈黙が流れ、そしてエドヴィッジの顔にあの屈託のない微笑が現れた。その微笑は、もう夜もすっかり更けてしまったので、ヤンが彼女の肉体のうえに空の映画フィルムを繰り広げる瞬間が近づいていることを示していた。

しばらくじっと考え込んだあと、エドヴィッジがこうつけ加えた。「結局のところ、セックスするなんて、別にたいしたことじゃないんだわ」

ヤンは耳をそばだてた。「きみは、セックスすることが特別たいしたことじゃないと、そう思うの？」

彼女はやさしく彼に微笑んで、「そう、別にたいしたことじゃない」

彼はたちまち、ふたりの議論を忘れてしまった。なぜなら彼は今、それよりずっと重要なことを理解したのだから。それは、エドヴィッジにとって肉体の愛は友愛の徴、友愛の象徴的行為、友愛の確認にすぎないということだ。

その晩、彼は初めて疲れていると言えた。彼はベッドの彼女のそばに純真な友人のように横たわって、映画フィルムのスプールを繰り出さなかった。彼は彼女の髪を愛撫した。するとふたりの共通の未来の上方に、心安らかな平和の虹が見えてきた。

9

十年前、ある人妻がヤンを訪れていた。ふたりは数年来知り合いだったのだが、ごくたまにしか会わなかった。というのも、その人妻は働いていたからで、そのうえ彼女がなんとか抜け出して彼に会いにくるときでも、ふたりは時間を無駄にできなかった。まず彼女が肘掛け椅子に座ると、ふたりはしばらくおしゃべりする。しかし、ほんのしばらくだけだ。まもなく彼は立ち上がり、彼女に近づき、キスをしてから、彼女を腕に抱えて持ち上げてやらねばならなかった。

それから彼が抱くのを止めて、ふたりは互いにすこし離れ、急いで服を脱ぎ始める。ヤンが上着を椅子のうえに放り投げ、彼女がセーターを脱いで椅子の背にかける。彼がズボンのボタンをはずして、ずりおとす。彼女が前屈みになってパンティー・ストッキングを脱ぎ出す。ふたりとも急いでいるのだ。ふたりは前屈みに向かい合って立ち、ヤンが片方ずつ脚をズボンから引っこ抜くと（そうするのに、彼はまるで縦列行進する兵士のように大変高く脚をあげた）、彼女は身をかがめてくるぶしまでパンティー・ストッキングをずりさげ、それからまったく彼と同じように、天井に向かって脚をあげてパンティー・ストッキングを脚から引き離す。

それは毎度のことだったが、しかしある日、ちょっとした出来事があった。なんでもない出来事だったが、彼にはけっして忘れられなかった。彼を見た彼女は微笑を抑えきれなかった。それは理解と共感にみちた、ほとんどやさしいと言ってもいい微笑、みずからを許してもらおうとしているようなおずおずとした微笑だが、しかし疑いもなく、突然その場いっぱいに押し寄せた滑稽さという照明から生ずる微笑だった。彼は自制し、微笑のお返しをしないようにするのに大層苦労した。なぜなら彼にもやはり、習慣の薄暗がりから、向かい合ったまま奇妙に慌て、大変高く脚をあげるふたりの人物の思いがけない滑稽さが見えたから。もうすこしで彼も笑い出していたかもしれない。しかし彼には、そうなったらふたりはもうセックスできないだろう、とわかっていた。部屋の、目に見えない薄い壁面の陰に隠れてじっと待っている巨大な罠のように、そこには笑いがあったのだ。肉体の愛と笑いを隔てるのはわずか数ミリでしかなく、彼はその数ミリを飛び越えるのを恐れていた。それを越えてしまったら最後、もう事物が意味をなくしてしまう境界と彼を隔てていた、その数ミリを。

彼は自制した。微笑を押し返し、ズボンを投げ捨て、すばやく恋人のほうに進むやいなや、彼がその肉体に触れると、やがて肉体の温もりが笑いの悪魔を追い払ってしまった。

10

彼はパセールの健康状態が悪化したのを知った。病人はもはや、モルヒネの注射のおかげでしか持ちこたえられず、気分がいいのは一日数時間だけだという。ヤンは遠くの病院の彼を見舞うために汽車に乗ったが、その車中、ごくまれにしかパセールに会いに行かなかった自分を責めた。あまりにも老い込んでしまったパセールの姿が目に入ったとき、彼は恐怖にとらえられた。わずかばかりの銀髪が、頭蓋のうえで波の曲線を描いていたが、その曲線はつい先だってまでの彼の、ふさふさとした褐色の髪が描いていたのと同じ曲線だった。彼の顔は昔の顔の名残だった。

パセールは、いつもの賑やかさで彼を迎えた。彼の腕を取り、力強い足取りで自分の病室に連れて行き、ふたりはその病室のテーブルの両側に座った。

ずいぶん前になるが、ヤンが初めてパセールに会ったとき、パセールは人類の大いなる希望について話した。話しながら彼は、こぶしでテーブルを叩き、そのテーブルの上方では、永遠に熱狂した彼の、大きな両眼が輝いていたものだった。今日の彼は、人類の希望ではなくて、自分の体の希望について話した。医師たちは、注射の集中治療の効果と非常な苦痛の代償とで、これから二週間の難局を切り抜けられるなら、彼は助かるだろうと断言しているという。彼はヤンにそう言いながら、こぶしでテーブルを叩き、両眼を輝かせた。体の希望についての熱狂的な話は、人類の希望についての話の物悲しい反響だった。そのふたつの熱狂は同じように空しく、パセールの輝く眼もやはり、同じように幻惑的な光をふたつの熱狂にあたえていた。

やがて彼は、女優のハナのことを話し出した。彼は男らしく照れ、はにかんで、じつは最後にもう一度だけ我を忘れてしまったんだとヤンに告白した。彼は、ありとあらゆる錯乱のなかでもそれこそ最も錯乱したことだと知りながら、途方もなく美しい女にトチ狂ってしまったのだという。彼は眼を輝かせながら、ふたりが宝物でも捜すようにきのこを捜しに行った森や、立ち寄って赤ワインを飲んだカフェーの話をした。

「でな、ハナという女、すごくいい女だったなあ！　きみ、わかる？　彼女、熱心な看護師みたいな素振りは見せず、気の毒そうな視線でおれを見て、おれの病弱や衰微のことを思い出させたりもしなかったんだよ。彼女は笑って、おれと飲んでくれた。ふたりでワインの一リットル瓶をあけてしまったんだよ！　おれは十八歳に戻った気がしたね！　おれの椅子はまさに死線のうえに置かれていたのに、おれときたら歌を歌いたいくらいだったよ」

パセールはこぶしでテーブルを叩き、両眼を輝かせてヤンを見たが、その両眼のうえには、消え去った豊かな長髪の名残が、わずか三筋の銀髪によって描かれていた。

ヤンは、ぼくらはみな、死線のうえにまたがっているんだよ、と言った。暴力、残虐、それに野蛮のなかに沈み込んでいる世界全体が、死線のうえに座っているんだよ。彼がそう言ったのは、パセールが好きだったからだが、また、こぶしで見事にテーブルを叩くその男が、どんな愛にも値しない世界より先に死んでしまうのが堪らなかったからだ。彼は、パセールの死をもっと耐えやすいようにするために、世界の終末を早く到来させようと努めた。しかしパセールは世界の終末を認めず、こぶしでテーブルを叩き、再び人類の希望について話し出して、おれたちはさまざまな大変化の時代に生きているのだと言った。

ヤンは一度も、事物の変化にたいするパセールの賛美を共有したことがなかったが、変化を求める彼の願望は好きだった。というのも彼はそこに、人間の最も古い願望を、人類の最も保守的な保守主義を見ていたからだった。けれどもヤンは、その願望が好きだったにもかかわらず、パセールの椅子が死線のうえにまたがっている今となっては、彼の心をその願望からそらせてやりたいと願った。失いつつある生命を、ほんのすこしだけ惜しまなくてもすむように、彼の眼に未来を汚してやりたかった。

ヤンは彼に言った。「ぼくらはいつも、私たちは偉大な時代に生きているんだ、という話をきかされる。クレヴィスはユダヤ＝キリスト教時代の終焉の話をするし、別の者たちは世界革命や共産主義の話をする。だけど、そんなものはすべて愚言にすぎない。ぼくらの時代がもし、ひとつの転機に立っているとするなら、それはまったく別の理由によってなのだ」

パセールは、うえに長髪の名残が三筋の銀髪によって描かれた両眼から発する、あの輝く視線で彼の眼を見た。

ヤンは続けた。「きみは、例のイギリスのなんとか卿の話を知っているだろう？」

パセールはこぶしでテーブルを叩いて、そんな話は知らないと言った。

「初夜のあと、そのなんとか卿が妻にこう言ったんだ、レディー、そなた、これで懐妊してくだされればいいが。わたしはもう二度と、こんな滑稽な運動をしたくないのでね、と」

パセールは微笑したが、こぶしでテーブルを叩かなかった。その逸話は、彼の熱狂を呼び起こす類の逸話ではなかったのだ。

ヤンは続けた。「ぼくは世界革命なんて話はききたくないね！　ぼくらは、性行為が最終的に滑稽な運動に変わってしまう、歴史的な大時代に生きているんだから」

繊細な線を描く微笑が、パセールの顔のうえに現れた。ヤンはその微笑をよく知っていた。それは、陽気や同意の微笑ではなく、寛容の微笑だった。彼らはいつも、互いに大変かけ離れていたのだが、互いの違いがあまりにも露骨にあらわになる稀《まれ》な瞬間にも、ふたりの友情が危機に瀕しているわけではないことを確かめ合うために、お互いにそんな微笑を交わし合うのだった。

11

なぜ彼はいつも、そんな境界のイメージを眼前に思い浮かべるのか？

それは年を取ったからだ、と彼は思う。事物は繰り返されると、そのたびに本来の意味の一部を失う。あるいは、もっと正確に言えば、事物は少しずつ、自動的に意味の前提となっていた本来の生命力を失う。だからヤンによれば、境界とは、容認しうる繰り返しの最大量なのだということになる。

ある日、ヤンはある寄席にでかけた。大変才能豊かなコメディアンが、アクションの真っ最中にいきなり、極度の緊張の面持ちになって、とてもゆっくりと、イーチ、ニー、サーン、シー……と数を数え出した。コメディアンは心ここにあらずといった風情で、まるで自分から逃れ去った数字をあたりの空間に捜すように、数字をひとつひとつ口にした。ゴー、ローク、シーチ、ハーチ……十五になったとき、観客は笑い出した。そしてゆっくりと、心ここにあらずといった風情で、コメディアンが百まで数えたら、人々は椅子から転げ落ちてしまった。

別の出し物の際、同じコメディアンがピアノに向かって、左手でターン・ターン・タタターンとワルツの節を演奏し始めた。彼の右手は垂れ下がったまま、どんなメロディーもきこえず、ただあいかわらず同じターン・ターン・タタターンがたえず繰り返されるばかりだった。そしてコメディアンは、まるでそのワルツの伴奏が感動、喝采、熱狂に値する素晴らしい音楽だとでもいうように、表情たっぷりの眼差しで観客を見た。コメディアンが立て続けに二十回、三十回、五十回、百回と、同じターン・ターン・タタターンを演奏したら、観客は笑いすぎて息ができなくなってしまった。

そう、ひとが境界を越えてしまったとき、笑いが運命のように鳴り響くのだ。しかし、もしひとがもっと遠くまで、笑いを「越える」まで遠くに行ったとしたら？

ギリシャの神々はまず、人間たちの冒険に熱心に参加したのだ、とヤンは想像する。それから、神々はオリンポス山で休憩し、下界を眺めて大いに笑った。そして今では、神々はずっと眠り込んでいるのだ、と。

しかし私の考えでは、もしヤンが、境界は人間の生活をある一定の場所で断ち切ってしまう線であり、時間の切れ目、人生の時計の正確なある一秒を指示するものだと考えているなら、それは間違いというものだ。そうではない。私は逆にこう確信しているのだ、境界は時間とも私たちの年齢とも無関係に、たえず私たちとともにあり、状況によっては多少なりとも眼に見えることがあるにしても、どこに行っても私たちにつきまとうものなのだ、と。

ヤンがあれほど愛した女性が、わたしを生につなぎとめているのはただ一本の蜘蛛の糸でしかない、と言ったのは正しかった。どんなにささいなものでも、微かなすきま風でも充分に、事物をわずかに動かすことができるのだ。すると、一秒前ならそのために命を投げ出したかもしれないことが、突如、なんでもない無意味なものとして現れてくる。

ヤンには、彼と同じように祖国を去り、祖国の失われた自由のために闘っている友人たちがいた。彼ら全員が、自分たちを祖国に結びつけている絆はひとつの幻想でしかないし、自分たちにはどうでもよくなっているもののためにまだ死ぬ覚悟をしているのも、ただ習慣的な固執にすぎないと感じたことがあった。彼ら全員が、そんな感情を経験したが、それと同時にそんな感情を経験するのを恐れてもいた。彼らは、境界を見て（深淵や目眩《めまい》に引き寄せられるように）向こう側に、すなわち自分たちの苦しめられた国民の言葉がもはや、鳥のさえずりにも似た無意味な物音でしかなくなるところに滑り落ちてしまうのが怖いばかりに、顔をそむけたのだった。

もしヤンが自分のために、境界を容認しうる繰り返しの最大量と定義するのなら、私としては、それをこう訂正しなければならない。境界は繰り返しの結果ではないのだ、と。繰り返しは、境界を目に見えるものにするさまざまな様式のひとつにすぎない。境界線は埃に覆われているのだが、繰り返しはその埃を払いのける手の動作のようなものなのだ。

私はヤンに、彼の幼年時代に遡《さかのぼ》る、こんな注目すべき経験を思い出させてやりたい。当時彼はほぼ十三歳だった。人々は他の天体にいる生き物のことを話題にしていた。そこで彼は、その宇宙人たちの体には、地球の住人である人間より多くのエロスの地点があるという考えと戯れていた。その頃は子供だったのに、盗んできたヌード・ダンサーの写真を見ながらこっそり興奮したりしていた彼は、それにしてもセックスひとつに乳房ふたつという、あまりにも単純なこの三器一体しか備えられていない地球の女は、やっぱりエロスの貧困に苦しんでいるんじゃないかな、という気がしていたものだった。彼は、そんな悲惨な三角形ではなく、体に十も二十もエロスの地点があって、いくら眺めても全然興奮が尽きないような生き物を夢見ていた。

このことによって私が言いたいのは、童貞の大変長い道程の真っ只中で、彼がすでに、女体に厭《あ》きるとはどういうことかを知っていたということである。官能の喜びを体験もしないうちに、彼はもう頭のなかで興奮の果てまで行き着いていた。もう興奮の奥底に触れていた。

だから、彼は幼年時代から、それを越えれば女の乳房など胸のうえにできた奇怪ないぼにすぎなくなる、あの不可思議な境界を視野に収めて生きていたのだ。境界は、ほんの駆け出しの頃から、彼の宿命だったのだ。十三歳で、女体に別のエロスの地点を夢見ていたヤンは、三十年後のヤンと同じほど、その境界をよく知っていたのである。

12

風が吹いて、泥だらけだった。葬列は、なんとなく半円になるように、開いた墓穴の前に並んでいた。ヤンがいたし、女優ハナ、クレヴィス一家、バルバラなどほとんどの友人たち、それにもちろんパセール一家、つまり妻、泣き暮れている息子、それから娘がいた。

擦り切れた服を着たふたりの男が、柩《ひつぎ》の乗せられた縄を持ち上げた。ちょうどそのとき、紙を一枚手に持った神経質な人物が墓に近づき、墓掘り人の正面に向きを変え、紙をうえに掲げて大声で読み出した。墓掘り人たちはその人物を見て、一瞬ためらい、柩を墓の脇に戻したものかどうか考えてから、ゆっくりと墓のなかに柩を降ろし始めた、まるで死者にいまさら四度目の弔辞を聞く義務など免除してやろうと決心したかのように。

突然柩が消えてしまったので、朗読していた人物は面食らった。彼の弔辞全文が二人称単数形で書かれていたので、彼は死者に呼びかけ、死者にさまざまな約束をし、死者の立派さを認め、死者の安心立命を願い、死者に感謝し、死者の質問を勝手に想定してはいちいちそれに答えていた。柩が墓穴の底に達すると、墓掘り人たちは縄を引き上げて、墓のそばにじっと控えていた。朗読していた人物が、自分たちにたいしてあまりにも激情のこもった長口舌をふるうのを見て、彼らはおどおどし、うなだれた。

朗読の男は、その状況の奇怪さを理解すればするほど、そのふたりの陰気な人物にますます心を奪われ、むりやり自分を抑えて別の場所を見なくてはならなかった。彼は葬列の半円形のほうに体を向けた。しかし、そうしたところで、二人称で書かれた彼の弔辞の響きが特に改善されるわけではなかった。なぜなら、そうすると彼の大切な故人が人々のあいだのどこかに隠れているような感じになるから。

朗読の男はいったい、どの方面を見たらよかったのか？　彼は手に持った紙片を不安そうに凝視し、弔辞を空で覚えていたにもかかわらず、眼を草稿に釘付けにしていた。

参列者全員が神経過敏になっていったが、それに加えてヒステリーのように起こる突風のために、彼らの苛立ちがいやました。クレヴィス・パパは用心深く頭上の帽子を目深《まぶか》に被っていたが、風が激しすぎたためにその帽子がはぎ取られ、開いた墓と一列目のパセールの家族とのあいだに持っていかれてしまった。

彼はまず、人々の集まりのなかに紛れ込み、帽子を拾いに走りたいと思った。しかしそんな反応をしようものなら、友人に弔意を表する儀式の厳粛さよりも自分の帽子のほうに重きを置いているのか、とひとに思われるだろうと気づいた。そこで彼は、そのままじっと落ち着いて、何事もなかったようにしていようと決めた。しかしそれは正解ではなかった。墓前の人けのない空間に帽子がひとつ、ぽつんと置かれてからというもの、参列者たちはさらに神経過敏になって、朗読の男の言葉がまったく耳にはいらなくなっていた。帽子は控え目にじっとしていたのに、クレヴィスが数歩動いて帽子を拾うよりずっと儀式を混乱させたのだった。そこでクレヴィスはついに、前にいた人に「ごめんなさい」と言ってから集団の外に出た。そして、墓と葬列のあいだの（小舞台に似た）空虚な空間に身を置いた。彼は体をかがめ、腕を地面のほうに伸ばしたが、ちょうどその瞬間に再び風が吹いて、帽子をやや遠くの、朗読の男の足元に運び去った。

もうだれもかれも、クレヴィス・パパと彼の帽子のことしか考えられなくなった。朗読の男は帽子のことなど何も知らなかったが、それでも聴衆のあいだに何かあったのを感じた。彼は紙片から眼を上げ、自分のすぐそばに立ち、今にも飛びかかって来ようとしている見知らぬ男に気づいてびっくりした。彼はとっさに眼を草稿のうえに落とし、もう一度眼を上げるときにはその信じがたい幻覚が消え去ってくれていると、たぶん期待したのだ。しかし彼がもう一度眼を上げても、その男はやはり彼の前に立ち、やはり彼を見ていた。

クレヴィス・パパは前進も後退もできなかった。彼は、朗読の男の足元に身を投じるのは不躾《ぶしつけ》だし、帽子を持たずに引き返すのも滑稽だと思っていた。だから彼は、優柔不断によってしっかり地面に釘付けになって、そこをじっと動かず、解決策を見出そうと空しく試みていたのだ。

彼はできればだれかに助けにきてもらいたかった。墓掘り人のほうを一瞥したが、彼らは墓の向こう側でじっと動かず、朗読の男の足元をじっと見つめていた。

そのとき、再び突風が起こって、帽子がゆっくりと墓穴の縁のほうに滑っていった。クレヴィスは意を決して勢いよく一歩踏み出し、腕を伸ばして体をかがめた。帽子は逃げ、ずっと逃げて、彼の指がほとんど触れそうになったとき、縁沿いに滑っていって墓穴に落ちた。

クレヴィスは、まるで自分のほうに帽子を呼び寄せようとするみたいにもう一度腕を伸ばしたが、しかし突然、彼は決断した、あんな帽子などけっして存在しなかったし、自分自身も取るに足らないまったくの偶然のせいで墓穴の縁にいるんだといった具合にやってやろう、と。彼は断固として自然体になり、リラックスしてやろうと欲したのだが、それは難しかった。なぜなら、全員の視線がじっと彼に注がれていたのだから。彼は引きつった表情になり、努力してだれも見ずに一列目に並んだが、そこではパセールの息子が泣きじゃくっていた。

今にも飛びかかって来そうな男の威嚇《いかく》的な亡霊が消え去ると、紙片を手にした人物は元の落ち着きを取り戻し、もう全然だれひとり聞いていないというのに、弔辞の結びの文句を発するために、参列者の集まりに向かって眼を上げた。それから墓掘り人のほうに振り向いて、大変厳粛な口調できっぱり言った。「ヴィクトール・パセールよ、かつてきみを愛した者たちは、よもやきみを忘れることはあるまい。きみにとって、この土の軽からんことを！」

彼は墓の縁の、土の山が盛り上げられ、そのうえに小さなシャベルがほうり出されているところに体をかがめて、シャベルで土を掬い、墓穴に一礼した。そのとき葬列は忍び笑いで揺れた。というのも人々は全員、粘土用シャベルを手にして不動になった朗読の男がそのまま下を見たら、まるで死者がはかない威厳を願って、その荘厳な瞬間ばかりは無帽でいることを欲しなかったとでもいうように、墓穴の底に柩と、それから柩のうえの帽子とが見えるにちがいないと思ったからだ。

朗読の男は自制し、まるでパセールの頭が本当に隠されているとでもいうように、帽子のうえに落とさないよう注意しながら、柩のうえに粘土をかけてやった。それから彼は、シャベルを妻に差し出した。そう、彼らは全員、誘惑の苦杯を飲み干さなくてはならなかったのだ。全員、あの恐るべき笑いとの戦いを経験しなければならなかったのだ。寡婦も泣きじゃくっている息子もふくめて全員が、シャベルで粘土を掬い、柩と柩のうえに帽子がある墓穴に身をかがめねばならなかったのである、まるで手のつけられない生命力と楽観主義の持ち主だったパセールが頭を外に出したがっているとでもいうように。

13

二十人ばかりの人々が、バルバラの邸宅に集まっていた。みんなはソファに座ったり、椅子や床に座ったりして大サロンにいた。中央の、人々の気のない眼差しの輪のなかで、どうも田舎町からきたらしい娘がひとり、めちゃくちゃに体を動かし、身を捩っていた。

バルバラはフラシ天の広い椅子に君臨していたが、その娘を厳しく一瞥して、「あなた、ダレていると思わないの？」

娘はバルバラを見てから、くるくる肩を回し、それによって出席者全員を指示して、彼らの無関心と気のない様子を嘆いて見せたようだった。しかし、バルバラの厳しい眼差しは無言の弁解など認めなかったので、娘はその表現力に欠けた訳のわからない動きを中断させずに、思いきってブラウスのボタンをはずした。

バルバラはそれを見るや、もうその娘のことはかまわなくなって、次々と出席者全員に眼を向けた。その視線に捕らえられた人々はおしゃべりをやめ、おとなしく眼を脱衣する娘に向けた。やがてバルバラは、娘のスカートをめくりあげ、娘の股に手をやって、再び挑発的な眼差しで隅々までサロンをきっと見据えた。彼女は、招待した体操好きたちが自分の実演をちゃんと見ているかどうか、注意深く観察したのだ。

事態がやっと、ゆったりとしているが着実な、固有のリズムに従って軌道に乗り、ずっと前から裸になっていた田舎娘がある男性の腕に抱かれて横たわり、他の者たちはそれぞれ別の部屋に散っていった。けれどもバルバラは、つねに警戒怠りなく、あくまで気難しく、どこにでも姿を現した。彼女は、招待客たちがカップル同士に分かれ、片隅に隠れるのを許さなかった。彼女はヤンに肩を抱擁されている若い女に激怒し、「ふたりきりになりたいんなら、彼の家に行って。ここは社交の場所なのよ！」そして女の腕を取って隣室に引き立てていった。

ヤンは、離れたところに座ってバルバラの介入を観察している、感じのよい若禿《わかはげ》の男の視線に気づいた。ふたりは微笑し合った。禿が近づいてきたので、ヤンが言った。「バルバラ元帥ってところだな」

禿はハッハッハと笑って言った。「ぼくらをオリンピックの決勝に出そうとしている鬼コーチ、ですよ」

彼らは一緒にバルバラと彼女の活動の続きを眺めた。

彼女はセックスをしている男女のそばに跪き、ふたりの顔のあいだに頭を差し入れて、女のくちびるのうえに自分の口を押しつけた。バラバラへの敬愛にあふれた男は、てっきりバルバラが自分の相手を一人占めにしたいのだと思って女から離れた。バルバラは女を腕に抱えて自分のほうに引き寄せ、体をくっつけたまま、ふたりで横向きに寝た。男のほうは控え目に恭しく、ふたりの女の前に立っていた。バルバラは女にキスをするのをやめずに空中に手を上げ、さっと輪を描いた。男はそれが自分に向けられた呼びかけだと理解したが、そこに残れと厳命されているのか、どこかに消えろと厳命されているのかわからなかった。彼は緊張し神経を集中させて、だんだん激しく苛立ってくる手の動きを見守っていた。バルバラはついに女の口からくちびるを離し、してもらいたいことを大声で告げた。男は頷き、体を床のうえに移して女の背後に迫った。女は今や、男とバルバラのあいだに狭まれて身動きできなくなった。

「ぼくらはみな、バルバラの夢の登場人物なんだな、とヤンが言った。

——そうですよ、と禿が答えた。だけど、決してぴったりというわけにはゆかないんですね。バルバラは、自分で時計の針を動かさなくちゃならない時計職人みたいなものですよ」

やっと男の体位を変えるや、バルバラはたちまち、それまで情熱的にキスをしていた女に興味をなくした。彼女は立ち上がって、不安な面持ちで体を寄せ合い、サロンの一角にひっそりうずくまっている大変若い一組の恋人たちに近づいた。ふたりは半分しか服を脱がず、若い男が自分の体で若い娘を隠そうとしていた。オペラの舞台上で活発な会話の錯覚を創出するため、端役たちが音を出さずに口を開け、でたらめに両手を動かすように、ふたりは互いにすっかり心を奪われているとひとに思わせようと、さんざん苦労していた。というのも、彼らが望んでいたのはただ他人に気づかれず、他人から逃れることだけだったからだ。

バルバラは彼らの術策に騙されなかった。彼女はふたりにぴったり体を寄せて跪き、しばらく彼らの髪を愛撫してから、何事か言った。やがて彼女は隣室に消え、三人の全裸の男を連れて戻ってきた。彼女は再びふたりの恋人たちにぴったり体を寄せて跪き、若い男の頭を両手にとってキスをした。三人の全裸の男は、彼女の視線の無言の厳命にみちびかれて、少女のうえに体をかがめ、衣服の残りを剝ぎ取った。

「これが終わったら、集合がかかるんですよ、と禿が言った。バルバラはぼくら全員を招集して、ぼくらの前に立ちはだかり、眼鏡をかけて、ぼくらのしたことの良い点と悪い点を分析し、熱心な生徒を褒め称え、怠け者には譴責《けんせき》の言葉を浴びせかけるんです」

内気なふたりの恋人たちはやっと、自分たちの肉体を他の者たちと分かち合った。バルバラは彼らを見捨て、ふたりの男のほうに向かってきた。彼女はちらっとヤンに微笑んでから禿に近づいた。ほぼそれと同時に、ヤンは肌にやさしく触れるものを感じた。それはこの一夜のキックオフとなる脱衣を行った田舎娘だった。バルバラの大時計もそうバラバラになっているわけじゃないな、と彼は内心思った。

田舎娘はいそいそと熱心に面倒をみてくれたが、彼はたえず視線を部屋の反対側の、バルバラの手でセックスを膨らませてもらっている禿のほうに彷徨《さまよ》わせていた。この二組のカップルは同じ状況にあった。上半身を傾けたふたりの女が、同じ動作で同じものの世話を焼いていた。まるで仕事熱心な女庭師が花壇の手入れに身を傾けているみたいだった。一方のカップルは、鏡に映った他方の像でしかなかった。二人の男の視線が交差し、ヤンには禿の体が笑いをこらえて震えているのが見えた。そしてふたりは実像と鏡像のように互いに結びついていたので、一方が震えると今度は他方が震えないわけにはゆかなかった。ヤンは顔の向きを変えて、自分を愛撫してくれている娘が侮辱されたと感じないようにした。しかし彼は、どうしようもなく自分の鏡像に引きつけられた。再び反対側を見て、禿の眼が抑えた笑いで飛び出しそうになっているのに気づいた。ふたりは少なくとも五倍量のテレパシー流によって結ばれていた。ただたんに一方が他方の考えていることがわかるだけではなく、他方がわかっていることもわかるのだ。しばらく前に、バルバラについてふたりで見つけた比喩のすべてが再び彼らの心に浮かんできたし、さらに新しい比喩もいくつか見つかった。ふたりは互いに互いの視線を避けながら、顔を見合わせた。なぜならここでの笑いは、司祭が聖体を奉挙するときの教会での笑いと同じくらいの瀆聖《とくせい》だろうから。しかし、その比喩がふたりの頭を駆け抜けるや、彼らにはもうただ笑いたいという欲求しかなくなった。彼らが弱すぎ、笑いが強すぎた。彼らの体が抵抗しがたい痙攣にとらえられた。

バルバラが相手の顔を見た。禿は降参し、はげしくワッハッハハッハアと笑った。まるで悪の原因がどこにあるのか見抜いたように、バルバラがヤンのほうを振り返った。ちょうどそのとき、田舎娘が彼に囁いた。「あんた、どうしたの？　どうして泣いてんの？」

しかしバルバラはもう彼のそばにいて、口のなかで鋭く言った。「パセールの葬式みたいな悪ふざけをやろうなどと考えないで！

——まあ、そう怒りなさんな」とヤンが言った。彼はワッハハハハッと笑い、その頬にハラハラと涙が流れ落ちた。

バルバラは出ていくように彼に頼んだ。

14

アメリカに出発する前に、ヤンはエドヴィッジを海辺に連れていった。それは打ち捨てられた島で、小さな村がいくつかと物憂げな羊が草を食んでいる牧場、それに囲いのある浜辺にただ一軒のホテルがあった。ふたりはそのホテルの部屋をそれぞれ一室借りた。

彼は彼女のドアをノックした。彼女の声が部屋の奥から届いて、入ってと言った。まず、彼にはだれも見えなかった。「わたし、おしっこしているの」と、戸が半開きのトイレから彼女が叫んだ。

彼は見なくてもそれを知っていた。自宅に大勢の仲間がいるときでも、彼女は平然と、わたし、おしっこに行ってくると告げ、細めに開いたドア越しにお喋りしたものだった。それは媚態でも猥褻《わいせつ》でもなかった。それどころか、媚態と猥褻の絶対的な廃絶だったのだ。

エドヴィッジは、人間のうえに重荷のように圧《お》しかかっている因習を容認しなかった。彼女は裸の顔が純潔で、裸の尻が猥褻だと認めるのを拒否した。彼女には、眼から滴り落ちる塩辛い液体が崇高な詩になるのに、腹から発する液体が嫌悪感を催すのはなぜか、その理由がわからなかった。そんなものはすべて彼女には馬鹿げて、人為的で、不条理に見え、反抗的な女の子がカトリックの寄宿学校の内規を扱うようにそんな慣習をあしらっていた。

トイレを出た彼女はヤンに微笑んで、両頬に接吻されてから、「海岸に行く?」

彼は承知した。

「着ているもの、わたしのところに置いていったら」と言って、彼女はバスローブを脱いだが、その下は裸だった。

ヤンはずっと、他人の前で脱衣するのはいささか異様なことだと思っていたので、まるで着心地のいい部屋着でいるみたいに、裸で行き来するエドヴィッジがほとんど羨ましかった。彼女は装っているより裸のほうがずっと自然でさえあった。まるで衣服を捨て去ると同時に、彼女が女性の困難な条件を捨て去って、性的な特徴のない人間存在でしかなくなるとでもいうように。あたかも性は衣服のなかにあり、裸こそが性的中性の状態だとでもいうように。

ふたりは裸で階段を降りて海岸に出たが、そこには裸の人々のグループが休息し、散歩し、泳いでいた。裸の子供と一緒の裸の母親たち、裸の祖母と裸の孫たち、裸の娘たちと裸の老人たち。美しいのや、そう美しくないのや、醜いのや、巨《おお》きいのや、反り返っているのや、といったふうに、恐るべき量の、実にさまざまな形の女性の乳房があった。そしてヤンは、若い乳房のそばでは老いた乳房はもう若々しくなく、逆に若い乳房も実際より老いて見え、また乳房が全部一緒になると同じように奇妙でくだらないものになるんだな、と知って憂鬱になった。

そこで彼はまたしても、あの漠然として謎めいた、境界という観念に攻めたてられた。彼は、自分がちょうど境界線のうえにいて、まさに境界線を越えようとしているような気がした。そして彼は、ある奇妙な悲しみに捉えられ、その悲しみから、まるで霧のなかから出現するように、ひとつのさらに奇妙な考えが出現した。それは、ユダヤ人たちがまさにこんな裸の集団としてガス室に赴いたのだ、という考えだった。彼には、なぜそんなイメージがそれほど執拗に心に浮かんでくるのかも、いったい、そのイメージが何を自分に告げたいのかもわからなかった。そのイメージはたぶん、あのときのユダヤ人たちもまた「境界の向こう側に」いたのであり、だから裸は向こう側の男女の制服なのだ、と言いたかったのかもしれない。それから、裸は死出の装束なのだとも。

海岸に散らばった裸体のせいでヤンが覚えた悲しみは、だんだん耐えがたくなった。彼は言った。「こいつはじつに奇妙だな、ここの、これらの裸体はすべて……」

エドヴィッジが頷いて、「そうね、そしてもっと奇妙なのは、これらの裸体がすべて美しいことだわ。見て、老人の体だって病人の体だって、ただの体、衣服のない体でしかなくなると美しくなるものねえ。みんな自然のように美しい。老木は若木より美しくないこともないし、病気のライオンだってやっぱり百獣の王。人間の醜さは衣服の醜さなんだわ」

エドヴィッジと彼、ふたりは一度も互いに理解し合ったことがなかったが、しかしいつも意見が一致した。それぞれ勝手に相手の言葉を解釈したので、ふたりのあいだには、素晴らしい調和があった。無理解に基づいた素晴らしい連帯があった。彼はよくそれを知り、ほとんどそれを楽しんでいたのだった。

ふたりはゆっくり海辺を歩いたが、焼けた砂で足がひりひりした。牡羊のメーと鳴く声が海の騒《ざわ》めきにまじり、汚い羊がオリーブの木陰で点々とした干し草の群を食んでいた。ヤンはダフニスを思い出した。ダフニスは寝そべって、クロエーの裸体に心を奪われている。彼は興奮しているが、その興奮が何のほうに自分を呼んでいるのかを知らない。それは終止も鎮静もなく、見渡すかぎりに果てしなく広がってゆく興奮だ。無限の郷愁がヤンの心を締めつけ、彼は後方に引き返したくなった。後方に、あの少年に。後方に、人間の初期に、自分自身の初期に、愛の初期に。彼は欲望を欲した。胸のときめきを欲した。クロエーのそばに寝そべったまま、肉体の愛がどういうものかを知らないことを欲した。官能の喜びがどんなものかを知らず、変身して興奮以外の、ひとりの女の肉体を前にした男の謎めいて不可解な、奇跡のような動揺以外のなにものでもなくなることを欲した。そして大声で言った。「ダフニス！」

羊が干し草を食み、ヤンが溜め息とともにもう一度繰り返した。「ダフニス、ダフニス……。

――あなた、ダフニスを呼んでいるの？

――そうだよ、と彼は言った。ぼくはダフニスを呼んでいるんだ。

――それ、いいわ、とエドヴィッジが言った。彼に戻らなくちゃ。人間がまだ、キリスト教によってめちゃめちゃにされていないところに行く。あなた、そう言いたかったんでしょう？

――そう、とまったく別のことを言いたかったヤンが言った。

――あそこにはまだたぶん、小さな自然の楽園があったのかもしれない、とエドヴィッジが再び言葉を続けた。羊たちと羊飼いたち。自然に所属している人たち。それが、あなたにとってのダフニスなんでしょ？」

彼は再び、まさにそう言いたかったのだと断言すると、エドヴィッジがきっぱり言い切った。「そう、あなた正しい。ここはダフニスの島なんだ！」

そして、彼は誤解に基づく了解を先に進めるのが楽しかったので、こうつけ加えた。「そしてぼくらのホテルは、〈向こう側〉という名前でなくちゃね。

――そうだわ！　と熱狂的にエドヴィッジが叫んだ。私たちの文明という牢獄の向こう側！」

裸の人たちの小グループが彼らに近づいてきた。エドヴィッジが彼らにヤンを紹介した。裸の人たちは彼の手を握り、挨拶し、肩書きを述べてから、光栄ですと言った。それから彼らは、水温、魂と肉体をめちゃめちゃにする社会の偽善、その島の美しさといった、さまざまな話をした。

島の美しさについて、エドヴィッジがこう強調した。「今ヤンが、この島はダフニスの島だって言っていたんです。わたし、これ正しいと思いますよ」

みんながその思いつきに大喜びした。そして異様に腹の突き出たひとりの男が、西欧文明はやがて滅び、人類はユダヤ＝キリスト教的伝統という、人間を奴隷化する重荷からやっと解放されるといった考えを披瀝《ひれき》した。それは、ヤンがもう十回、二十回、三十回、百回、五百回、千回も耳にした文句だった。すると海岸のその数メートルがたちまち、大学の大講堂と化してしまった。その男が話し、他の者たちが聴いていたが、彼らの剝き出しの性器が愚かしく、悲しく、黄色い砂のほうを眺めていた。

本書は一九九二年四月に、集英社より
単行本で刊行された作品の文庫化です。

訳者あとがき

本書『笑いと忘却の書』は、Milan Kundera : *Le Livre du rire et de l'oubli* (Éditions Gallimard) の全訳である。底本としたのは、一九七九年の初版ではなく、その後著者みずからフランス語の訳文に手を加え、必要な訂正を施して「チェコ語のテクストと同じ価値の真正さ」を与えた一九八五年版のフランス語原書である。

今や確固たる世界的名声を得ている著者ミラン・クンデラのことを、ここで改めて紹介する必要はあるまい。そこで、彼の人と作品については、たとえば雑誌〈ユリイカ〉一九九一年二月号「特集ミラン・クンデラ」(とりわけ赤塚若樹「評伝ミラン・クンデラ」および同氏編による「ミラン・クンデラ年譜」)に付け加えるべき情報は私には何もないと断ったうえで、『笑いと忘却の書』の執筆の背景なり、この小説(集)の特徴なりについてのみ、以下に若干述べることにする。もう十年以上も前になるけれども、幸い私はこの小説(集)がパリで出版されたあとに、たしか三度ばかり著者に会い、『笑いと忘却の書』の執筆意図や自作解説を聞く機会があって、それを今は懐かしい文芸雑誌〈海〉(一九八一年一月号「特集ミラン・クンデラ　敗者の笑いと抵抗」)に掲載してもらったことがあるので、だいたいはこれに基づくことにさせていただく。(なお私は、その特集のために本書第四部「失われた手紙」、第六部「天使たち」を訳出したのだったが、むろん今回は八五年版に従って、全面的に訳し直した)。

一、『笑いと忘却の書』の執筆状況について

一九六八年の〈プラハの春〉の挫折後、フサーク大統領、というかむしろモスクワのブレジネフ共産党独裁政権による〈正常化〉路線の確立とともに、クンデラは七〇年、チェコスロヴァキア共産党から二度目の除名処分を受け、それまで助教授を務めていたプラハの音楽芸術大学映画学部を追われ、以前に発表し、広範な読者をもっていた小説などの作品も発禁になった。その後の彼の生活がどのようなものであったかは、本書第三部および第六部の、同じ題名のふたつの「天使たち」にユーモラスかつ哀切に書かれているとおりである。その結果、やはり本書第五部「リートスト」にやや冗談めかして書かれてはいるが、じつはフランスのレンヌ大学の客員教授に招かれるかたちで、彼は事実上の亡命を強いられた。したがって、本書はそれまでのクンデラの作品とは違って、「私の想像力の地理的空間はどこにあるのか、あいかわらずチェコにあるのか、それともフランスに移ったのか、あるいはそのいずれでもなくて全世界のなかに広がってしまったのか、さらにそのように根があやふやにな

った想像力の地理的空間をどのように小説のなかで生かすのか」〈海〉インタヴュー）といったような、本来的な読者を奪われた「亡命作家」の第一作として、七五年から七八年にかけて執筆された。ただそうした実生活上の困難にもかかわらず、あるいはその困難のゆえに、彼は本書を構想し構成するにあたって「現実とは別の、現実よりもはるかに自由な空間をみつけることができ、話法もまた樹木のようにどこかの土地に根をもっているのではなく、土地を離れた上方の、ある固有の地理的空間に漂っているものにすることができた」（同上）という。なお、本書が七九年にフランスで発表されると、「忘却の大統領」フサークに率いられるチェコスロヴァキア政府はクンデラの市民権を剝奪し、私が彼に会った八〇年夏には、彼は無国籍の不安定な身分だったのだが、その後八一年にフランスの市民権の取得が認められて今日に到っている。

二、『笑いと忘却の書』の小説的特徴・特質について

伝統的もしくは常識的な区分に従えば、本書は七つの作品からなる短篇小説集である。実際、どの短篇でも任意に選びだして単独に読んだところで、何の欠落感も覚えずにそれぞれを充分玩味できる。だがクンデラは、本書のなか（第六部「天使たち」）でも、本書の英訳の出版の折りにフィリップ・ロスとおこなった対談（『世界は何回も消滅する』所収、青山

南編・訳、筑摩書房）においても、また私がおこなった前記のインタヴューの際にも、これがたんなる短篇小説集ではなく、「変奏形式の小説」であることを繰り返し強調している。たとえばこんなふうに、「この本全体が変奏形式の小説である。それぞれの部はひとつの旅のさまざまな行程のように続いている。その旅は、ひとつのテーマの内部、ひとつの思想の内部、私にとってその理解が渺茫たる無限のなかに失われる、唯一無二の状況の内部に人を導く旅だ。／これはタミナについての小説だが、しかしタミナが舞台を去ると、タミナのための小説となる。彼女が主要な人物であり、主要な聞き手であって、他の話はすべて彼女自身の話の変奏であり、それらはちょうど鏡のなかに映されるように、彼女の人生のなかで再び落ち合うことになる」（本書二七四ページ）

私が先程「この小説（集）」といったような曖昧な呼び方をしたのも、このような著者の意図を尊重してのことだったのだが、実際本書を通読された読者なら、第一部「失われた手紙」で提示される「忘却」のテーマが、第四部「失われた手紙」でいかに反復、展開され、さらに第六部「天使たち」にいたって、どのような驚くべき変容を遂げることになるか、つとに感得されているはずである。むろん「忘却」のテーマが、やはり第六部「天使たち」で「笑い」のテーマとどんな逆説的な結びつきをおこなうか、またこの「笑い」のテーマが第三部「天使たち」で「天使」および「悪魔」の随伴テーマとどれほど巧妙に組み合わされていたかといったことも、著者の配置した「旅の行程」をゆっくり辿ることによって徐々に味わい深く納得されたはずである。

さらに、本書中のさまざまな歴史あるいはエロスの場で、「笑い」と「リートスト」、「笑い」と「境界」などのテーマが意外な結合を示し、笑うべきではあっても、ときには笑うに笑えない物悲しい悲喜劇的な状況を演出するのを目の当たりにされ、この小説のなかでは提示されたテーマのどれひとつとして偶然に任されず、それぞれ必ず有機的な関連をもっていることを確認されたにちがいない。要するに、この特異な小説には「たしかに行動の統一性こそないとはいえ、テーマ的統一性が貫かれている」ことを認知され、そしておそらく次のような著者の言葉に同意されるだろうと思う。「カフカの小説の最大の功績は、現実であると同時に夢でもあるといったような、まったく不思議な小説的統一性をつくり出したことです。つまり、それまでだれ一人として結び合わせ、一体化しようと思わなかったものを結び合わせ、一体化してみせたことです。この本のなかでも、私はきわめて異質な二つのもの、たとえば挿話と省察、エセーと短篇小説、自伝と夢幻的な物語などを結びつけ、一体化することに多少とも成功したのでなかろうか、まったく異なり、かけ離れたいくつかの瞬間の統一、しかも読者が読みながら、そこにまったく自然な統一性を感じとるようなものになっていないだろうか、と考えるのです」（〈海〉インタヴュー）

ここでクンデラの小説観や小説技法について、特にこれまで述べてきた『笑いと忘却の書』の小説的特徴・特質が何をめざしたものであり、どんな意味をもちうるのか、以下にやや衒学的になるが、いくつかの見方を紹介しておくことにする。

クンデラの同国人クビェトスラフ・フバチークは、「彼の小説は（……）語と事物の統一性が失われたことへのなげきである。笑いと忘却とは地上での人間存在の意味を保とうとする戦いでの二つの極である。ただ偉大な芸術だけが、貴重な例として——かつての神話のように——語と物と情緒の間の統一を回復しうるのである」（「ミラン・クンデラの小説と言語の危機」千野栄一訳、〈すばる〉一九九一年一月号）と述べているが、この失われた語と物の統一の回復という文学的な営為を、さらに進んで現象学的な「エイドス的還元」と規定したのは、この『笑いと忘却の書』を中心に、私が読みえたかぎりでは最も透徹したクンデラ論を書いたエヴァ・ル・グランである。じつはクンデラと現象学との結びつきは、一見そうみえるほどには唐突ではない。というのも、クンデラは最初の評論集である『小説の技法』をフッサールがプラハで行った講演を基に書き上げた『ヨーロッパ諸学の危機と超越論的現象学』に言及することから始め、従来の哲学がないがしろにしてきたと現象学の創始者が嘆いた「生活世界」を思考してきたものこそ、まさしくセルヴァンテス以来の近代小説だったとしているからである。このこともあって、ル・グランはこう書いている。

「クンデラの小説は〔ムージルやブロッホらの〕中欧小説の多元的物語の志向を作品化するポリフォニーの手法と、スターンとディドロにおいてその最良の例証がみられる形式上の戯れとを同時に結び合わせることによって、独創的な美学を備えている。しかし、ポリフォニーと変奏がまったく異例な意味論的密度の小説的総合に到達するその美学の蔭に、小説的エクリチュール一般についての、ある特殊な概念までも隠されているのだ。事実、さまざまな多元的手法の彼方に、突然ある人間的状況の本質を開示する〈エイドス的探究の形式としての小説〉が出現するのであって、このときクンデラの小説は、夢、分析、物語、語源論あるいは自伝等々のさまざまな角度から、特定の人間的諸状況を検討することにより、〈総合的な瞑想〉として作動するのである（……）クンデラ的変奏の戯れの描くエイドス的探究はそれゆえに、人間的状況の本質と意味の輪郭を確定しようとつとめる。そしてまさにそのことによって、それはまた、さまざまな状況における意味と無‐意味をへだてる〈境界〉の探究ともなるのである」（〈ランフィニ〉誌第五号、一九八四年）。

以上の二つの見解はいずれも、本書の小説的特質を的確に言いあてたものだといえるだろう。

『笑いと忘却の書』はチェコ時代のクンデラの文学的営為の総決算のつもりで執筆されたものだが、それと同時にまた、テーマ的にも技法的にもフランスに来て書かれた長篇小説『存在の耐えられない軽さ』と『不滅』の基盤であり源泉でもあるような作品である。このことは本書で初めて大胆に導入された音楽的「変奏」の技法がのちのその二大傑作のなかで十全に、そしてほとんど名人芸といいたくなるような見事さで展開、駆使されているのをみれば、だれしも容易に納得しうることだろう。

ただ本書を訳しながら、ある時には笑い、ある時にはしんみりしたり興奮したりしていた私としては、エイドス的還元等々の知的な手続きもさることながら、言わばあくまで醒めきった「認識のヤーヌス」と化した著者の端正にして自在な、哀愁をおびつつも滑稽な言葉の連なりに、たえず「ひとのあわれ」といった情緒的な感慨を与え続けられ、もっぱらそのことに感動していたように思う。この『笑いと忘却の書』を読まれた読者は、はたしてどのような感想をもたれるのだろうか。

本書を訳すにあたって、東京外国語大学教授千野栄一先生から、チェコ語・チェコ事情について貴重な御教示を得たことを記し、ここに深謝申し上げる。また、同居者の芙沙子さんには、校正原稿を読んでもらい、朗読好きの女性ならではの適切な指摘を得た。やはりこの場を借りて、感謝しておきたい。

一九九二年三月　　　　西永良成

文庫版あとがき

もう二十年以上もまえに刊行された本書『笑いと忘却の書』（一九七八年執筆、訳書は一九九二年四月刊行）がこの度集英社文庫に収められることになった。そこで、この機会にこれを改訂決定訳とすべく、単行本の訳文を全面的かつ徹底的に見直し、歴史・伝記的事実を中心にかなりの数の訳注をほどこした。二十一世紀の若い世代の読者にも是非、ミラン・クンデラ的要素・特質が一冊に凝縮された、この世界的小説家の掛け値なしの名作を読んでいただきたいと願ってのことである。なお、本書は一九七五年にチェコからフランスに移住を強いられた作者が国外で発表した記念すべき亡命後第一作であり、それ以来彼は文学、小説の世界を唯一の祖国として生きることとし、八十歳をとっくに越えた現在に至ってもこの姿勢をつらぬいている。

この文庫化にあたっては単行本のときと同じく、集英社クリエイティブの編集、校正の方々の適切な指摘・助言の恩恵に浴したことを深謝したい。

二〇一三年九月十五日　台風十八号本土上陸の日に　訳者

集英社文庫

笑《わら》いと忘却《ぼうきゃく》の書《しょ》

2013年11月25日　第1刷　　定価はカバーに表示してあります。
2024年6月17日　第3刷

著　者　ミラン・クンデラ

訳　者　西永良成《にしながよしなり》

編　集　株式会社　集英社クリエイティブ
東京都千代田区神田神保町2-23-1　〒101-0051
電話　03-3239-3811

発行者　樋口尚也

発行所　株式会社　集英社
東京都千代田区一ツ橋2-5-10　〒101-8050
電話　【編集部】03-3230-6095
【読者係】03-3230-6080
【販売部】03-3230-6393(書店専用)

印　刷　図書印刷株式会社

製　本　図書印刷株式会社

フォーマットデザイン　アリヤマデザインストア　　マークデザイン　居山浩二

ISBN978-4-08-760677-5 C0197